書下ろし

雷神

風の市兵衛②

辻堂 魁

祥伝社文庫

目次

序　章　請《う》け人宿　7
第一章　新宿追分　18
第二章　絹大市　62
第三章　雷　神　118
第四章　生　涯　181
第五章　死　神　229
第六章　浮かぶ瀬　262
第七章　虎落笛《もがりぶえ》　285
終　章　風立ちぬ　323
解説・縄《なわ》田《た》一《かず》男《お》　344

浅草寺
雷門
蔵前
柳橋
隅田川
深川
喜楽亭
古着市（富沢町）
小料理屋「薄墨」（鎌倉河岸）
口入れ屋「宰領屋」（三河町）
神田川
江戸城
半蔵御門
呉服問屋「岸屋」
片岡家
諏訪坂
赤坂御門
北町奉行所
八丁堀
増上寺
北
西
東
南

内藤新宿界隈
成木街道
甲州街道
淀橋
成子町
十二社権現
鳴瀬家下屋敷
戸田越前守
畑
畑
畑
畑
長屋
だんご
「磐栄屋」
追分
大宗寺
大黒屋
天龍寺
荷送問屋「神崎」

「雷神　風の市兵衛」の舞台

序章　請《う》け人宿

丸平《がんぺい》は、油障子を両開きにした店の前土間にがやがやと群がる客たちを見て、ちょっと怖気《おじけ》付いた。

お仕着せの若い衆が頭上へちらしをかざし、

「鎌倉河岸《かまくらがし》の豊島屋《としまや》、二名、明神下内田《みょうじんしたうちだ》屋、三名、仕事は樽転《たるころ》。今日から五日、日払いで四百文……」

と声高にまくし立てているのが、十六、七人の客たちの頭越しの奥に見えた。

若い衆はちらしを隣りの小僧に渡して掲げさせ、さらに、別のちらしを掲げた。

「次が浅草《あさくさ》米蔵小揚げの仕事。こっちは五名の今日から三日、三百五十文。力自慢の者、どうだ」

前土間の客たちが「おう、もらった」「はいはいはい」「おれにもくれ」と手を伸ばして、若い衆が柄の大きそうなのから選んで、「あんた、豊島屋」「はい、あんたも……」と次々にちらしを手渡していく。

中には女もいて、

「姉さん、女は無理だ。さがってさがって……」

と若い衆は手を振って追い払っていた。

十歳にしては小柄な丸平は、狭い前土間で大人たちの大きな背中と尻がぶつかり、押したり押しかえしたりしているのを見つめたまま、入るのをためらっていた。

けれども、店の前でじっとしているわけにもいかない。

構うもんか。

丸平は腹をくくって店土間へ飛びこんだ。

ごめんなさいまし、ごめんなさいまし……言いつつ、大人たちの尻の間《あいだ》をかきわけた。

幅の狭い落ち縁までやっと抜けると、すぐ上に八畳くらいの畳敷があって、お仕着せの長着に前垂《だ》れをした三人の使用人が小机を一列に並べて接客し、後ろの帳場格子《ごうし》には白髪髷《しらがまげ》の番頭が座ってしきりに筆を走らせていた。

客と使用人は奉公先の決まりごとなどについてやり取りを交わし、とき折り、番頭が帳場格子から渡す証文のような白紙に、客は名前か何かを記していた。

壁には奉公口を並べたちらしがずらりと貼り廻《めぐ》らしてあり、五、六名の男女が丸平に背を向けて座り、順番がくるのを待っていた。

落ち縁に立った若い衆が新しいちらしを客へ手渡しており、丸平はやっと落ち縁の前まで出たのに、群がる客に押されて店の隅へ追いやられてしまった。

若い衆の隣に立つ少し年かさに見える小僧が、妙に大人びた顔付きでむっつりと見つめていることに気付き、身がすくんだ。

丸平は小僧の眼差《まなざ》しから目をそらし、磐栄屋《いわさか》のちらしはちゃんと出ているのだろうかと、落ちつかない面持ちで店をぐるりと見廻《まわ》した。

神田三河《かんだみかわ》町の請《う》け人宿《宰領屋《さいりようや》》は、主に駿河台下《するがだいした》や番《ばん》町の武家屋敷を顧客に抱え、一季半季の若党、中間《ちゆうげん》小者、草履《ぞうり》取り、あるいは下男下女奉公の周旋を稼業とする口入れ屋（人材派遣業者）である。

一季奉公は三月五日から一年、半季奉公は三月三日から九月一日までが出替季であり、その出替季が人宿のかき入れどきにあたる。

その出替季からはずれた十月下旬（文政《ぶんせい》四年）の今ごろは「きっと閑古鳥《かんこどり》が鳴いているべえな」と思っていたのが、えらいこみ具合だ。

草文《そうぶん》小判文政銀が一昨年《おととし》去年と新しく鋳造《ちゆうぞう》され、世間にお金が出廻って景気がいいと、大人たちが言っていた。

景気がよくて働き口が沢山あるから人も大勢集まるんだ、と丸平は考えた。けど、米の値段があがって暮らしにくくなったと嘆《なげ》く大人たちもいる。

どちらの言い分があたっているのか、小僧の丸平にはわからない。

どっちにしろ今日は、請け人宿《宰領屋》の主人矢藤太《やとうた》に首尾《しゅび》を訊《たず》ねるお絹《きぬ》さまの大事な用を、言いつかってきたのだ。

宰領屋には半月前に一度、お絹さまのお供をした。内藤新宿《ないとうしんじゆく》から神田三河町までの路はうろ覚えだが、目印はわかっているので「大丈夫いけますべえ」と心配するお絹さまに言った。

このままだったらお絹さまが可哀想《かわいそう》だで。おらがいかねば……

子供心にもそう思った。

けれど、朝六ツ（午前六時）の空が白々し始めるころに内藤新宿の磐栄屋を出て、宰領屋へついたときはもう五ツ（午前八時）を廻っていた。

二年前、秩父《ちちぶ》の山奥から磐栄屋へ年季奉公へあがった十歳の丸平には、田んぼも畑も森もなく、馬糞《まぐそ》も落ちてないし肥溜《こえだめ》臭くもなく、風に騒ぐ木々のざわめきも谷川の流れも鳥の声も聞こえない江戸のご城下は、右も左もまったく方角が定まらない。

この三河町にしてからが、宰領屋へたどりつくまで、同じような家々がどこまでも軒を連ねる繁華な通りや横町を、さんざん右往左往させられた。

ともかく、主人の矢藤太に会わないことには用が務《つと》まらない。

丸平は爪先《つまさき》立って、落ち縁からあがり框《かまち》へ両手を突き、店の間に続く奥の部屋をのぞきこんだ。

そこは主人の矢藤太の接客をかねた部屋らしく、腰障子二枚で仕切る一枚の端っこが二尺ほど開いていて、帳面を何段にも積み重ねた棚の一部が見えた。

棚の前に座っている誰ぞの紺羽織の背中と、総髪を麻の元結《もとゆい》で束ね一文字の髷《まげ》を結った髻《もとどり》がのぞいていた。

紺羽織の背中がしゃんとのび、袴《はかま》の裾から白足袋《たび》の爪先《つまさき》がちょこんと出ている。

腰に帯びた小刀と袴の脇に置いた大刀の、黒塗りの鞘《さや》と鐺《こじり》が目に付いた。

ちらしを配り終わった若い衆と小僧が、帳場格子の番頭の側《そば》で別のちらしの整理を始めていた。

ちらしを配っていたつい今しがたまでの騒がしさが、少し治まっていた。

小僧がむっつりとした目を、やっぱりちらちらと寄越した。

なんだかひどく決まりが悪い。と思ったそのとき、

「先方は算盤勘定《そろばんかんじょう》ができ、しかも腕っ節《ぶし》の強い使用人がお望みらしいのさ。あんたにぴったりの働き口だぜ」

そんなふうに話す張りのある声が、奥の部屋から聞こえた。

「その、腕っ節の強いのが望みというのは、何をするのだ」

侍か。どっかの奉公口の話らしい。

「詳しくは知らねえ。店の者が商いの旅に出るとかの話だった。たぶん、旅の用心棒だろう」

「用心棒がいる商いの旅か。そこでは何を商っている?」

「ごく当たり前の呉服（絹）と太物《ふともの》（綿や麻）の問屋さ。用心棒を雇うのは、どうせ手代に成り立ての若衆か頼りないのを仕入れにいかせるのに、ひとりじゃ道中が追剝《おいはぎ》やごまの灰とかが物騒だからじゃねえか」

「呉服太物の仕入れの旅に腕っ節の強い使用人ねえ。ふむ、まさか呉服太物は表向きで、裏で怪しい取り引きの用心棒をさせられるのではあるまいな」

「そんな剣呑《けんのん》な取り引きだったらうちに周旋を頼んだりするもんか。何かの事情で手が足りなくなって、商いの助手《すけて》のついでに道中の十全をかねて、という事情さ。詳しい話は先方で訊いてくれ」

「それを確かめるのも請け人宿の役目じゃないか。そのために高い手数料を払う」

「おれの勘を信用してくれ。この仕事はあんたにぴったりだとぴんときて、取っといたんだぜ」

「嘘つけ。おぬしがぴんときたなら、取っとかずにすぐ報《しら》せてくるはずだ。要するに、相応《ふさわ》しい人が見つからなくておれに廻ってきたんだろう」

侍も食っていくのが大変なんだな。

丸平は奥のやり取りをぼんやり聞きながらも、侍を気の毒に思った。すると、

「ふふ……いいじゃねえか。商家勤めは武家の用人の仕事とは違うからよ。それに算盤勘定ができるからって町人に使われるのは、あんたでも内心は気が進まないかもしれねえと迷ってさ。けど、取っといたのは実事《まめごと》だぜ」

と、張りのある声が言った。

「己《おのれ》の技を相応に必要としてくれるなら、武家商家は問わん」

「いい心がけだ。おれもそう思ってさ、考えた末にやっぱりあんたしかいねえと、報せたわけよ。それと給金が相場よりいい。そこは商人だ。貧乏武家とは違うね」

「いくらだ」

「半季で三両二分。今どき、渡りでそれだけ稼げるところはそうはないぜ」

小僧の丸平でも、商家に二年奉公し、一季の下男下女勤めで年の給金が二両二分から三両が相場であることぐらいはわかってきた。

半季で三両二分なら、確かに下男下女の相場よりはかなり割がいい。

丸平は思ったが、侍はすぐには応えなかった。思案しているふうだった。

それからなんとはなしに落胆した声で、

「米櫃《こめびつ》も空になりかけている。やむを得ん。その話、承知した」

と、ようやく応えた。

丸平はほっとした。

お侍さん、奉公口が見つかってよかったじゃないか。

「店の名前と場所を教えてくれ」

「これだよ。内藤新宿の磐栄屋という呉服と太物の問屋で、日本橋の大店《おおだな》とまではいかねえが、旅籠《はたご》の飯盛《めしもり》やら百人《ひゃくにん》町辺りの武家の内儀を顧客に手堅い商いを四十年も営んできた、そこそこのお店さ」

ええっ、内藤新宿の磐栄屋だったらうちじゃないか。

丸平は奥の部屋のやり取りに慌《あわ》てた。

うちの話なら、そいつは別だ。

侍なんてお絹さまは言ってなかった。

お絹さまは「矢藤太さんが承知していらっしゃいます」と言ってたけど、商いを知らない侍を商家に雇っても意味がないことぐらい、丸平にだってわかる。

お侍さんは困りますって、矢藤太さんにきっぱり断わらなきゃあ。

そのとき奥の部屋から小紋の長着を着流した男が、ふらっと出てきた。

やっぱり、主人の矢藤太だった。

「ご主人、磐栄屋の丸平です。ご主人」

丸平はあがり框に両手をつき、懸命に呼びかけた。

店の間の大人たちが一斉に丸平へ顔を向けた。

小僧が、相変わらずむっつり顔で丸平を見つめている。

見るんじゃねえ、と丸平は言いたかった。

矢藤太が丸平に気づき、頬《ほお》から顎《あご》にかけて少しやさぐれて見える細面《ほそおもて》を「おや……」とほころばせた。

「本日はお絹さまのご用でまいりました。先だってお頼みした件です」

「この前の小僧さんか。いいところへきた。たった今人が見つかって、磐栄屋さんへうかがわせるところだったんだ。小僧さん、案内を頼めるかい」

先にさらっと言われて、丸平は二の句が継げなかった。

「市兵衛《いちべえ》さん、磐栄屋さんの小僧さんがきてる。一緒にいくといい」

あの、と丸平が言いかけたとき、総髪に一文字髷を結った背の高い侍が奥の部屋からふわりと現れた。

血の気の薄い色白に、鼻筋が通り目尻の尖《とが》った奥二重の目付きのきつい表情を、さがり気味の濃い眉《まゆ》が和らげ、ひょろりと痩《や》せた風貌は、侍らしい腕っ節の強さや厳《いか》めしさをまったく感じさせなかった。

侍はうんと若くも、案外老けているようにも見えた。

弱そうな侍だな、腕は立つのかなと、丸平は言いかけたことを忘れてしまった。

けれども、やや色褪《あ》せ加減の紺羽織や細縞の小倉《こくら》袴には火熨斗《のし》が丁寧にあたっており、拵《こしら》えは貧乏暮らしなりに身綺麗で小ざっぱりしていた。

侍は、店の間の客の間《あいだ》を縫《ぬ》ってあがり端の丸平の前まできて座り、一礼した。

丸平は唖然とした。

おら知らないぞ、おらのせいじゃないぞ、と丸平は呟《つぶや》いた。

順番を待っている客たちが二人を見較べた。

侍と町家の小僧の取り合わせを、妙に思ったのかもしれなかった。

「小僧さん、よろしくお願い申す」

侍が、に、と小さな笑みを浮かべ、やわらかな低い声で言った。

丸平は上目遣いに侍を見あげたが、なぜか、侍ののどかな笑顔がちょっと好きになった。

第一章　新宿追分

一

同じ朝の五ツ（午前八時）すぎ、北町奉行所定町廻り方同心渋井鬼三次《しぶいきさじ》は卓へ片肘《ひじ》をつき、浅草海苔《のり》と梅干を肴《さかな》に湯呑の冷酒をちびちびと舐《な》めた。

大刀を杖《つえ》替わりにつき、柄頭《つかがしら》へ一方の掌《てのひら》をだるそうに載せている。

とき折り、気色の悪いおくび（げっぷ）をもらした。

宿酔《ふつかよい》のむかつきや頭痛には、湯呑に二、三杯の冷《ひや》の迎え酒が効く。

肴は浅草海苔と酸《す》っぱい梅干だけでいい。

殊《こと》に、浅草紙の古紙再生技《わざ》を応用し、べっとりした練り物だった海苔を一枚紙のように拵え直した浅草海苔のぱさぱさした歯触りは、宿酔で食い物を受けつけない腹には具合がよかった。

渋井は湯呑を置き、卓に頬杖をついた。

表の《喜楽亭《きらく》》と屋号を書いた腰高障子に、朝の青白い光が差していた。

《喜楽亭》は永代橋《えいたい》の上流から油堀《あぶらぼり》川へ入った千鳥《ちどり》橋に近い堀川《ほりかわ》町の川端にあり、狭い土間に醬油樽《しょうゆだる》へ渡した長板の卓を二台据えてあるだけの縄暖簾《なわのれん》である。

客は周りの樽に腰かけて呑み食いし、十二、三人も入れば満席になる。

白髪頭のじいさんがひとりで営《いとな》んでおり、どことなくどぶ臭い深川《ふかがわ》に似合っているところが、渋井は気に入っていた。

店奥の調理場の竈《かまど》で煮る煮物の甘辛醬油の匂いが、煤《すす》けた天井に漂っていた。

客は渋井鬼三次ひとりである。

縄暖簾を表にさげる刻限にはまだ早く、渋井は勝手知ったふうに店に入って樽にかけ、心得たじいさんは黙って湯呑の冷酒に浅草海苔と梅干を添えて出した。

いつもの、阿吽《あうん》、の呼吸である。

渋井鬼三次を《鬼しぶ》と呼び始めたのが誰かは知らない。

渋井が市中見廻りに現れると、闇夜の鬼さえ渋《しぶ》い面《つら》をするというので鬼しぶと、裏街道の地廻り連中の間から広まった綽名《あだな》だった。

年は四十を廻って二、三、日焼けした顔に頬が窪《くぼ》んで頬骨が目立ち、疑り深そうなちぐはぐな形の目に八文字眉の渋面《じゅうめん》がひと癖ありそうな町方である。

中背の痩せた背中を丸めちゃらちゃらと雪駄《せった》を鳴らす姿は鬼より景気が悪いと、渋井は盛り場の顔利きらからは嫌われている。

袖の下を絶対拒まない渋い男だから鬼しぶさと笑うのは、同輩の町方に多い。

そんな渋井が先月、瀕死《ひんし》の大怪我《けが》を負った。

鬼しぶがくたばったぜと、地廻りの間に噂《うわさ》がいっとき飛んだ。

だが京橋《きょうばし》川に近い柳《やなぎ》町の町医師柳井宗秀《やないそうしゅう》の手当てで一命を取り止め、今月半《なか》ばには御番所勤めに戻った。

すると、鬼しぶは三途《さんず》の川の亡者《もうじゃ》にも嫌われやがった、と地廻りの間の噂はそんなふうになった。

昨夜、渋井は深川八幡大鳥居前の岡場所の馴染《なじ》みの女郎と、しんねりとすごしたはずだったが、実は酒に酔って途中から覚えていないのだ。

珍しいことではなかった。

明け方目覚めると、女郎部屋の蒲団《ふとん》の中で赤い越中《えっちゅう》ひとつに、肌着も露《あら》わな女郎が隣りでいびきをかいていた。

廓《くるわ》の朝風呂に浸《つ》かって酒と女郎の白粉臭《おしろい》さを流し、岡場所の廻り髪結を頼んで鬚《ひげ》を当たり月代《さかやき》も剃って小銀杏《こいちょう》を整えた後、廓の若い者が、

「旦那、朝飯はどうなさいやす」

訊ねるのを、まだ蒲団の中でいびきをかいている女郎を横目に見やり、

「いや。今日はよす。それと、もう少し寝かしといてやってくれ」

と心付けを渡し廓を出た。

岡場所新道の木戸まで見送った若い者が、愛想笑いを見せて言った。

「夕べの大騒ぎじゃあ、姉さんも目が覚めやせんやね」

そうなのか、と渋井は思いつつ油堀川までぶらぶら歩いて《喜楽亭》の客になったのが四半刻（約三十分）前。五ツすぎの今、店の樽に腰かけ迎え酒を舐めながら考えても、やはり夕べのことは思い出せなかった。

はっきりしないせいか、褌《ふんどし》の中が妙にくすぐったい。

まあ、どっちでもいいか。渋井は考えるのを止めた。

町方であっても公儀に仕える侍の外泊は、建て前上、許されない。

だが渋井は、「知ったことか」と建て前など意にかいさなかった。

「奉行だろうと徒目付《かちめつけ》だろうと、おれのやり方に口出しはさせねえ」

と、己の務め方や行状を改める気はまったくない。

渋井はそんな男だった。

ちなみに、渋井が勤める北町奉行は榊原主計頭忠之《さかきばらかずえのかみただゆき》であり、徒目付は町奉行所のどこへでも自由に出入りできる権限を持つ町方役人の監視役である。

そのとき、堀端の路が、たたたっ、と小気味よく鳴り、腰高障子へ人影がすっと差した。

渋井は、ぐひっとまたひとつ、おくびをもらした。

障子が勢いよく開いて「ごめんよおっ」と、男が飛びこんだ。

男は渋井を見つけ、はあはあと若い息をはずませた。

「旦那あ。戻りやした。ひやあ、遠いのなんのって。新宿みたいなど、田舎《いなか》は、いって戻ってくるだけでも、えれえ大仕事だ」

「おう、ご苦労だった。休んで一杯やれ」

渋井は隣りの樽へ座らせた。

渋井が三十半ばで定町廻り方に就いて以来、ずっと手先を務める助弥《すけや》である。

「旦那、あっしは腹ぺこで。天龍《てんりゅう》寺の時の鐘が鳴ったら旅籠《はたご》を追い出されて、ここまで飲まず食わずで走ってきやした」

「わかった。おやじ、酒より助弥に朝飯を食わしてやってくれ」

渋井は顔だけ廻《まわ》して、調理場へ声をかけた。

「おれの、朝飯の残りでもええか」

じいさんが調理場から顔をのぞかせた。

「かまわねえから早く頼む。腹が減って目が廻りそうだ」

ほどなく、湯気の立つごぼうの味噌汁、炙《あぶ》った浅草海苔に大根の漬物、それと白い丼飯をじいさんが運んできた。

「夕べは、楽しめたかい」

渋井は助弥の威勢よく飯をかきこむ様子をおかしそうに見ながら、冷酒を舐めた。

「そりゃあもう。夕べは引き手茶屋の若い者をやってるあっしの友垣《ともがき》と一杯やって、そいつの世話で宿場女郎と、へへ……ちょいと遊ばせてもらいやした」

「首尾はどうだったい」

「あっしの敵娼《あいかた》が情の濃い女でやしてね。もっともっと朝まで寝かしてくれねえんでさ。あんな女は初めてだ。新宿の女はすげえや」

「ふん、腹も減るはずだな」

「勘定の方は立て替えときやしたんで、旦那、ひとつ……」

「わかってるよ。任せとけ」

助弥がやっとひと息ついたところで、渋井は宿酔でだるそうな顔を引き締めた。

「で、どんなことがわかった」

「へい。その友垣に新宿の番屋勤めの男と、町の裏事情に明るい地廻りの男を引き合わせてもらい、二人からだいたいの経緯《いきさつ》は聞けやした」

助弥は忠実な手先の顔に戻っていた。

「まず、磐栄屋という店は、追分《おいわけ》の上町で、宿場女郎やら大久保《おおくぼ》百人組のお屋敷などを得意に抱え、日本橋や神田の大店《おおだな》とは較べられねえが、新宿界隈《かいわい》じゃあ名の知られたそこそこの呉服と太物の問屋でやした」

ふむ――と渋井が口をへの字に結んだ。

「主人の名が天外《てんがい》。年のころは五十五、六。新宿旅籠の小僧から身を起こし、四十年ほど前に女郎衆相手に小っちゃな店を開き、一代で今の店にまで築きあげた商いひと筋の一徹者《いってつ》という評判の、界隈では一目置かれた商人でやす」

渋井は腕を組み、鬚剃り跡の顎《あご》をなでた。

「その天外が、天龍寺へ番頭と出かけた帰りの夜道で、何者かに襲われて深手を負った。金目当ての物盗りじゃなく、人の恨《うら》みを買ったか、なんぞわけありの襲撃だったそうで」

「わけあり？　なぜ言える」

「一味は覆面《ふくめん》の侍らしいのが三人でやした。お供の番頭には目もくれず、ひたすら天外に襲いかかりやがった。それで番頭は無傷だった。天外が命を取り止めたのは、ざっくりと斬られた後、玉川《たまがわ》上水へ転がり落ちたもんで、止《とど》めを刺されずに済んだ」

天外は騒ぎを聞きつけた付近の住民に助けられ、かろうじて一命は取り止めた。

「ところが旦那、磐栄屋の災難はそんなもんじゃなかった」

と助弥は顎を突き出した。

天外には、多司郎《たしろう》というすでに天外の元で家業に就いている二十九歳の跡継ぎと十歳年の離れた妹のお絹という娘がいて、自身は店の相談役に身を引いており、多司郎に嫁がくればぼつぼつ隠居をと考えていた矢先に遭《あ》った災難だった。

襲撃に遭ったのがこの十月の上旬。そのころ倅《せがれ》多司郎は、古参の手代をともない武州大滝村《ぶしゅうおおたき》へ仕入れの旅に出かけていた。

急ぎ、旅の多司郎へ父天外の災難を報せる使いを出そうとしたそのとき、武州の仕入れ先の知り合いより、多司郎と手代が山中で盗賊に襲われ落命したという驚愕《きょうがく》の報せが届いたのだった。

主人が瀕死の重傷を負い、跡継ぎを失った磐栄屋は大混乱に陥《おちい》った。

商いどころではなかった。

だが、天外は気骨のある商人らしい。

蒲団に横たわったまま身体《からだ》を起こすことすらできない身ながら、娘のお絹に命じた。

大滝村へ店の者を遣わして多司郎らの仮の葬儀を済ませ、遺骨を持ち帰って本葬儀を菩提《ぼだい》寺の天龍寺において四十九日に改めて行ない、四十九日のその日までは磐栄屋の商いはお絹自身が仕切って一日たりとも休んではならぬ、というものだった。

「妹娘に、店を任せるってえのか」

渋井は宿酔を忘れて刀を肩に抱えた。

「へえ。十九歳のお絹で、まだ娘っ子だそうでやす」

「十九歳の娘っ子に。えらく商売熱心だな。磐栄屋はそんな災難続きでも、店を休めないほど商いが切羽《せっぱ》詰まっているのかい」

「それがそうとも言えず、そこに天外が襲われた一件にからんだわけがあるらしいと、新宿の裏事情に明るい通《つう》の間ではもっぱらの噂でやす」

「どういうことだ」

渋井は刀を、がしゃり、と持ち替えた。

「実は、追分に近い上町の磐栄屋のある一帯の町地が、今、代地を命じられているそうなんでやす」

「代地？　召し上げか」

「そうなんで。つまり、四十年、天外が一代で営々と築いてきた老舗《しにせ》の呉服太物問屋磐栄屋は今、新宿から追い立てをくらっておりやす。地面召し上げの相手ははっきりしねえが、どうやら御三家筋につながる大家らしいとか……」

渋井は湯呑の冷酒に口をつけた。

武家であれ町人であれ、それまでの屋敷や地面を召し上げられ、別の土地へ代地を命じられるのは珍しい話ではない。

そのため江戸には、代地、とつく町名が多かった。

赤穂《あこう》浪士の襲撃を受けた吉良《きら》家の本所松坂《ほんじよまつざか》町の屋敷もそうだったし、山谷《さんや》堀日本堤の新吉原《しんよしわら》も日本橋葺屋《ふきや》町の代替地である。

内藤新宿は、宿場の一画が信濃高遠《しなのたかとお》藩内藤家の下屋敷だったからその名がついた。

江戸は、地面召し上げと代地によって巨大化していったとも言える。

しかし渋井は、何かある、と思った。

廻り方同心の務めで身についた勘だった。

渋井の脳裡に《てんがい》という響きが引っかかっていた。

天外――

渋井は、その名をおよそ三十年前に聞いていた。

先年亡くなった父親がまだ定町廻り方を務めており、渋井が無足《むそく》見習で北御番所へ出仕して間もないころだった。

新宿で起こったある殺しの一件について、父親が《内藤新宿の天外》と言っていたのを渋井は子供心にも覚えていた。

その天外の名が、三十年のときを経たこの十月、突然、過去の記憶の中から甦《よみがえ》り、一緒に、鬼しぶの好奇心の虫がむくむくと頭をもたげたのだった。

二

四谷《よつや》新宿馬糞の中で、あやめ咲くとはしおらしい……

と唄われる内藤新宿は、日本橋からおよそ二里（約八キロ）、道幅五間半（約九・九メートル）の街道に沿って、東西九町（約九八一メートル）余、南北一町（約一〇九メートル）もない小さな宿駅だった。

四谷の大木戸から太宗寺《たいそう》までの下宿《しもじゆく》、太宗寺から追分までの中宿《なかじゆく》、追分から宿場はずれの鳴子《なるこ》の境までの上宿《うわじゆく》からなる。

新宿追分は、今の青梅《おうめ》街道にあたる成木《なるき》街道より南へ分かれ、一里塚のある天龍寺を南に見て甲州《こうしゆう》へと向かう江戸五街道のひとつ甲州道との三叉路である。

甲州道の次の宿場は高井戸《たかいど》、成木街道は田無《たなし》である。

新宿女郎屋のいいのは、中宿から上宿に多くあり、殊に追分は旅籠のみならず、料理屋引き手茶屋の集まる繁華な一画だった。

新宿の老舗の呉服太物問屋磐栄屋は、その追分の町名では上町にあたる成木街道北側に沿って、山形に《い》の字を抜いた紺の長暖簾を提げ、磐栄屋と記した屋根看板も古めかしい十数間の間口を開いていた。

店の西側角から北の表番衆《おもてばんしゆう》町の通りへ抜ける横町に木戸があり、磐栄屋の裏手と武家屋敷の練塀の間にだんご長屋が、拳《こぶし》大の石を幾《いく》つも載せた板屋根を連ねていた。

お絹は、仏壇の兄多司郎の遺骨を入れた壺と仮位牌《いはい》の前に蠟燭《ろうそく》と線香を立てた。

兄さん、お父っつあんと磐栄屋の暖簾を守って……

お絹は掌を合わせて心の中で祈り、愁《うれ》いを含んだ黒目がちな目を、昼の明るい日差しを和らげる障子へ移した。

笄《こうがい》を横一文字に刺した島田《しまだ》の黒髪と、白絹に薄桃色がわずかに差したような十九歳の肌が、障子の淡い光を浴びて透明に輝いた。

お絹は居間を出て、だんご長屋の屋根が板塀の上に見える裏庭の土蔵へ向かいかけた。

けれども裏庭に面した縁廊下でふと思い立ち、草色の細縞格子《ほそじまこうし》模様の小袖に包んだ細くしなやかな身体を、縁廊下から父親天外の寝所へ運んだ。

狭い裏庭には枯芭蕉《かればしょう》の木が、葉を力なく垂らしていた。

だんご長屋の子供たちの遊ぶ声が、塀の向こうから聞こえてくる。

冬雀が気持ちよさそうに、日差しが明るい屋根の上を飛び交っていた。

もうすぐ十一月、秩父絹大市が迫っている。

お絹は縁廊下にふと佇《たたず》み、たとえひとりでも秩父へ仕入れにいかねばと、決意を固めていた。

「お絹か」

立てた腰障子の奥から、父親の嗄《か》れた声がした。

はい――お絹はかえし、廊下へ膝《ひざ》をつき寝所の障子を開けた。

鬚と月代《さかやき》が伸びて白髪の目立つ父親が、敷居の側の美しく育ったお絹を眩《まぶ》しそうに見て微笑《ほほえ》んだ。

「この部屋は西日が差すから昼からは暖かい。開けたままでいい」

父親は言い、蒲団の中から上体を起こそうとした。

お絹は蒲団の側へすすっと寄り、悲しいほどに痩せた父親の身体を支え、起きるのを手伝った。

「寝ているばかりだと、身体にもよくない」

天外は、首筋に血を通わせるように右に左にそっと廻した。

今月初め、何者かに襲われ負った深手がようやく癒《い》えて、ゆるゆるとなら上体を起こせるくらいに回復していた。

お絹は衣桁《いこう》から綿入れの半纏《はんてん》を取って父親の肩にかけた。

火鉢に鉄瓶《てつびん》がかかり、すき透った湯気をくゆらせている。

「お茶を淹《い》れるわね」

父親は障子を開けた先の、庭の枯芭蕉を見ていた。

「枯れたな」

茶の用意をしているお絹に言った。

お絹は急須《きゅうす》に湯を入れてしばらく置き、それから茶碗に香ばしい狭山《さやま》の茶湯をそそいだ。

「お父っつあん、わたし、ひとりでも秩父へいくからね」

お絹は盆に茶碗を載せ、父親に渡した。

天外はゆっくりと旨《うま》そうに茶を含み、ふうとひと息ついて、

「ひとりでは、だめだ」

と微笑みを浮かべたまま言った。

「でも在庫は少なくなっているのよ。わたしがいって仕入れてこないで誰がいくの」

「今年の絹大市はもういい。絹市は絹大市だけではないし、仕入れは絹仲買に頼んでもできる」

「新宿の呉服問屋が絹大市へいかないなんて、おかしいわよ。そんなのいやだわ」

天外は黙って枯芭蕉へ目を投げた。

「わたしが小っちゃなときから、お父っつあんは多司郎兄さんを連れて仕入れの旅に出かけていたじゃないの。おっ母さんのお葬式のすぐ後だって、市を休むわけにはいかないと、兄さんを連れて旅に出たのをわたし覚えてる」

お絹は膝の上で掌を握り合わせた。

「その土地へ旅し、その織物のよさを確かめ、直《じか》に仕入れれば、絹仲買の手数料のかからない分、お客さまにいい品を安くお届けできる。それが磐栄屋の商いの、伝統なのでしょう」

表の店で、おいでなさいまし、と若衆（見習手代）の安吉《やすきち》や小僧らのお客を迎える声がする。

お絹は束の間、店の方へ顔を廻らせた。それから、

「江戸の大店の越山屋《えちざん》さん、白鷺屋《しらさぎ》さん大菱屋《おおびし》さん松浪屋《まつなみ》さんらが、儲《もう》かりさえすればいい、法度《はっと》にはずれていないからかまやしないと、絹仲買と組んで絹織物を買い占め、売り値を無理やりつりあげる……」

と言いながら、父親の痩せて白い鬚の生えた横顔をじっと見た。

「そんな商いは、どんなに儲かっても法度にはずれていなくても、お客さまをいつわることになるから、商人はしてはならないんだって、それがお父っつあんの商いの教えだったでしょう」

天外は小さく穏《おだ》やかに頷《うなず》いた。

「わたし、そんなお父っつあんが頼もしくて自慢だった。毎年、夏の初めと十一月が近づくたびに、またお父っつあんと多司郎兄さんの旅の季節がきたのねと、いつも思

ってたわ。大きくなったら、わたしもお父っつあんと旅に出るんだって思ってた」

お絹は、童女のころの記憶をたどった。

「多司郎兄さんがあんなことになって、つらくて悲しくて堪《たま》らないけれど、でも、わたしが旅に出るときがきたのよ。ねえ、お父っつあん、そうじゃない?」

天外は茶碗を盆に置いた。

「多司郎と亮助《りようすけ》の、四十九日の法要がすんでから、磐栄屋の暖簾をどのように守り、立て直すか、店に残った者で話し合い、決めよう」

亮助とは、多司郎に従って仕入れの旅に出て、武州大滝村の山道で多司郎とともに盗賊に襲われ命を落とした経験豊かな手代だった。

多司郎を亡くした天外、お絹の悲嘆は言うまでもなかったが、それ以後、番頭を筆頭に年季を積んだ手代頭や手代らが次々と店を辞め、磐栄屋の商いは大きな痛手をこうむっていた。

それをお絹が懸命に支えている。

「人はまだまだ、これからも去っていくだろう。お絹。おまえには苦労をかけるが、今は辛抱だ」

「苦労だなんて、わたし、ちっとも思わない」

穏やかな口調でも、父親の言葉はお絹には重たい。

だが、お絹の決意は変わらなかった。

この一徹な父親をどう説き伏せたらいいのか、お絹は考えた。

そこへ、小僧の金太《きんた》が縁廊下を小走りに踏み、障子の側へすとんと座った。

「お絹さま、お客さまがお見えですう」

「はい。じゃあお父っつあん、用があったら鈴を鳴らしてね」

お絹は座を立った。


店は勘定、織物、注文事務を掌《つかさど》る会所と帳場が一緒になった部屋と、南向きに十間と西向きに二間半の角地に開いた売り場を、庇《ひさし》下の通路が鉤《かぎ》型に囲っている。

九歳から十三、四歳の小僧が五人と、手代は二十歳《はたち》をすぎたばかりの長介《ちょうすけ》、正太《しょうた》郎《ろう》と彦蔵《ひこぞう》、若衆の安吉を入れても四人しか残っていない。

二十三歳の最年長の長介が、手代頭を務めている。

帳場と会所は、お絹と手代頭の長介が仕切り、入れ替わり立ち替わり売り場の暖簾をくぐるお客には、正太郎、彦蔵、安吉が目の廻る忙しさで接客に当たる。

小僧らは「おいでなさいまし」と甲高《かんだか》い かけ声を合わせ、お客に茶と煙草盆《たばこぼん》の接

待、お客の好みの反物《たんもの》・帯を店蔵から両手に抱えて出し入れし、お客の履物《はきもの》を揃《そろ》え
「またのお越しを」とお見送りする。

朝夕は店の掃除、使い走り、店の大戸を閉めて、夕食の後は一人前の手代になるために算盤習字の手習いは不可欠である。

大竈《おおかまど》が二つ並ぶ台所では、台所衆の中年の頭が下男二人を使い、一時は二十数人いた手代と小僧の賄《まかな》い、荷物の搬入、買い出し、お買い上げの品をお客の住まいまで葛籠《つづら》を背負って届ける役目をこなす。

ほかに下女三人がいて、風呂焚《た》き、二階の使用人が寝起きする大部屋の掃除洗濯、蒲団干し、それから店裏の主の住まいの用も務めるものの、通例、商家の表店は男所帯で成り立っている。

先月までは跡継ぎの多司郎が、支配人役の番頭、手代頭、平手代、若衆、子供の小僧らを率いていたが、多司郎が旅の途中で命を落とし、主人の天外が襲われ大怪我を負ってから、商いの中心になっていた者たちが次々と店を去っていった。

それにともない、顧客も減った。

お絹も父親の天外も、そのわけは察しがついている。

「お客さんが、たったひとりでもきてくださる間は、新宿追分磐栄屋の商いは、一日

たりとも休んではならん」

それが天外の言いつけだった。

だから今は堪えて、我慢して、お絹が仕切り、店を開き続けている。

お絹は店をのぞき、それから店の間、東隣の客座敷の襖《ふすま》を開けた。

月番の問屋役と助役の年寄五人がぞろりと顔を揃え、お絹を待っていた。

宿場は町地の名主を置かないので、年寄が行政の長になる。

「これはみなさまお揃いで、おいでなさいまし。ただ今お茶を」

と、畳に手をついたお絹に問屋役の伝左衛門《でんざえもん》が言った。

「天外さんの具合はいかがですか。だいぶよろしいとうかがっておりますが」

「お陰さまで、蒲団の中でなら、身体が起こせるほどに回復しております」

「それはよかった。天外さんの災難、大事な跡継ぎの多司郎さんの不幸が続き、磐栄屋さんにはお気の毒なことと、みなご同情申しあげております」

「お気遣い、ありがとうございます」

「それでね、お絹ちゃん、用件は……」

と伝左衛門が言った。

「多司郎さんの四十九日もすまないこんな折りに申しあげるのも心苦しいが、近々、岸《き》屋《し》さんと新宿の宿役人全員で寄合を持ち、岸屋さんが新宿店を構えるに当たって、宿役人の立場から要望を出そうという話になりましてね」

お絹は視線を畳へ落とした。

「その寄合に、宿役人ではないけれど、磐栄屋さんにもぜひ出てもらいたいのです」

少し腹が立った。

「お父っつぁんは、まだ無理できませんので……」

お絹は素《そ》っ気《け》なく言った。

「だから代わりに、お絹ちゃんが出てくれればいいのですよ」

「それに、このたびの地面召し上げはご公儀の定められたことで、わたしらにはどうしようもできないのですからね」

隣の年寄が横から言った。

お絹は顔をあげた。

「ここはうちの地面だし、磐栄屋はここで四十年も商いを続けてきたんです。召し上げなんて、困ります」

「お絹ちゃんの気持ちはわかる。けれどね、お上の定めにこれ以上逆らっても得することなんてありませんよ。お絹ちゃんも商人の娘なのだから、損得勘定はできるでしよう。淀橋村《よどばし》に代地が用意されているんだから」

お絹は膝に手を揃え、くっきりとした目を伝左衛門へ向けた。

「お上のご用の召し上げならわかります。でも、うちと裏の店がある地面を岸屋さんが払い下げを受けて別店を構えるのなら、呉服問屋の商いの後に大店の呉服問屋さんが商いをするだけで、ちっともお上のご用ではないじゃありませんか」

「それはそうだが……」

「うちは岸屋さんと較べると小さな問屋だけれど、新宿近在にお得意さまも大勢いらっしゃいます。うちのお店を奪って岸屋さんに同じ商いをやらせるのがお上の定めなら、それはお上が岸屋さんに便宜《べんぎ》を計っただけではありませんか」

役人たちは言い詰まり、互いに顔を見合わせた。

「お上がそんな理不尽《りふじん》をなさるはずはないと、お父っつあんも多司郎兄さんも考えていましたし、それは今も変わりません。それにうちは、ご支配の町奉行所からまだなんのお達しも受けておりません。岸屋さんが磐栄屋に取って替わる、そういう話だけが先走っているんです」

「お達しは遠からず、遣わされますよ。逆らっても無駄なんですから」

「うちは、岸屋さんの新宿店の話をみなさんから言われるだけで、表立ってはどこにも何も訴えることができませんでした。みなさんも、うちが新宿から出ていくのを当然のことみたいに、仰いますけれど……」

宿役人たちが、小声で言いわけを交わした。

「でも、お達しがくれば、奉行所のお白州《しらす》の場でこの話の理不尽を訴え、真っ当なご裁定をくだしていただくよう、やっとお願いできます。磐栄屋がこれからも追分で商いをしていけるよう、お奉行さまにご訴え申しあげます」

伝左衛門が、ふうん、とうなった。

客間の敷居の所で、茶湯を運んできた小僧の金太が、客とお絹のやり取りの深刻さに戸惑い、部屋に入りかねていた。

女の客の悲鳴と、茶碗の割れる音がしたのはそのときだった。

隣の売り場で急にざわめきが起こり、男の怒声が響き渡った。

三

お絹が慌てて客間から売り場へ出ると、大黒屋《だいこくや》の紺看板を着た七、八人の手下らが通路にい並び、売り場で小さくなっている安吉を睨《にら》んでいた。

黒革の羽織の下に黒い長着と黒い天鵞絨《ビロード》の帯、黒足袋、雪駄《せった》も鼻緒も黒色にめかした大黒屋の若頭《わかがしら》の辰矢《たつや》が、あがり框に腰をかけ、長い大きな足を組んで雪駄の先をぴんぴんと跳ねさせていた。

辰矢の左右に脇差を差した二人の着流しの男が立っていて、眉を歪《ゆが》めて周囲を威嚇《いかく》している。

客が店からそそくさと逃げ出し、長介ほかの手代は帳場に、小僧らは店の隅に固まって動けず、土間の奥からは、台所衆や下女らが恐る恐る様子をうかがっていた。

街道へ開いた店の前に、野次馬の黒だかりができ始めていた。

「兄さん、あんた、本物の商人かい。それが商人の言うことかい」

辰矢が殊更《ことさら》に大声を店中に響かせる。

若衆と言ってもまだ十七歳の安吉は、震えあがって声も出せないでいた。

「現にここに傷ついた反物があるだろう。これをおれに売り付けたのはあんただ。売り付けたあんたが知りませんじゃ、この始末がつかねえじゃねえか。客に泣き寝入りしろってえのか、ああ?」

辰矢は反物をつかんで安吉の膝の上へ、ぽんと投げた。

筒状の反物が解けて、畳へくるくると転がった。

刃物で裂いた傷跡が模様のようについていた。

お絹は安吉の隣へ座り、畳に手をついた。

「お客さま、お売りした品に傷がついておりましたのは、手前どものとんだ粗相《そそう》でございます。まことに申しわけございません。すぐお取り替えいたします」

安吉がそばかすだらけの顔を青褪《ざ》めさせ、必死に倣《なら》った。

「誰か、お客さまにお茶をお出ししなさい」

辰矢がお絹を睨み、うすら笑いを浮かべた。

「姉さん、あんた誰だい」

「申し遅れました。磐栄屋の主天外の娘で絹と申します」

お絹は穏やかに言った。

「磐栄屋の娘ねえ。で、あんた、商いのことがわかるの」

「父の手ほどきを受けましたので、ひと通りのことは」

「ほう、わかるのかい。じゃあ話は簡単だな。この始末、申しわけございません、お取り替えしますじゃすまないってことはさ。なあ」

「お取り替えですまないのでございますなら、お代金をおかえしいたします」

「それじゃあすまないことはわかるなって、言ってんだ。聞こえたか」

辰矢はさらに怒声を響かせた。

「と申しますと……」

「わからないなら、姉さん、教えてやるぜ」

辰矢は、にょきにょきっと立ちあがった。

六尺（約一八二センチ）に届く上背に、反《そ》った顎が異様に長く、青黒い顔には眉毛がほとんどなかった。

大きな片足をあがり框を跨《また》ぐように床へ乗せ、身体を折り曲げて、お絹に顔を近付けた。

そして酷薄そうなひと重の目で、お絹の眉ひとつ動かさぬ静かな顔を睨みつけた。

お絹は辰矢の顔から、朱の差した白い顔をそむけた。

宿役人らが首をすくめ、売り場の隅からこそこそと店を出ていく。

「女だから手加減すると思ってるんじゃねえのか。箸《はし》も持てねえ身体になるぜ」

辰矢は眉間に不気味な皺《しわ》を寄せた。

そのとき、後ろから誰かが辰矢の肩を軽く叩いた。

辰矢が長い首だけをかえし、ううん、と訝《いぶか》った。

色白の痩軀《そうく》の侍が立っていた。

目付きは尖《とが》って鋭いが、ややさがった眉尻と笑っているように結んだ唇が、侍の表情を穏やかにも、優しげにも、頼りなげにも見せていた。

「おいおいさんぴん、取りこみ中がわかんねえのか。帰《けえ》んな」

辰矢の側についている男が侍を脅《おど》し、庇下の通路に屯《たむろ》している看板の手下らはふらりと店へ入ってきた侍の振る舞いを訝った。

しかし侍は、お絹へ顔を戻した辰矢の肩をまた軽く叩いたのだ。

意外な行為に、辰矢は身体を起こして振り向き、

「なんだ、てめえ」

と、三寸は小柄な侍を見おろした。

「おぬしの用件はさほど大事ではないから、後にしてくれないか。わたしはこちらの娘さんとこれから重要な話があるのだ。こちらの用件がすんでからでも遅くはあるまい。順番を譲ってくれないか」

手下らが啞然とし、それからざわざわと集まってきた。

「てめえ、いかれてんのか。こっちはてめえとかかわっている暇《ひま》はねえんだ。今日のところは勘弁してやるから、しっ、消えろ」

辰矢が子犬を追い払うように言った。

「そう申すな。どうせちんぴらのつまらない強請《ゆす》りではないか。後でもいいだろう」

侍のとぼけた言い方に、辰矢の顔色が、突然赤黒く変わった。

唇が引き攣《つ》った。

取り囲んだ手下らの方が、辰矢の変貌にたじろいだ。

若頭の辰矢を本気で怒らせたら、とんでもないことが起こる。

みんなそれを知っている。

「てめぇぇ」

辰矢がうなり、右手を大きく振りあげた。

手下らは、侍は束の間も持たずぶちのめされるだろう、辰矢兄いの掌の中でこの生っ白い侍の顔が潰《つぶ》れるだろう、と思った。

丸太ほどの腕が、ぶうん、と振りおろされた。

手下らは顔をしかめた。

ところが次の瞬間、にょきっとそびえる辰矢の黒羽織が、侍の肩口を軸にふんわりと回転し、逆さまになって店の外へ飛んでいったから、周囲の目は「あれ?」と辰矢を追った。

辰矢の身体は表の通りまで飛んでいき、地面を毬《まり》のように二度はずんだ。

どすん、どすん。

わあああ……黒だかりになっていた近所の住人や旅人が、左右に散った。

街道の反対側の引き手茶屋の客引きが、呆気《あっけ》に取られて眺めている。

往来の馬が荷物を載せたまま、前足をあげていなないた。

仰向《あおむ》けに転がった辰矢は、何が起こったのかわからず、きょろきょろした。

それからひと声、「いてぇえ」と喚《わめ》いた。

大きな身体をどたばたと起こした途端――侍の拳が辰矢の反った長い顎を撫《な》でた。

辰矢は顎をしゃくりあげ、今度は地面にしゃがみ、蛙《かえる》のように両手をついて身体を支えた。

「があ……」

と、本当に蛙みたいな鳴き声をあげて地面に潰《つぶ》れたから、その格好に周囲の野次馬がどっと沸いた。

「この野郎っ」

店から追いかけてきた二人の男が脇差をかざして、前後して侍に襲いかかる。

前の脇差をかざす腕を侍はくるりと脇に巻きこんで、男の喉《のど》に手刀を打ちこみ、続く男には脇差を振りあげた手首を押さえ、腹に拳《こぶし》を見舞った。

遅れて飛び出してきた手下らの先頭の二人が、ほぼ同時に東と西の地面に叩きつけられ骨を不気味に軋《きし》らせた。

怯《ひる》んで後退さった男が後ろともつれ、磐栄屋の長暖簾にどやどやと倒れかかる。長暖簾が軒庇《のきびさし》からはずれてばさりと落ち、
あわわわ……

男らは暖簾と格闘しながら喚いた。

気を失ったままの辰矢をはじめ、「げえ、げえ……」と口から涎《よだれ》を垂らす者、腹を抱え、「あっぷあっぷ」と地面に転がっている者、身体を弓なりにして悶《もだ》えている者などが道に転がっている。

あっと言う間の出来事に、野次馬が目を剝《む》き、ざわついた。

そこへ、お絹が走り出てきた。

「お侍さま、お客さまに乱暴は困ります。ここはお店の前ですし、通りがかりの方も沢山いらっしゃいます」

お絹は侍の前に立ちはだかって、毅然《きぜん》と言った。

侍はお絹のすっと立つ姿に、に、と唇をゆるめ構えを解いた。

「みんな、お客さまの手当てをして差しあげなさい」

店の隅の小僧らが声を揃えた。

「お絹さま、ただ今宰領屋さんから戻りました」

小僧の丸平が背中の柳行李《やなぎごうり》をゆらしてお絹の側へ駆け寄った。

「まあ、丸平、戻ってたの」

「へい。先ほどから。もうどうなることかと、はらはらいたしました」

「その荷物はどうしたの」

侍が丸平の柳行李を後ろから抱え、

「丸平さん、もういいよ。重かったろう」

と、柔和《にゅうわ》な笑みを見せた。

「市兵衛さん、できるじゃないか。これなら使えるよ」

丸平が侍を見あげ、生意気に言った。

お絹が侍を、あら、という表情になり、恥ずかしそうに頬を染めた。

「あの、でもお侍さま、ありがとうございました。お助けいただき、お礼を申します」

「へえい」

お絹が手を重ね、頭を垂れた。

「いやあ。確かに乱暴はいけませんね。それに、傍《はた》迷惑だ」

「市兵衛さん、この方がお嬢さまのお絹さまだよ。綺麗だろう」

丸平が市兵衛の隣で得意げな顔をした。

四

台所土間の勝手口を出た中庭にある井戸端で、丸平、金太、新吉《しんきち》、久助《きゅうすけ》、作造《さくぞう》の五人の小僧らが、新しくきた使用人の侍の評判を立てながら手足を洗っていた。昼どきになり、下女のお勝《かつ》さんに「みんな、手を洗っといで」と言われたのである。

小僧は色白の丸顔がまだあどけない金太が九歳、十歳の丸平はくりくり眼《まなこ》がきかん気そうで、あばたが残った垂れ目の新吉は十二歳、頬も手足もたっぷり肉の付いた十三歳の久助、そして一番年上が、やせっぽちで背が高く、口の周りの産毛《うぶげ》がなんだか濃く見える作造で十四歳だった。

丸平は朝から神田三河町まで往復してほんのり汗ばんだ顔を、桶にくんだ冷たい井戸水で、ぶる、ぶる、と洗っていた。

隣では金太が一緒にしゃがんで手を洗っている。

「丸《がん》ちゃん、市兵衛さんはどこのご家中なんだい」

気になってならない金太は、丸平に訊いた。

「ぷふう、馬鹿だな、金太は。どこかのご家中ならうちへなんかくるもんか。どこのご家中でもないからうちに雇われるんだよ」

丸平は応えた。

「じゃあ市兵衛さんは、浪人なのかい」

「当たり前だろう。浪人の貧乏侍なのさ」

とこれは、作造が濡れた足を手拭《てぬぐい》で拭いつつ笑った。すると丸平が顔をあげ、

「貧乏侍かどうか、わからないじゃないか」

と作造に言いかえした。

「貧乏侍に決まってるよ。武家ではご奉公先が見つからないから、食い詰めてうちへくるんだろう」

「そうだよね。着てる物だってちょっと古ぼけてるしさ、近ごろは刀だけ差した偽《にせ》侍が多いって聞くよ」

久助が作造に同調し、新吉がくすくすと笑った。

「ちぇ、知りもしないくせに。市兵衛さんは元はお旗本に勤めてたちゃんとした武家のお家柄なんだぞ」

「お旗本？　どこのお旗本だよ」

「どこかは知らないけどさ……」

「ほら、知らないんだろう。そんなの、わかるもんか」

作造が久助と新吉を見廻し、三人は頷《うなず》き合った。

丸平が口を尖《とが》らせた。

「市兵衛さんはあんなに強いんだぜ。おっかない辰矢を伸《の》しちゃったんだ。きっとお旗本さ。お旗本に決まってるよなあ、丸ちゃん」

金太は目を丸くして言った。

「けど大黒屋には辰矢よりもっと恐い重五《じゅうご》って親分がいるんだ。きっと重五を怒らしちゃったから、仕かえしにくるぞ。そうなったら大変だ。手下だってもっともっと沢山いるんだから」

作造が金太へしかめっ面を投げた。

「だよねえ。辰矢だって油断してたので伸されちゃったけどさ、今度は用心してかかってくるからさっきみたいにはいかないよ」

「市兵衛さんは、雇わない方がいいんじゃない。辰矢らがまたきたら、あのお侍さんは通りがかりの方で、どこのご家中かわかりませんって誤魔化せばいいんじゃない」

久助と新吉が真顔で言った。

「何言ってんだ。市兵衛さんはお絹さまを助けてくれたんだぞ」

「そうだよ。お絹さまを助けてくれたんだぞ」

丸平と金太が作造たちを睨みあげた。

もっと何か言いかえしたかったが、内心は大黒屋が仕かえしにきたらと思うと、やっぱりちょっと恐い。そのとき、

「あんたたち、いつまで洗ってるんだい。さっさとお昼を摂《と》りな。仕事が支《つか》えてるんだから」

勝手口からお勝さんが顔をのぞかせ、元気な声で呼んだ。

「へええい」

五人の小僧らは一斉に声を揃《そろ》えた。

その井戸のある中庭から枝折《しお》り戸を抜け裏へ廻る西向き角の寝所に、蒲団の中で上体を起こした磐栄屋の天外と、傍《かたわ》らにお絹が父親を気遣いつつ座り、唐木《からき》市兵衛が

二人と向き合っていた。

多少色褪せた紺羽織や細縞の小倉袴には丁寧に火熨斗をかけ、汚れていない白足袋が、市兵衛という男の純朴な気質をうかがわせている。

障子を少し開けた縁廊下を背に、手代頭の長介、正太郎、彦蔵の三人が神妙な面持ちで着座していた。

若衆の安吉ひとりが、売り場に残って片付けをしている。

日盛りの日差しが縁廊下に落ち、雀《すずめ》が何かをついばんでいた。

裏庭には、枯芭蕉が見えている。

市兵衛は、お絹に己の境涯を問われ、応えた。

「語るべき身分はなく、渡りの用人勤めにより口を糊《のり》しております」

さる旗本に仕える足軽の子として生まれ、父を十三歳でなくしてから上方へのぼり、奈良興福寺《こうふく》での剣の修行、大坂の米問屋、仲買問屋、河内《かわち》の豪農、灘《なだ》の酒造業者の元に寄寓し、算盤商い、米作り酒造りを学んだこと。

その後、京の公家《くげ》の青侍となり、家宰《かさい》を務め、三十になる前、諸国を廻る旅に出て、三年前、江戸へ戻ってきたこと。

市兵衛が上方住まいから諸国を廻った二十数年の履歴を、お絹に問われるまま語るのを、天外は腕組みをし、口を挟まず聞き入っていた。

だが、長い沈黙の後、天外がやっと訊いた。

「唐木さん、わたしは信濃《しなの》より西へは上ったことがない。浪花《なにわ》の商人と江戸の商人を較べると、違いはありますか」

「商習慣に違いはありましても、商いの根本は同じです。強《し》いて違いを探せば、浪花の商人の気質として、名より実を重んじる気風が強いかもしれません」

市兵衛は応えた。

「名より実を？ 名とは、どういうものですか」

「家柄とか、血筋とか、名家大家の御用達《ごようたし》を誉《ほま》れに思うとか、そのようなものです」

「浪花の商人はそのような名を、あまり大事には思わないのですか」

「名は信用につながりますから大事には思っております。ですが、商いの信用という実ゆえに名が大事なので、実と実が競う商いの場においては、家柄や血筋や名家の名に、それ以上の実はないということです」

「浪花の商人は、江戸の商人より実利に目敏《ざと》いという意味で？」

「実利に目敏いのは浪花の商人も江戸の商人も同じと思います。実とは実利ではなく実情を把握する厳密さだと思われます」

「名があるがゆえに邪《よこしま》なことをしない、約束は守る、人に恥じる商いはしない。名は商人の誇りや老舗の暖簾に通ずるのではないですかな」

「家柄や血筋、名家であることが商人の正直さの証《あかし》ではない、偽《いつわ》りのない取り引きをする実の行ないが商人の値打ちなのだ、という考え方です。商人は名より実を惜しめと、それが商人の心得だと、浪花の米問屋の主が教えてくれました」

市兵衛は天外の反応を見守った。

「実の後に実利がついてくる。たとえ実利がともなわなくとも、浪花の商人は実情を知ることを名よりも重んじる。なぜなら、実情を知ることは、いつかは必ず実利に育つと、確信しているふうなのです。浪花の商人の元に寄寓して抱いた私感です」

「それは……」

言いかけて天外はまた黙った。

表情を仕舞いこんだが、この枯れた初老の主の周りを、得体の知れない風雲のような息吹が取りまいていた。

娘のお絹も、むろん若い手代らも口を挟まない。

天外への、強い尊信が偲《しの》ばれた。

「唐木さんは、この新宿という宿場をどう思われますか」

再び、天外は難しい問いかけをしてきた。

「武州甲州の二国を江戸と結ぶ追分にある宿駅ですから、人と物の往来がこの宿場をもっと大きな町に育てていくと思われます」

市兵衛は、短くそれだけを言った。

「四十年前、この追分に女郎衆相手の小さな店を営んでいたころ、まだ深い藪《やぶ》がいっぱいありましてね。旅籠屋の数はわずかだし、引き手茶屋はまだほとんどなかった。それが今や新宿は、品川や吉原と肩を並べる盛り場になった」

新宿の宿駅再開は、およそ五十年前の明和《めいわ》（一七六四～一七七二）のころである。

宿場に女郎屋が許されるのは、幕府ご用の人馬を供給する負担の助けのため、というのが口実である。

だが実際は――年百五十両の冥加金《みょうがきん》と年貢金十六両一分を公儀に納めることが、宿場女郎の町新宿再開の要件だった。

「何年か前、ご公儀は新宿の旅籠の総数を五十軒、引き手茶屋の数を八十軒限りと触《ふ》れを出しましたが、実際はそんなものでは収まりません。どの見世も大見世は張れないが、陰見世を張っておるのです。陰見世こそが、本物の新宿の姿です」

「ご主人、女郎屋の盛り場であれ宿駅であれ、人の集まるところには商いも盛んになるのが必然の成りゆきです。大勢の商人が、新宿に商機を求めて集まってきます」

天外の前襟の間の胸元に、袈裟《けさ》のように巻いた晒《さら》しが見えていた。

「商いはほんとうの戦《いくさ》より難しい戦かもしれません。商人の中には、商いの戦を勝つために卑怯《ひきよう》な手を使う者もおります。わたくしが磐栄屋さんでお雇いいただいた場合、どのような役目を務めるのでしょうか」

ふむ、と天外は頷いた。

市兵衛を雇うかどうか、まだ迷っている様子だった。

「請け人宿の宰領屋の話では、算盤ができ、なおかつ腕の立つ者という要件でした。ですから、侍のわたしにこの話が廻ってきたのです。商家ですから算盤はともかくとして、腕の立つ者という要件が、少々解せません」

「お父っつあん」

とお絹が促《うなが》した。

天外は市兵衛に、穏やかな眼差しをそそいだ。そして、

「唐木さん、隠さずに申しますとね、お侍さんが見えるとは思わなかったのです」

と、その眼差しと同じ穏やかな口調で言った。

「磐栄屋は商家です。商いを志す者ではない者を商家に雇っても意味がない。唐木さ

んに算盤ができても、算盤の腕だけならここにいる若い手代らも相当なものです。しかし世間はいろんな事情が絡み合って成り立っております」

天外は三人の手代へ、年輪を刻んだ顔を向けた。

「商いだけをやっていればいい、米だけを作っていればいい、剣術だけをやっていればいい、という具合にはいきません。宰領屋さんへ算盤ができて腕の立つ者という要件を加えたのはいささか語弊《ごへい》があったし、欲張りすぎたかもしれません」

天外は腕を解き、蒲団の上へ乗せた。

「そんな都合のいい人手は見つからないだろうと思っておったのです。いなければそれまでだと、わたしは考えていたのですよ」

唐木さん――と眉間に憂《うれ》いを刻んで言った。

「あなたは腕の立つお侍のようだ。それに商いが戦と同じだと知っておられる。お侍にしては珍しい。あなたのような方なら、この三人の若すぎる手代しかいない磐栄屋のありさまや、わたしの身体を見て、すでに察しておられるのでしょう。生易《なまやさ》しい仕事ではないと」

天外の穏やかな眼差しに一瞬、激しい光が宿った。

「仕事は、お絹と、秩父へ旅をしていただくことです」

と、穏やかな口調で言ったとき、光はもう隠れていた。

「商いの旅です。霜月《しもつき》(旧暦十一月)の初め、秩父大宮《おおみや》郷で絹大市が開かれる。その絹大市で秩父の白絹を買い付ける。お絹にとって初めての仕入れの旅です。商いの手助けが要るのですが、商いができればいいというだけの務めではないのです」

市兵衛の目と、お絹の強い眼差しがぶつかった。

「これまでは倅が仕入れの旅をしておったのです。だが倅はもうおりません。あれは先だって、旅先で命を落としました。あれは、磐栄屋の将来だった。わたしの言い付けをよく守り、教え甲斐《がい》のある商人だった。なのに、なんと言うことだ……」

天外は、激しく悔《く》いる間を置いた。しかしそれから続けた。

「その間も店は開かなければならない。しかし今でも店は手いっぱいのありさまで、お絹の供ができるほどの余裕もありません。それに何より、うちの手代ではお絹の道中の身が心許ない」

年配の使用人が見当たらない、熟達した番頭がいない。

それは単に、人手が足りないというだけの事態ではない。

この店の商いの根幹をゆるがす事態なのだと、察しがついた。

「お父っつあん、わたしを絹大市へいかせて。必ずいい白絹を仕入れてみせるから」

お絹がけな気に言った。

だが天外はやはり首を縦に振らなかった。

「商いは戦と同じですが、それは商いには戦と同じ駆け引きと戦術が必要だという意味の比喩《ひゆ》です」

市兵衛は訊ねた。

「磐栄屋さんは跡継ぎを亡くされ、ご自身も大怪我を負われた。ご主人はそれが不慮の災難ではなく、わけがあるとお考えなのですね」

「商人は疑り深く、心配性なのです。確かなことは何もわからぬのに勝手に邪推し、ひとりで右往左往しているだけかもしれません。邪推であれば、それに越したことはないのです」

市兵衛は天外の言葉に、切実な強い願いを覚えた。

「唐木さん、知っておいていただきたい。磐栄屋はわたしの宝であり、商人天外の誇りです。わたしには、商人として磐栄屋を守る責任がある。だが、お絹は……」

と天外は言い澱《よど》んだ。

「この子は、わたしの命です。磐栄屋の商いを守るために、この子まで失うわけにはいかない。唐木さん、お絹を守ると、約束していただけますか」

お絹を見る眼差しが、商家の主から子を気遣う父親の目になった。

江戸のはずれの宿場町の一介の呉服太物問屋に、何が起こっているのだ。主が身体に大怪我らしき傷を負い、倅が亡くなったという事情に、怪しく不穏なわけが隠れている。

天外は娘の身をひどく案じており、そのための腕の立つ者なのだ。

しかし天外はわけを語らなかった。

ならば、知る必要はない。

知る必要ができるまでは……

やがて市兵衛は言った。

「渡りは己の技が売り物です。売り物のその技を買っていただけるのであれば、己の技をつくして務めを果たします」

天外は、それでいいというふうに、ふむ、と頷いた。

第二章　絹大市

一

磐栄屋では、創業以来、主人の天外一家以外は、と言っても今は天外とお絹だけだが、番頭、手代、若衆、小僧が、二つの大竈が並ぶ台所土間に隣り合わせた板敷で、揃って夜食を摂る慣わしである。

表店《おもてだな》の者がすんでから台所衆、下女らの夜食と続く。

店は朝四ツ（午前十時）に開け、天外の方針で夕七ツ（午後四時）には閉じる。七ツは早いが、夕刻が迫ると明かりが乏しくなって、仕事には適さない。行灯《あんどん》や蠟燭の光では、織物の光沢や染《そめ》具合が見辛《づら》くなるのだ。

芝居町の歌舞伎にしても両国回向院《りょうごくえこういん》の相撲にしても昼間の興行が基本なのは、夜の興行は暗くて見辛いためである。

蠟燭代、行灯の油代などの費《つい》えもかさむし、何よりも火事が恐い。

七ツになると小僧らが店の掃除を始め、表の大戸を閉める。

夕餉朝餉は一日二食が普通だったころの言い方で、朝は巳刻《みのこく》（午前十時）、夕は申《さる》刻（午後四時）あたりが慣わしだったが、三度の食事が広まると夜食は夜になった。

磐栄屋では夕六ツ（午後六時）ごろに夜食が始まる。

大竈には火が残り、黒い大鉄瓶、味噌汁の大鍋が架かっている。

小僧らは先輩の手代、あるいは手代頭、番頭らと食事をともにすることで、箸の持ち方、食べ方などの行儀を身に付ける。

だが、磐栄屋には行儀を教えてくれる番頭や経験ある手代がいなくなっていた。新しく手代頭になった年長の長介を中心に、右側に平手代と若衆の三人、左側に小僧ら五人が居並んで銘々膳に向かい食事が始まる。

その夜、市兵衛が長介を頭に手代と若衆、丸平らの小僧に引き合わされたのは、台所の板敷で夜食の始まる前だった。

「唐木市兵衛と申します。本日より、ごやっかいになります」

市兵衛は深々と頭を垂れた。ひと通り挨拶がすむと、

「市兵衛さんはこちらへ」

とお絹に導かれ、長介の左隣に設けた膳へついた。

その夜の膳は、独活《うど》と大根の汁に、鯔《ぼら》、栗、生姜《しようが》の膾《なます》、かんぴょう、山の芋、牛蒡《ごぼう》の煮物、さよりの蒲焼、それと浅漬の香の物だった。

悪くない献立である。

夜食が粛々《しゆくしゆく》と進む中で、末席の小僧の金太が、好奇心に辛抱し切れずという様子のあどけない目を市兵衛へ向け訊いた。

「市兵衛さん、上方とは、どんなお国なんですか」

「金太、お行儀が悪いよ」

長介がたしなめたが、金太は「へえい」と返事をしつつも市兵衛から目を離さない。

小僧や手代らもちらちらと市兵衛を見ている。

みな若い好奇心にあふれ、他国の話が聞きたそうである。

市兵衛は箸と椀を置き金太へ、に、と笑みをかえした。

「京には御所があり天子さまがおられます。奈良には諸国一の大仏があります。大坂は諸国で一番商いの盛んな町です。しかし京も奈良も大坂も、江戸の大きさにはかないません」

「江戸は諸国一なんですか」

はい――と市兵衛は笑みを絶やさない。

「でも大坂は問屋仲間が江戸より沢山あると聞いたのですが、本当ですか」

そう訊いたのは、手代の端にいる若衆の安吉だった。

「ええ、そうなんですか、市兵衛さん」

金太があどけない目を大きく見開いた。

「本当です。江戸の問屋仲間は六十八ですが、大坂は九十八あります。ご公儀に巨額の冥加金を納める江戸の十組問屋に対して大坂は二十四組問屋と言われています」

「そんなに……」

そばかすだらけの白い顔が、恥ずかしそうに赤らんでいる。

「けれども、問屋仲間が多いことが商いにいいとは限りません。仲間に入れないと、己が商いをしたいと思っても勝手にできない。そういう勝手が許されないと、商いは大きく育ちにくい」

「でも、仲間株は売り買いできるのでしょう」

「できます。しかし誰でもが買えるのではありません。仲間同士で厳しく監視しますし、仲間によっては売り値が三千両、四千両とも言われています。莫大な元手が必要で、元手のある者、つまり一握りの大店が仲間を独占することになるのです」

三千両四千両と聞いて、ぽかんとしている金太に、市兵衛は微笑んだ。

「金太さんも大人になったら、上方へ旅をして大坂商人と商いの腕を競えばいい」

「はい。一人前の商人になったら、わたしは上方へ商いの旅に出ます」

金太が無邪気に言ったので、手代の彦蔵がおかしそうに訊いた。

「上方へいって、おまえ、どんな商いをするんだい」

「そりゃあ彦蔵さん、わたしは呉服屋の小僧ですから、一人前になったら京へいって絹織物を売ります」

「おまえは何も知らないんだな。京の西陣《にしじん》という町は諸国一の絹織物を作っているところなんだぞ。新宿の絹織物を持っていったって売れるわけがないだろう」

「そんなこと……ないよね」

と金太は隣の丸平に同意を求めた。

「真面目に一生懸命働けば商いは必ず成功すると、旦那さまが仰ってましたよ」

ムキになった金太へ、彦蔵は、ふんと鼻を鳴らした。

みなが賑やかに笑い、長介も笑いを嚙《か》み殺しながら、

「いいから、黙ってご飯をいただきなさい」

と注意したので、一座は再び粛々とした食事に戻った。

夜食がすんだ後、小僧たちには一人前の商人になるための読み書きと算盤の稽古《けいこ》が待っている。

稽古がすんでからようやく小僧らの一日は暮れるのである。

翌日から秩父へ旅に出るまでの数日の間、市兵衛は台所衆に交じって蔵の在庫の出し入れを手伝いながら、絹大市や秩父絹の勉強をした。

左七《さしち》という、使用人の中ではただひとり年配の台所衆の頭《かしら》が、市兵衛の訊ねることに朴訥《ぼくとつ》に応えてくれた。

秩父絹は京西陣織の職人技で織られた華麗な絹ではなく、横糸が強く、表地よりも裏地に向いた平織りの地味な織物だった。

桑《くわ》の栽培、養蚕《ようさん》製糸、織りあげまでを、零細な農家ごとにすべてこなし、男たちは織りあげた絹を荷車に載せ、市に持参し、絹を売った金で暮らしに必要な物を買い整えまた山へ戻る。絹が暮らしのたつきの、秩父の山国で生まれた平絹だった。

「織物の地合《じあい》は、端正ではねえだども、土地の者は武州の深《ふけ》え山のように素朴で実のある、秩父白絹と呼んでるんだで」

と左七は武州訛《なまり》で言った。

山深い秩父の土地は、米作りには向いていなかった。

そのためこの土地では江戸の初めから、絹の生産が盛んになった。

太平の世、遠い江戸の旺盛な消費がそれを後押し、秩父の山間地だけでも米に換算して、年間およそ二万八千余石に匹敵する白絹が産み出されていた。

毎月、秩父の大宮郷では一と六の市日に六斎市が立つ。

大宮郷の六斎市は、近在ではもっとも賑わう市だった。

江戸の商人のみならず上方の商人も、江戸店を構えて、市日に合わせて手代や絹仲買を買い付けに差し向けてくる。

その秩父大宮郷で、妙見《みようけん》宮の妙見祭が霜月《しもつき》（旧暦十一月）三日から六日まで興行され、祭の期間に一年でもっとも盛大な絹市が立った。

それが秩父絹大市、なのである。

それから左七はこうも言った。

磐栄屋は、天外が新宿追分に小さな店の商いを任されたのが四十年前、秩父の絹大市へは三十年近く前、倅《せがれ》多司郎が生まれた年から毎年欠かさず旅をして、大量の白絹を買い付け商ってきた。

多司郎が物心つくと旅にともない、小さいうちから買い付けを見習わせた。

仕入れた白絹は、練《ねり》、張《はり》、染《そめ》の職人の仕上げの工程をへて売り物の絹織物になる。職人と問屋をつなぐ仕事をするのが悉皆屋《しっかいや》である。

腕のいい悉皆屋は、京を中心に江戸大坂の三都に集まっていた。

そのため地方の呉服商は、たとえば江戸の呉服商から絹織物を仕入れ、お店で売るというような商いもやっていた。

けれども天外は、自ら新宿の近在を廻り、腕のいい職人たちを捜し、集め、自ら仕入れた平絹を自ら仕上げて売り始めたという。

むろん、縫い子が仕立てた着物も売る。

磐栄屋が売る絹織物は、京西陣の豪華さにはおよばないが、安価で品もよく、新宿女郎衆や周辺の御家人屋敷の顧客を多くつかんだ。

微禄な武家の裃《かみしも》なども、磐栄屋の品は手ごろな値で好評だった。

天外のそういう地道な商いが、磐栄屋を新宿で名の知られた呉服太物問屋に成長させる礎《いしずえ》となった。

だから天外は娘が生まれたとき、秩父白絹にちなんで《絹》と名づけた。

倅多司郎が成長し、天外は倅に店を任せるようになると、諸々の買い付けは多司郎が手代をともない旅に出かけていたが、絹大市だけは自らが出かけた。

「今年も、白絹の買い付けを仕切る手はずだったのによ」

秩父絹大市は、磐栄屋の商い発祥の言わば象徴であり、天外にとって、磐栄屋の感謝と祈りの神聖な祭とも、左七のみならず使用人たちも言った。

その矢先、天外が大怪我を負い、跡継ぎの多司郎まで喪《うしな》ったのである。

「誰の差し金か、うかつなことは言えねえが」

左七は口を濁した。

突如一家を襲った悲嘆の中で、十九歳のお絹は磐栄屋の伝統とも言うべき絹大市の白絹買い付けは己が果たさねば、という強い決意を固めていた。

買い付けは絹仲買を通してできなくはなかったし、絹大市だけが市でもない。

けれどもお絹は、逆境の嵐が吹き荒ぶ今こそ、絹大市で買い付けをしなければ、磐栄屋はもっと大きな支えを失いそうな気がした。

「お嬢さまはうら若い娘っ子だが、己は商人天外の娘だと、そういう商人根性の据わったお方だで」

と左七は誇らしげに言った。

二

十月晦日《みそか》早朝、旅拵《ごしら》えに竹笠をかぶったお絹、手甲脚半《てっこうきやはん》に菅笠《すげがさ》の小僧の丸平、葛籠《つづら》を連尺《れんじゃく》で背負い、腰に差し料を帯びた小倉袴を脚半《きやはん》でくくり、編笠《あみがさ》をかぶった市兵衛が、まだ明けやらぬ追分の磐栄屋を出て、成木街道は鳴子坂をくだっていった。

長介をはじめとする手代と小僧が、鳴子坂下の淀橋まで三人を見送った。

「ではお嬢さま、わたしどもはここまでといたします。首尾よい旅をお祈りいたしております」

年長の長介が淀橋の袂《たもと》で言った。

「後をよろしく頼みます。大変でしょうけれど、長介を中心にみなで力を合わせてお店を守って。それから、お父っつあんのことを気にかけてね」

「お任せください」

長介が応えた。

「安吉、気を強く持って頑張るのよ」

若衆の安吉は、お絹に突然声をかけられ小柄な身体を弱々しく縮《ちぢ》めて「へえ」と小さく返事をし、そばかすだらけの顔を赤らめた。

若衆はまだ手代見習だが、人手不足の磐栄屋では、十七歳の安吉は手代と同じ仕事をこなさなければならなかった。

お絹はそれを気にかけている。

「お絹さまは気を張っていらっしゃるけれど、そう甘くはないよな」

お絹と丸平、市兵衛の三人の影が淀橋を渡り、中野村《なかの》へ至る上り坂に小さくなるのを見送りつつ、長介が正太郎と彦蔵へ冷笑を浮かべて言った。

「そりゃあそうだ。女が商いをするのは難しいよ。簡単にはいかないよ」

と正太郎が相槌を打った。

「大恥をかかなきゃ、いいんだけどね」

小僧らは鳴子坂の先へ戻っており、長介、正太郎、彦蔵と、少し遅れて安吉が続き帰路についた。

「長介さん、正直なところ、このままで磐栄屋はもつんですかね。大黒屋の嫌がらせは止まないし、いくら頑張ったって岸屋さんに追分を取られちゃうんですよね」

「そうそう。地面召し上げの代地がこの淀橋あたりって言うからね。こんなとこで呉服屋をやったって、お客はこないよ」

正太郎と彦蔵が言った。

淀橋は角筈熊野十二社《つのはずくまのじゅうにそう》の涌き水の水路と、江戸川（神田上水）を跨《また》ぐ小橋が二つ続き、十二社参りや鳴子坂の女郎屋遊びの客相手に、茶屋も並んでいる。川縁に粉引きの水車小屋があり、まだ眠りの中にある暗い村道に水の流れと水車の廻る音を響かせていた。

「ああ、清十郎《せいじゆうろう》の兄さんたちは上手くやったなあ。番頭さんと一緒に岸屋さんみたいな大店に雇われて。わたしにも岸屋さんからお声がかからないかなあ」

「しっ。滅多《めった》なことを言うんじゃないよ」

長介が小声で正太郎を叱《しか》り、聞かれたらまずいだろう、というふうに離れてついてきている後ろの安吉へ顔を振った。

折りしも、天龍寺の時の鐘が明け六ツを報せた。

市兵衛は淀橋から中野村への坂道をのぼったところで、天龍寺の遠い時の鐘が六ツを報せるのを聞いた。

「六ツか、早いな」

独《ひと》り言《ご》つと、丸平が振りかえった。

「天龍寺の鐘は四半刻は早く鳴らすんだ。新宿は、お城勤めのお侍さんには遠いからね。早めに鳴らして、お役目に粗相がないように気を配っているのさ。そうすると女郎屋の泊まり客も追い出しやすいしね、はは、はは……」

新宿のことはわたしに訊きな、と丸平は十歳の肉の薄い胸を反らした。

中野村から田無、田無から所沢《ところざわ》、飯能《はんのう》、吾野《あがの》、そして正丸峠《しょうまるとうげ》を越えて秩父大宮郷へ至る吾野通りが、江戸と秩父を結ぶ最短の道程である。

だが、箱根《はこね》より険《けわ》しい秩父の山越えと言われる正丸峠の激しいのぼりくだりが、吾野通りでは旅人を待ち構えている。

三人は一日目を所沢の在郷商人の家で世話になり、二日目は吾野に山の宿を取った。

三日目の妙見祭絹大市前日の霜月二日、大宮郷の買宿へ入る算段だった。

明日は正丸峠を越え大宮郷という吾野の鄙《ひな》びた宿で、市兵衛と丸平の二人が、燭台の火が湯気の中でぽつんと灯る薄暗い風呂場の湯船に浸《つ》かっていた。

山の宿は暮れかかり、深々と冷えこんでいる。

山の巣へ帰る鳥の鳴き声が遠くで聞こえた。

古びた檜《ひのき》の湯船の熱い湯に浸かって、市兵衛が肩の疲れをほぐしていると、丸平が立ちのぼる湯気をすかして言った。

「市兵衛さんは、案外いい身体をしているね」

市兵衛は吹き出した。

相変わらずませた口を利く。

「丸平さんは元気だな」

「わたしは秩父の出だからね。これぐらいの山道は馴《な》れたもんさ」

丸平は市兵衛を真似て肩をほぐした。

「旅馴れてないお絹さまは大変だろうな。明日の正丸峠は女の身には骨だ」

市兵衛が顔にざぶりと湯をかぶると、丸平も湯をかぶる。

「けど、大黒屋なんぞに屈しちゃあならない。新宿商人の意地の見せどころさ」

「左七さんから聞いたのだが、大黒屋重五というやくざは麴町《こうじまち》の岸屋の手先を務めてるそうだね」

「そうさ。大黒屋の重五は追分から磐栄屋を追い出し、麴町の大店の岸屋がうちの後に新宿店を構える手先を務めてるんだ。重五は新宿の賭場を仕切ってる中町の貸し元さ。元は女衒《ぜげん》あがりの博徒《ばくと》なんだ」

丸平は大人びた仕種《しぐさ》で首をひねった。

「先だって市兵衛さんが店にきたとき、市兵衛さんがちょいと可愛がってやった黒革の羽織のでかいのがいたろう。大黒屋の若頭で辰矢っていう破落戸《ごろつき》さ。こいつが性質《たち》の悪い乱暴者ときた」

「岸屋が背後にいて、磐栄屋の地面を狙《ねら》って嫌がらせを仕かけているのだな」

「そう、岸屋の新蔵《しんぞう》さ。じいさんと親父が築いた身代の三代目を継いで、己《おのれ》を有能な商人と思いこんでいる偉そうな男だよ」

「しかしいくら大店でも、真っ当に商いをしている磐栄屋を追い出し、跡地に別店を構えるなど、そんな無法は通らないだろう。何か特別な事情があるのか」

「それが妙なのさ。半年前、宿役人の旦那さんらがうちへきて、まだ内々のお達しだけど、このたび追分の一画がご公儀のご用でお召し上げが決まり、磐栄屋の地面も含まれているから早々に立ち退く手配りをするようにと、いきなり言ってきた」

丸平は湯槽に凭《もた》れ、胸を反らして縁《へり》に両肘をついた。

「うちは、四十年も追分で商いを営んできた老舗《しにせ》だよ。どういうことかと調べてみたら、召し上げた地面を岸屋へ払い下げるというじゃないか。それじゃあ岸屋に追分を譲れってことじゃないか。そんな筋の通らないお召し上げには応じられないよ」

市兵衛は頷《うなず》いた。

「当然、旦那さまも多司郎さまも突っぱねた。正式のお達しがきたら奉行所へ筋を訴えると、手筈《てはず》を決めていた。だから宿役人の旦那さんらがきても談合が進まない。業を煮やした岸屋が、新宿の顔役気取りの大黒屋重五を使って、裏から脅しや嫌がらせを仕かけてうちの追い出しを謀《はか》ったってえわけさ」

へへ……と丸平は、わけ知りふうに笑った。

「大黒屋重五なんて、物騒な子分を大勢抱えて威張ってるけど、うちの旦那さまと較べたら洟垂《はなた》れ小僧さ。重五が新宿にきて高々十数年だ。うちの旦那さまは、新宿の宿場が許される前から五十年以上も新宿とともに生きた本物の顔利きだよ」

確かに、老いて傷つき衰えてはいるが、天外には何かしら凄《すご》みがある。

「重五なんて、うちの旦那さまの前に出たら、まともに口も利けやしない。岸屋は馬鹿だから新宿で一番偉いのが誰か、わかってないんだ。それでさ……」

と丸平が二人以外誰もいない風呂場を見廻し、声をひそめた。

「旦那さまのあの怪我は一ヵ月前、天龍寺の帰りに三人組の刺客《しかく》に闇討ちに遭《あ》ったんだ。番頭さんが一緒だったけど、刺客は番頭さんには目もくれなかった。だからあれは、岸屋と大黒屋に雇われた始末人じゃないかと、言われてんだよ」

「始末人？　あれはそういう怪我か」

市兵衛は背後から斬られる天外を思い浮かべた。

「まさか、跡継ぎの多司郎さんが旅の途中で命を落とした一件も、そうか」

「あり得るね。旦那さまは、痺《しび》れを切らした岸屋と大黒屋が、磐栄屋潰しを謀って、ついには悪辣《あくらつ》な手段を取り始めたと疑っていらっしゃる。それが天龍寺の帰りを襲った刺客で、それと市兵衛さんの察しの通り、もしかしたら多司郎さんも……」

丸平はぶるっと身体をふるわせ、顔をざぶざぶと洗った。

「表からは岸屋に磐栄屋の商いの中心になっていた番頭さんや手代の兄さんらを、こっそり引き抜かれちまってさ。裏からは大黒屋が、引き抜きに応じない手代を脅したり、この前みたいな嫌がらせをしたりと、やつらの手口はあくどいんだ」

番頭や経験を積んでいそうな手代がいないのは、引き抜きに遭っていたからか。

「驚いちゃあいけないよ。しかもさ、岸屋には御三家の尾張《おわり》藩とつながりのあるさる大名が後ろ盾《だて》についているらしいんだぜ。ご公儀の地面召し上げのお達しも、その大名が尾張藩に働きかけて決まったってね」

「さる大名とは？」

「新宿に下屋敷のある鳴瀬《なるせ》家って、噂だよ。岸屋は鳴瀬さまの御用達《ごようたし》なんだ」

麴町の岸屋の後ろ盾に鳴瀬家がついて、追分地面召し上げのお達しと岸屋への払い下げが決まったとすれば、ずいぶん露骨なご裁定である。

しかし、そんなことがあるのだろうか。

「丸平さんは、よく知ってるな」

「まあね。商人は世間のどんな噂や評判でも頭に入れとかなきゃあいけない。それが有能な商人の務めさ」

丸平は得意げに言った。

「けど旦那さまはあんなやつらに屈したりはしない。恐ろしいのは、次にお絹さまが狙われるんじゃないかってことさ。だから市兵衛さんはお絹さまをお守りすることに専念するんだよ。お絹さまの買い付けの助けはわたしに任せて。いいね」

「わかった。そっちは丸平さんに任せる」

市兵衛は、尾張藩とつながりのある鳴瀬家のことを考えながら応えた。

三

半蔵門《はんぞう》から四谷御門へ結ぶ麴町の表通り二丁目に、岸屋呉服店が間口三十間の大店を構えている。

本瓦葺《ほんかわらぶ》きの頑丈《がんじょう》な土蔵作り、外壁は分厚い土壁に漆喰《しっくい》を塗った総二階、看板の柱が間隔を置いて立ち並び、駿河《するが》町の越後《えちご》屋の間口三十五間（約六十三メートル）にはおよばないが、大きな屋根看板が店の繁盛振りをうかがわせた。

店の後ろの庭には総勢百数十人の使用人の賄《まかな》い用と呉服を収納する大蔵が二棟並び、台所には内井戸、大竈《おおかまど》、湯殿、売り場の地下には、広い地下蔵まで備わっていた。

しかし、賑わう表店から渡り廊下が庭の蔵脇を抜けると、屋敷内は急にひっそりと静まりかえる。

木立の間に冬雀がさえずり、石灯籠《どうろう》が並び、掘られた池には錦鯉《にしきごい》が泳ぎ、池の中の築地《つきじ》に四阿《あずまや》までが建てられている。

そこは岸屋の主一家が暮らす母屋《おもや》の敷地で、武家を真似た質実な書院造りと風情《ふぜい》のある数奇屋《すきや》造りが甍《いらか》を連ねた母屋が、贅《ぜい》を凝《こ》らした庭に囲まれていた。

翌日の昼前、岸屋の数奇屋造りの奥の茶室で主新蔵が客に茶を点《た》てていた。

客は郡内縞の羽織から腹のせり出した小太りの男で、落ちつかない二つの目を風情を凝らした茶室にぎょろつかせていた。

内藤新宿の中町の貸し元、大黒屋の重五である。

炉畳の茶釜がほのかな湯気をあげる傍《かたわ》らで、渋茶の光沢を放つ小袖を着流した新蔵が、伊万里《いまり》の茶碗に茶筅《ちゃせん》を使っている。

薄く赤い唇が、新蔵の強い気位と自信と気取りを一文字に結んでいた。

「あっしのような者を、このようなお座敷にお招きいただき、どうも落ちつきやせん」

大黒屋は太い膝に肉づきのいい掌を遊ばせ、下卑《げび》た笑い声をあげた。

新蔵は大黒屋に一瞥《いちべつ》を投げ、抹茶を泡立てながら言った。

「おまえと一緒にいるところを、あまり人に見られたくないのでね」

大黒屋は、ごもっともで、というふうに頷《うなず》いた。

「磐栄屋の娘、名はなんと言ったかな」

「絹でやす。ちょろちょろとうるさい小娘で、まったく」

「器量がいいそうだな」

新蔵は茶筅を使っている。

「まあそのようで。うちの若え者も、お絹に睨《にら》まれたら途端に腑抜けになりやがる」

「そんなに器量がいいのか」

「確かに、いるだけで目につきやすね。けど、あっしはああいうすました女はどうも気に入らねえ。愛嬌《あいきよう》がねえ」

「ふふ……おまえに気に入られても、迷惑だよ」

新蔵が茶碗を大黒屋の前へ置いた。

大黒屋は濁声《だみごえ》で笑い、茶碗を両掌で持ち、ずる、ずるっ、とすすった。

新蔵は顔をゆるめたまま、言った。

「秩父の絹大市へ、白絹の買い付けにいったそうだな」

「へい。一昨日《おととい》、小僧と用心棒がついて」

「用心棒？　用心棒がついているのか」

「天外の野郎、倅の多司郎のこととてめえが怪我を負ったことから、馬鹿に用心深くなりやがって。けど、貧乏侍一匹、大したことはございやせん。それに、小娘ひとりが大市へいったところで、どれほどの買い付けができやすか」

「磐栄屋ごときの買い付けなど、どうということはない。好きなだけ買い付けさせてやれ。肝心なのは、追分の地面だ」

大黒屋が茶碗を戻した。

新蔵がそれを取って、

「もうひとつ、どうだ」

と訊いた。

「いえ。十分でございやす。結構なお手前で」

新蔵は膝に手を置き、湯気を立てる茶釜をぼんやり見た。

茶室の障子に、軒庇《のきびさし》が影を落とし、雀の鳴き声が聞こえていた。

「小娘とて、邪魔者は消えてもらわねばな」

新蔵がぽつりと言った。

「手は、打ってあるんだろうな」

「もちろんで。多司郎のときと同じ、大滝村の猪吉《いのきち》にやらせやす。猪吉は秩父一の使い手だ。お絹の生っ首も、ひとかきでやすよ」

「やるときめたら、大胆に徹底してためらわずやる。それが商いというものなのだ。娘の器量は惜《お》しいが」

「荒っぽいことなら、あっしが全部引き受けやす。旦那さまは指先ひとつ汚さず、新宿を岸屋さんのものにできるんでございやす。あっしは天外に代わって、新宿の盛り場を束ねさせていただきやす」

「町方は押さえてある。ただ、ときがかかりすぎるのはまずい。少々手荒でもかまわん。急いでくれ。今年中には追分に新宿店の普請《ふしん》にかかりたいのだ。新宿は新興の町だ。新興の町に見合う、みながあっと驚く目新しい壮観な結構を考えている」

大黒屋は、天外の前へ出ると気後れがしたし、気が怯《ひる》んだ。

天外さんが仰るのであれば、それなら……

新宿では天外の名が出ただけで、たいていの者がそう言う。

天外の存在は、大黒屋の目の上のこぶだった。

天龍寺の闇討ち失敗は誤算だったが、それもこれまでだと大黒屋は思った。

今度こそ、引導を渡してやる。

倅と娘を喪《うしな》って、苦しみ悶《もだ》えながらくたばりやがれ。

大黒屋はいまいましげに笑った。

上野池之端《うえのいけのはた》の新土手のはずれに近い出合茶屋に並んで、粋《いき》な黒板塀と見越しの松、竹林、桂の木々に囲われた瀟洒《しょうしゃ》な二階家が建っている。

豪壮ではないけれど、鈍色《にびいろ》の桟瓦と丸瓦で葺いた屋根が粋を凝らした小ぢんまりした構えの、相応の常連客だけが隠れ家ふうに利用する高級寄合茶屋の天城《あまぎ》である。

冬の不忍池《しのばずのいけ》の眺めがよいその二階十二畳の座敷では、江戸屈指《くっし》の大店、江戸の呉服問屋仲間（組合）を差配する越山屋、白鷺屋、大菱屋、松浪屋と岸屋の主らが顔を揃え、大旦那衆のお忍びの寄合が開かれていた。

江戸呉服問屋仲間の間では五店の力は絶大で、このわずか十二畳の座敷でひそひそと交わされる密議が、仲間の影の最高意思決定機関とも言えた。

五店が認めない決め事や定めは、たとえ江戸中の呉服問屋が定例の寄合で合議し決定しても通らなかったし、御公儀幕閣であっても、五店にはおいそれとは手出しできなかった。

けれどもその日、五店の寄合に諮《はか》る殊更《ことさら》な事案はなかった。

元々、文化《ぶんか》文政へと続く好景気に沸く世である。商いは順調であり、大店五店の主が密かに寄合を持つ特別な事情などはあるはずもなかった。

と言うより、月に一、二度の寄合は口実で、目当ては寄合の後の宴席と金に糸目をつけない旦那賭博《とばく》のお楽しみだった。

主たちは山海の珍味と芳醇《ほうじゅん》な下り酒を味わいつつ、管弦や女たちを一切交えず人品風格を置いてさいころ賭博《とばく》に興じ、ときには数百両の金が飛び交う忘我妄執《ぼうがもうしゅう》のひとときを、忙しい合間の息抜き、お楽しみにしていた。

但《ただ》し、賭博はご法度《はっと》である。お上に知れると咎《とが》めを受ける。

ましてや江戸の豪商、お上も一目置く有力町人が賭博など、とんでもない。だから日本橋の一流料亭ではなく、上野池之端の、隠れ家ふうの寄合茶屋でなければならなかった。

そうして寄合は、

「今日の胴取《どうとり》の順番は、白鷺屋さんですな」

などと、いつものお楽しみのさいころ賭博へ移ろうとしていた。

その五店の中の末席を占める岸屋の主新蔵は、他の四店の四十代後半から五十代の主と較べれば小僧のような三十半ばという若さだった。

岸屋は尾張の一呉服問屋だったが、先々代の岸屋信吉《しんきち》と先代の信一郎《しんいちろう》が御用達を務める尾張御三家家老筋の鳴瀬家の政治力と結び、江戸に出て呉服問屋仲間のみならず両替商、荷送業を傘下《さんか》に収めつつ、急成長を遂《と》げた新興の大店だった。

新蔵はその新興の岸屋を継いだ三代目である。

若輩の新蔵が、越山屋、白鷺屋、大菱屋、松浪屋と大御所の顔を揃える寄合へ加えられる名誉を手に入れたのは、鳴瀬家の強力な後ろ盾と先々代や先代が途方もない金を貢《みつ》いだ成果だった。

「ところで岸屋さん、新宿の新しいお店の普請は、いつごろ取りかかれるのですか」

その日、松浪屋の主がにこやかに訊ねたのは、それぞれが賭け金のうなる財布を携《たずさ》え、白い盆茣蓙《ぼんござ》の周りを囲ったときだった。

岸屋が呉服問屋の販路拡大を画策し、古町とは別の江戸四宿のひとつ、内藤新宿へ進出を目論《もくろ》んでいることは、江戸呉服問屋仲間の間では密かな噂になっていた。

大御所連中も、江戸のはずれの宿場町で岸屋が成功するかどうかを注目していた。

岸屋は余裕たっぷりな笑みを作り、老舗に胡座《あぐら》をかく大御所連中を幾ぶん見下す口振りで応えた。

「今年中《こんねん》には、普請にかかる段取りでございます」

「岸屋さんが新宿に目を付けられたのは、慧眼《けいがん》ですよ」

と大菱屋が賭け金の小判を揃えながら、口を添えた。

「新宿を通る大名はわずかですが、それでも品川に劣らぬ宿場に育ちましたからな。やはり宿場女郎の力は大きい」

越山屋も言った。

「品川は船頭が相手、新宿は馬子《まご》どん、ですな」

胴取の白鷺屋がそう言って、げたげたと笑った。

「新宿や品川と較べて、逆に吉原は影が薄くなりました」

「吉原は高が遊女屋なのに気取りすぎですよ。そのくせ、金には妙に細かい。わたしは辰巳《たつみ》の羽織がいいですな。気風《きっぷ》がいいし、気立てがさばさばしている。妾《めかけ》奉公なら辰巳の羽織が一番ですよ」

「新宿の飯盛《めしもり》は、いかがですか」

「新宿は武州の田舎者が多く、気立ては純朴ですが少々馬糞臭い。ははは……」

四店の主が揃って破顔した。

岸屋だけが笑わず、微笑みを真顔に変えた。

「わたくしは、新宿はいつまでも宿場女郎と馬の糞ばかりの宿場町ではないと見立てております」

四店の主が岸屋へ、興味深げな顔を向けた。

「内藤新宿は道中奉行支配ではありましても、今は朱引内に定められ江戸町奉行所支配地でございます。成木街道と甲州道の追分があり、甲州と武州の二国の人や物が新宿に集まるのです。そんな新宿が宿場女郎だけの宿場で終わるとは思えません」

文化の半ば朱引内という境界が定められ、江戸は実質においてご府内ご府外の区別が消滅していた。

たとえば――と岸屋は得意げな笑みを大御所たちへ投げかけた。

「新宿の隣の角筈村では、村の住民の八割以上を商人職人が占めております。つまりそれだけ内藤新宿の購買力がましており、近郊の村々の物作りや暮らしに影響を与えつつある。村だから百姓という時代ではないのです」

四店の主たちは、ほう、と関心を示した。

「商人の値打ちは、先を見る目を持つか持たぬかで決まります。不肖《ふしょう》岸屋が先鞭《せんべん》をつけて新宿を古町にも劣らぬ商いの盛んな町に造りあげてみせますので、その折りは、みなさまもぜひ新宿へ別店をお構えになられますように」

岸屋がもったい振った礼をし、その仕種に一同がどっと笑った。

「ですが、新宿には磐栄屋という、かれこれ四十年ばかり商いを守っている、界隈《かいわい》では名の知られた呉服と太物の問屋があるとうかがっております。確か追分の近くとか。岸屋さんの新宿店も追分ではなかったですかな」

越山屋が、穏やかに疑問を挟んだ。

「そうなると、小さな宿場町の同じ場所で岸屋さんとその磐栄屋が競うのですか。場所が追分だけに、まさに商いの分かれ道ですな。へへへ……」

ははは……大菱屋と松浪屋が歯を剝《む》き出して笑った。

「磐栄屋さんは呉服を扱ってはおりますが、近在の百姓相手の太物が主な問屋さんでございますね。商いも小さく先も知れているので、近々、追分の店を仕舞って淀橋へ移転することになっておるようです」

岸屋は余裕を失わず、二十五両包の伊予《いよ》紙を気前よく裂いた。

小判がじゃらじゃらと岸屋の膝にこぼれた。

「わたしどもと競うほどの店ではございませんが、一応は下調べをし、取り立てて難しい相手ではないと見立てがつきましたので」

「そうでしょうな。岸屋さんのことですから粗漏はないでしょう」

「ただ、磐栄屋よりも追分近辺の裏店の貧乏人どもが、岸屋がくるから何かせしめてやれと虫けらみたいにたかってまいり、それがどうもうるさいことでして」

「貧乏人とはそんなものです。金持ちから少しでもせしめて、楽をしようとばかり考えておる。連中は金持ちが汗水垂《た》らして働き、どれほど苦労して財をなしたか、根本がわかっていない。だから貧乏人はいつまでたっても貧乏人なのです」

「さようさよう。貧乏人には多少の荒療治も必要かもしれませんよ」

「なるべく穏やかにいきたいのですが、貧乏人どもの欲深さに一々応じておりますと、話にもなりません」

「同感です。若い岸屋さんの腕前、とくと拝見させていただきましょう。はは……」

「ではそろそろみなさん、ご用意を」

白鷺屋が盆茣蓙に壺とさいころを置いた。

それぞれの前に積み重ねた小判が、光を放っていた。

新参の岸屋は、いつもの旦那賭博が始まると、己の腕と度胸、才覚、あるいは若さを尊大な大御所らに見せつけるため、いきなり大きな金額を張る。

その日も口開けの勝負に、数十両の賭け金を惜しげもなく「丁で……」と張った。

「さすがは岸屋さん。大した度胸だ」

「いきなりきましたね、度胸の新蔵。ではわれわれ三名は組んで迎え撃ちますか」

「いいでしょう。相手は若さで押しまくってきますからな」

「そうそう。若さの勢いには年寄の知恵で」

「その攻めに徹する姿勢は、商人には大事な資質ですよ」

大御所におだてられ、岸屋新蔵は己の力を誇示したい感奮に顔を紅潮させた。

「みなさまとこうしていられるだけで、わたくしには修業でございます」

そんなやり取りを交わしつつ、旦那賭博のご開帳となった。

「丁」「半」の声と、じゃらじゃらと小判が景気のいい音で囃《はや》す腰障子を開ければ、響き渡ってくる寛永寺《かんえい》の鐘の音も長閑《のどか》な上野のお山や、不忍池の薄緑に染まった眺望が見渡せ、都鳥が列をなして浮かぶさまが興趣を添えていた。

同じ日の同じ刻限、お絹、丸平、市兵衛の三人は、高麗《こま》川峡谷の山間《やまあい》の道をたどり、難関の正丸峠に挑んでいた。

日差しはあったが、冬の山は厳しい寒気に包まれていた。

三人は、激しいのぼりくだりを繰りかえしくねる山道を、白い息をはあはあと吐きながら進んだ。

しかし、お絹の歩みは遅れ、途中から市兵衛がお絹の杖を引っ張って先導した。

ようやく峠についたとき、旅馴れぬお絹は肩を大きく喘《あえ》がせ、声もなかった。

「あちらが、江戸の方角です」

丸平が、南東の方角の山の彼方を指差した。

反対側の秩父の山嶺は、紅葉はとうに終わり、常緑の木々のまじった鈍い灰色の樹林に覆われて、山また山が冬の青空の下に連なっていた。

「お絹さん、これからは下りだがまだ山道は続く。茶屋で、少し休みますか」

市兵衛が煙を立てている峠の茶屋の、粗末な小屋を差して言った。

「いいえ。いきましょう。遅れています。明るいうちに、大宮郷につきたいのです。明日の絹大市の、差配や目付の方に、ご挨拶しておきたいのです」

お絹は額の汗を手の甲で拭い、息を喘がせながら、けなげな気に言った。

四

秩父妙見宮の祭は、山車《だし》を引き廻し、屋台上で踊りや芝居が盛大に催される。絹商人、絹仲買、絹織物の生産農家は言うまでもなく、秩父近在、武州一帯、秩父巡礼、江戸からも評判の大祭見物の客が訪れ、一里四方の盆地に八百ほどの戸数が集まる大宮郷は、人であふれかえった。

祭は明和年間に霜月三日から六日の四日間となり、三日目の夜、屋台をお旅所へ熱狂した群集が運び上げる夜祭で最高潮を迎える。

絹大市は三日の明け六ツ、惣圓寺《そうえん》の時の鐘を合図に始まる。

忍《おし》藩の代官が任命した市場の差配や目付、在郷商人たちが市神さまの前に集まり、市祭をつかさどる山伏《やまぶし》が祭文《さいもん》をあげ、公正な取り引きを誓う。

それから市が始まり、南北に走る往還は売り手買い手の喧騒《けんそう》に包まれる。

家の軒下の市庭《いちば》に見世が張られ、通りの真ん中にも仲見世が出て、いき交う人々に茶や草鞋《わらじ》を売るだけでも十分商売になる賑わいであった。

絹の買い付けは、絹仲買や問屋の買役が軒下に莚《むしろ》を敷いた何ケ所にもいて、近在の村々から荷車や馬に載せ白絹を運んできた生産者は仲買らに絹を見せ、値踏みをさせるのである。

生産者らは値が折り合わなければ別の仲買のところへいくし、仲買や買役は、織物の出来不出来を見極め、値踏みする当買いという手法で短い時間のうちに数百疋《ぴき》（一疋は二反）を吟味する。

お絹も、割り当てられた市庭に莚を敷いて、生産者がくるのを待っている。

江戸や上方の大店の注文を受けている経験豊かな絹仲買の買い付けは、まことに手馴れたものである。

仲買の怒号と絹札という割符（後で清算する金銭替わり）が飛び交う中、荷車に積んだ白絹がたちまち買い占められていく。

絹仲買や買役が買い占めた品は、横町の荷送の馬つなぎ場に待ち構えている絹飛脚が江戸に運び、それをさらに諸国へ廻送するのだ。

そんな絹飛脚の馬が、馬蹄を響かせ次々と出立していく。

お絹は、それら練熟の絹仲買や買役たちに伍して、白絹の買い付けを果たさなければばならないのである。

ところが肝心の生産者の百姓らが、うら若い女のお絹のところへは絹を見せにこなかった。

百姓らは、買役らしきお絹を怪訝に見ながら通りすぎていくばかりだった。

十九歳のお絹は、まともに相手にされなかった。

それでも、ひとりの男が荷車を止めて、試しに、という様子で絹を見せた。

お絹は初めてにもかかわらず、手馴れた値踏みをやってのけた。

織物を手に取り、織り具合と強さを調べ、端正さ、艶《つや》を食い入るように見つめ、丹念に指先を這わせ確かめていく。

その滑らかな指の動きが、まるで白絹に白く長い指先の絵模様を鮮やかに、しかもすみやかに描いているようで、市兵衛はお絹の指の乱舞に見惚れた。

たったこれだけの値踏みに、どれほどの目に見えぬ修練や技が積み重ねられてきているのだろう。

お絹はきっと、生まれてからずっと父親天外の元で、白絹を見つめ、手に触れ、匂いを嗅ぎ、身体にくるまってきたのだ。

市兵衛は見事だと思った。

お絹は最後に、微妙な幅の差を計った。

秩父絹は一疋が鯨尺《くじらじゃく》で長さ五丈六分（約十八メートル九五センチ強）、幅九寸六分（約三四センチ強）と定められている。

だが農家の女が野良《のら》仕事の合間に、こつこついざり機《ばた》で織る織物にはばらつきが多かった。

絹市では尺引きとして、三寸までの不足は五十文、五寸までは百文を相場から引く決まりだった。

秩父絹の相場は一疋二分である。

男の絹は、織り具合はまずまずだったが、五寸近く長さが不足していた。

お絹は尺引きをして当買いを交渉した。

しかし男は不機嫌な顔付きになった。

「ならええだ」

と絹を引きあげて荷車を引いていってしまった。

どの仲買でも同じはずだが、女と見くびっているのだ。

以後、お絹のところへ誰も絹を見せにこなかった。

妙見祭は四日間だが、朝一番から始まる絹大市が終わった後は凡百《ぼんびゃく》の品が並べられた大市になるため、絹大市は具合のいい絹の出る初めの二日間の朝の数刻が勝負だった。

腕の立つ仲買は、祭の二日目にはもう次の市が立つ土地へ旅立ってしまう。

後は、市の売れ残りを漁《あさ》るしかない。

お絹と丸平、そして市兵衛の三人は、早朝、妙見に参拝してから市庭の人波を眺め続けただけで、一日目は買い付けをまったくできなかった。

その夜、宿に戻ったお絹は落胆し、悔しさに細い肩を落としていた。

「お絹さま、明日はきっと……」

丸平が無邪気に励ましたが、お絹は溜息で応えるばかりだった。

「お絹さん、商いが上手《うま》く進まないとき、浪花の商人は、己《おのれ》の今できることを精いっぱいやれと己自身に言い聞かせるそうです。今、お絹さんができることを精いっぱいやれば、それでいいではありませんか」

市兵衛は、落胆しているお絹を慰《なぐさ》めた。

「できることとやらなければならないこととは、同じではないわ。商いは首尾よくいくかいかないかがすべてなんです」

若いお絹には余裕がない。自ら己を追いこんでいる。

「戦も商いも心得は同じです。一度の敗北や失敗がすべての首尾ではない。絹大市は明日も、明後日も明々後日もある。大市でなくとも市は立つのでしょう。息の長い商いの中で首尾よくいくことを考えるのです」

丸平が、そうだそうだと頷いた。

「白絹はお絹さんが買い付けるしかないのだ。わたしや、丸平さんにはまだ、絹の具合の良し悪しの見わけはつかない。お絹さんの思う通りにやればいい。己に都合のいい手立てや場など、どこにも用意はされていないのです」

市兵衛の言葉の意図が通じたのか通じないのか、お絹は黙って考えこんだ。

翌日早朝、二日目の絹大市が始まった。

三人が妙見宮に参拝を済ませると、お絹は前日のやり方を踏襲《とうしゅう》しなかった。

お絹は決められた市庭を離れ、上町中町下町を自ら廻り始めたのである。

普段の六斎市は、上中下の町を六つにわけた市場割を定め、それぞれ月に一度の市が立つのだが、絹大市は町をあげて開かれる。

お絹は町中を歩き廻り、どの仲買に見せようかと廻っている生産者に、己の方から声をかけた。

しかしどの生産者も、若いお絹にいきなり声をかけられ、訝《いぶか》しげにお絹を見るだけで応えもせずいってしまう。

市に馴れた仲買らが、そんなお絹を見てひそひそと笑った。

けれどもお絹は諦《あきら》めず、己の方から声をかけて廻った。

絹の値踏みができないことには、商いが始まらない。

馴れないお絹は、笑われても無駄でも、そうするしかないと覚悟を決めたのだ。

一刻がたちまち虚《むな》しくすぎた。

誰にも相手にされないのに諦めないお絹に、傍らの丸平が気をもんだ。

それでもお絹は、やり方を変えなかった。

そしてさらに一刻がすぎ、二日目の一般の市がすでに始まっていた。そのとき、

「姉さん、仲買さんの人かね」

と、荷車を引いた若い男がお絹に声をかけた。

下町のはずれ近くで、荷車には莚を覆った織物が積んである様子だった。

「そうよ」

お絹は荷車の荷物を見て言った。

「ちょっと障《さわ》りがあって遅れちまった。仲買さんらはもう引きあげてる。姉さん、試しにおれの絹の値踏みをしてみてくれねえか。買わねえなら諦めるだで」

男はお絹と同じ十代に見えた。

「見せてもらうわ」

お絹は荷車へ屈み、品物を手に取ってじっくりと見始めた。

お絹は長く白い指先で、白絹をさすった。

若い男は、お絹の絹の見方が本物の仲買らしいので安心した顔付きになった。

売りこもうとはせず、お絹に任せているふうである。

お絹の肩が少し上下にゆれていた。

お絹の掌《てのひら》の中で白絹が光沢を放っているのが、後ろに控《ひか》えた市兵衛にもわかった。

「これはあなたの家で織ったの」

お絹が男に言った。

「そうだよ。おらの嫁っこが織った。おらの嫁っこは腕がええ」

「ぜんぶそうなの」

「んだよ」

男が微笑《ほほえ》んだまま荷車の筵を取ると、山積みになった白絹が顕《あら》われた。

まあ——お絹が声をこぼし、山積みの白絹へ手を触れ、織りの具合をじっと見た。

「姉さん、仲買さんには見えねえな」

「新宿の磐栄屋という問屋なの」

お絹は白絹の側を離れず、何疋あるかを数えている。

「磐栄屋さんか。聞いたことのある店だな。もしかしたら、旦那さんが秩父の人で、一代で築いたあの評判の磐栄屋さんかね」

「そうよ。わたしのお父っつあんなの」

「磐栄屋さんには、侍の手代がいるのか」

男が市兵衛を見て、言った。

市兵衛は、に、と男に笑いかけた。

「磐栄屋さんは市庭に、見世を張らねえのか」

「見世は張ってるけど、女の買役には誰も値踏みにこないから」

男は日差しの下で明るく笑った。

「これ、ぜんぶ買うわ」

突然お絹が言った。

「ぜんぶ？」

「織り具合がとてもいいわ。見世はあっちだから、見世まで一緒にきて」

男は荷車を押す市兵衛を見て、頭をさげた。

絹は五十疋ほどだった。

お絹は寸法を慎重に計った。

「寸法も正確ね。とてもいいできだわ」

「おらの嫁っこは十六だが、ばあさまとおっかあに子供のころから仕《し》こまれて、腕はええだ」

男はまた、嬉しそうに言った。

「これだけでも足りないの。もっと織れないの?」

お絹は絹札に金額をさらさらと書いて男に渡した。

お絹は相場の一疋二分より高く、値をつけたようだった。

男は目を丸くして、絹札とお絹を交互に見た。

「こんなもんなら、もっともっと織れるよ」

「おばあさんとおっかさんも、これぐらい織れるの」

「ばあさまとおっかあは、もっと腕がええ。日ごろは百姓仕事の暇《ひま》見て賃機《ちんばた》で稼いでる。賃機の方が金になるだで」

賃機とは、在郷商人が農民に絹糸を与えて織らせる家内工業的な生産方式である。

「なら、磐栄屋の織物も賃機をお願いしたいの。あなたが仕切れば口銭《こうせん》分もおばあさんとおっかさんへ入るから、ずっと割がよくなるはずよ」

「そうなりゃあ願ってもねえことだが、姉さん、からかってるんじゃあるめえな」

「何言ってるの。丸平、絹飛脚を頼んできて」

「へええい」

丸平は勇んで駆けていく。

「市兵衛さん、ここの物を全部油単《ゆたん》に包むの。手を貸して」

「心得た」

「おらも手伝うだで」

市兵衛と一緒に、男が敏捷《びんしょう》に動いた。

油単は油引きの紙や布でできた包装材料である。油単に包んで絹飛脚の馬に積む。

「わたし、磐栄屋の娘の絹。あなたの名前は?」

「おら、贄川《にえかわ》の草次郎《そうじろう》だ。年は十九で……」

「十九、わたしと同じね」

と、お絹と草次郎の織りあげと買い付けの談合は、若い二人の息も合って、その場で成立していた。

上首尾とは言えないまでも、ここだと思い定めたお絹の決断は早かった。

お絹の初めての買い付けは確かな首尾があった。

殊に、贄川村の草次郎と白絹買い付けを直に行なう談合が成立したことが、何より の収穫だった。

大市二日目の夜、お絹は宿の夕餉に市兵衛のために酒を頼み、丸平にも「おまえの好きな物を好きなだけお食べ」と言って、丸平を喜ばせた。

「市兵衛さん、ありがとう」

お絹はにこやかに言い、市兵衛の盃《さかずき》に酌《しやく》をした。

しかし酌をしながら、もう次のことを言った。

「明日は寄居《よりい》へ向かいます。兄が災難に遭わなければ、新しく取り引きをする手筈だった在郷の仲買さんがいらっしゃるんです。そちらとの談合が浮いたままになっているので、わたし、話を進めたいと思っているんです」

お絹の表情は前夜と打って変わって晴々とし、自信が顔に表れていた。

五

寄居は秩父大宮郷から荒川上流の峡谷沿いを北へ取って、秩父往還の半ばにある武州山間の谷口の集落である。

翌朝三人は、大宮郷の宿をまだ薄暗いうちに出た。

深山を下る荒川の流れは静かだった。

朝の霞《かすみ》をおびた峡谷の道は森閑として、杉や檜、黒松、欅《けやき》が山肌を覆《おお》い、名も知らぬ鳥が、ひい、ひい、と朝の清澄《せいちょう》な寒気の中で鳴いていた。

けれどものぼりくだりは険しく、山の道はやはり難渋した。

一行は、葛籠を背負った市兵衛を先頭に、お絹、丸平と続いていた。

そうして半刻ばかりがすぎたころだった。

市兵衛はいくらか前から、道をはずれた山肌の林間を彷徨《ほうこう》する、獣《けもの》のような気配を察していた。

空が徐々に白み、山間の道にも朝の日が差しかかる刻限である。

偶然か、寂しい山道に白い息を吐く三人のほかに旅人の姿はなかった。

気配はつかず離れず、こちらの様子をうかがっているふうでもある。

だが市兵衛は、人とは思わなかった。

気配には人の用心深さ慎重さとは違う、山に馴染《なじ》んだ獣の荒々しさが感じられた。

猪か、山猿かもしれぬ、と市兵衛は気配のする方へ目を配った。

お絹へ振りかえると、お絹はかぶった竹笠の縁をあげ、周囲の小暗い山の風景を見渡していた。

市兵衛と眼が合い、お絹が言った。

「兄と手代の亮助が、この山道のどこかで、命を落としました。二人の霊がこの静けさにこもっている厳《おごそ》かな思いが、募《つの》ってきます」

市兵衛は頷いた。

杉の黒い樹林が、お絹と後ろの丸平の歩む道の両側を覆っていた。

市兵衛は顔を戻し、気を澄ました。

気配はまだ続いている。

そのとき、ふと、市兵衛は脂粉の臭いを嗅《か》いだ気がした。

うん？　なんだ。お絹のそれとは違う。

笹藪が鳴っていた。それもそう遠いところではなかった。

妙な——市兵衛は呟《つぶや》いた。

人なのか。人なら、面妖な……

市兵衛は、自身とお絹と丸平の隔たりを頭に描いた。

歩みをそれとなくゆるめ、二人との隔たりを小さくした。

前方の山道は谷へくだり、ゆるやかに右へ曲がり、岩陰に消えていた。

風はない。

ただあたりは、凜冽《りんれつ》に凍《こご》えていた。

その音は、鳥の鳴き声のようだった。

短く、喉を引き裂き、血を絞るような、きゅうん、という音だった。

凍えた寒気がふるえた刹那《せつな》、市兵衛の目は黒い尾を引く凶悪な小さな魔物を捉《とら》えていた。

黒い魔物は、市兵衛ではなく、お絹の白い肌を食い破ろうとしていた。

魔物とお絹の間で、市兵衛の瞬時に描いた剣の円弧が寸分違《たが》わず交錯した。

があん……

鋼《はがね》の悲鳴が全山に木霊《こだま》した。

次の瞬間、市兵衛は葛籠を捨て、全身を躍動させた。

喬木《きようぼく》の杉の下藪に、魔物を操る獣の二つの目が燃えていた。

市兵衛が笹藪へ打ちこんだ一撃が、虚《むな》しくうなった。

ざざざっ、と藪を走る獣の黒い影が見えた。

枯れ木が飛び散り、獣が雄叫《おたけ》びをあげた。

しかし市兵衛は、お絹と丸平から離れることを恐れ、踵《きびす》をかえし二人の元へ駆け戻った。

お絹と丸平が、呆然と立ちつくしていた。

市兵衛は二人を庇《かば》う位置に立ち、獣の気配が兆《きざ》す樹林へ体勢を向けた。

「市兵衛さん、今のはなんですか」

お絹が背後から訊いた。

「おそらく、鎖鎌《くさりがま》です。操《あやつ》るのは難しいが、熟達すれば恐ろしい武器になる。鎖に分銅がついていて、その一撃を浴びると、骨も砕ける」

そのとき、道の前方から、不気味な風を切る音が繰りかえし聞こえてきた。

びゅん、びゅん、びゅん……

そして、ゆるやかな勾配《こうばい》の道を、膝《ひざ》までの黒い山着に、黒の股引《ももひき》、脚半甲がけ、黒足袋草鞋《たびわらじ》のずんぐりとした男が、分銅のついた鎖を蜂のように右に左に舞わせつつ、片方に鎌をかざし、一歩一歩のぼってくるのだった。

黒い蓬髪《ほうはつ》を後ろへひとくくりにし、前頭を額鉄《ひたいがね》が覆っていた。

日に焼けた顎の太い骨張った顔に、目が異様に赤く燃えていた。

獲物を仕留めようとする山賤《やまがつ》の目だった。

山賤が、がおぉぉぉ、と空に吠えた。

「ひええ」

丸平の怯《おび》えた声が聞こえた。

「わたしから離れ、二人一緒にできるだけ遠くの木陰に身を隠せ。鎖の届かぬ位置まで退くんだ。丸平、いいな。お絹さんを守れ」

「ひええ」

丸平がまた怯え声をあげた。

今だっ——言うと同時に、市兵衛は山賤へ突撃を開始した。

すると、山賤の頭上、道幅ぎりぎりに鎖が回転し、山賤も市兵衛へ向かってくる。

市兵衛は走る。

そして上段に振りかぶり、全身に朝風を孕《はら》んだ。

鎖が風の中で叫んで、黒い分銅が市兵衛の眼前で宙を引き裂いた。

山賤が吠えた。

一瞬の間に鎖と分銅が山賤の頭上へ舞い戻り、弧を描き、市兵衛の側頭へ新たな一撃を見舞う。

「とおっ」

分銅が山道を噛《か》んで、土を吹きあげた。

何と言うことだ。市兵衛の全身は吹きあがった土よりもはるか高く軽々と跳ね、杉の樹林を背に戯《たわむ》れた。戯れているように見えた。

そう見えたとき、市兵衛はすでに山賤の懐《ふところ》深くへ飛びこんでいた。

渾身《こんしん》の一刀を打ち落とす。

だが山賤は、獣のように俊敏だった。

空へかざした両手に鎖を一文字に張り、市兵衛の一刀を受け止め、かえすひと振りの鎌が市兵衛のほつれ毛を、びゅんと散らす。

鎌が空を泳いだ山賤へ、すかさず二の太刀を浴びせる。

切っ先が山賤の骨張った頬を浅く滑った。

分厚い身体が仰《の》け反《ぞ》り、山賤は三の太刀を避けるために道へ転がった。

そのとき、脂粉の香が必殺の寒気と交錯した。

「はあっ」

市兵衛は身体を屈めて奇妙な叫びを聞き、奇妙な太刀筋を紙一重でかわした。

体勢を立て直し、八双に構える。

山賤の間に、女が右顔面の高さから剣先を市兵衛へ突きつけ、身構えていた。

左手をかざし、市兵衛との間を計っている。

すらりと締まった全身から、艶《つや》めいた妖気が立ちのぼっていた。

黒髪を頭上で一輪に結い、朱色の差した白顔に売女《ばいじょ》の媚《こ》びるような、憎悪のたぎるような眼差しを浮かべていた。

粗末な野良着姿だが、山の女には見えなかった。

市兵衛は攻撃を、ためらった。

「逃げろ」

女が後ろの山賤に悠然と言った。

山賤は地を後退さった。次の一瞬跳ね起きて、獣のように道を駆け下っていく。

市兵衛は女を見つめていた。

女は、ほほほ、と笑い声を全山に響かせた。

それから、はっ、と跳躍し、市兵衛に見せびらかすように空を回転し、樹林の彼方へ消え去ったのだった。

市兵衛は八双をくずし、女の消えた樹林の彼方を目で追った。

生きていたのか――目で追いながら市兵衛は思った。

「市兵衛さん」

お絹と丸平が、身をひそめていた木陰から出てきて市兵衛の側に駆け寄った。

市兵衛は刀を仕舞い、二人に長閑《のどか》に笑いかけた。

「ふむ、手強い相手でした」

お絹が市兵衛の笑顔に、緊張を解き、胸をなでおろした。

「確かに、なかなかの使い手だったね」

丸平が葛籠を「よいしょ」と拾い、市兵衛に渡しながら言った。

「お絹さん、今の二人は追剝《おいは》ぎではありません」

市兵衛は葛籠を背負い、言った。

お絹はこくりと頷いた。

「間違いなくお絹さんの命を狙っていた。誰かが、お絹さんを亡き者にしようとしている。わかりますか。これから先、どんな危難が待ち構えているかわからない。それでも旅はまだ、続けますか」

「市兵衛さん、わたしは磐栄屋を守るために命を投げ出す覚悟をしています」

お絹はためらいもなく言った。

「旅は続けます。だって、わたしがここで怯んだら、こんな寂しい山道で命を落とした兄の商人魂が浮かばれないわ。お願い。わたしを寄居へ連れていってください」

意地と誇りが、お絹の目の奥で輝いていた。

進むべき方角が見えると、お絹は何も恐れず、清々しいほど毅然としていた。

まさに、父親天外から受け継いだ商人の血が脈打っていた。

六

夕刻、滝の音が聞こえる山小屋の、土間に据えた大きな桶に湯が満ち、温かな湯気を、生木を組み杉皮を葺《ふ》いた粗末な天井へくゆらせていた。

桶の中で女の白い肌が、湯と戯れていた。

豊かな髪を手拭で包み、白磁《はくじ》の細く長いうなじを、暮れなずんでいく青い光に惜《お》し気もなく晒《さら》していた。

その桶の側に黒い獣がうずくまっていた。

獣の骨張った黒い指が、女のうなじを恐る恐る撫でた。

「くすぐったい」

女が身をよじらせ、湯が音を立てた。

「おめえ、あの技をどこで身につけた」

獣が女の肩に指を滑らせながら、言った。

「おまえの知らぬ、遠い遠い国だ」

女は嫣然《えんぜん》として応えた。

それから女は獣の方へ、締まって肉付き豊かな裸体を廻《めぐ》らした。

湯がゆれて、桶からこぼれた。

「猪吉、おまえ、あの男にかなわないのか」

猪吉と言われた男の頬の傷が暗がりに馴染み、わずかに歪《ゆが》んだ。

「おらに、かなわねえ男など、いねえ」

猪吉は女のなだらかな頤《おとがい》に触れた。

「あの男、強い。おまえ、勝てるのか」

女が猪吉の頬の傷を白い指でなぞった。

その朝、刃を交わした侍の切先が残した傷だった。

「おら、誰にも、負けねえ」

猪吉は満面に笑みを浮かべた。

猪吉は、大滝村に冬がくる前の秋の末、寄居へ出かけた帰りの荒川の川縁で、傷ついた乞食《こじき》の女を拾った。

女は薄汚れ、案山子《かかし》の着物を剝《は》いだぼろをまとい、胸から血を流していた。

女は山猫の目をして、猪吉を睨みあげた。

猪吉は傷ついた山猫を、憐《あわ》れんだ。山猫を助けた。初めはそれだけだった。

女を背負って大滝村の小屋へ運んだ。

女を裸にして、傷の手当てをし、汚れた身体を綺麗にしてやると、女は若く、不気味なほどに妖しい美しさで、猪吉の度肝を抜いた。

猪吉は宝玉を拾ったのだと、初めて気付いた。

それから猪吉は、この世の至上の宝玉を磨くように、女を慈しみ己の寝食を忘れて介抱にいそしんだ。

猪吉は女の胸の傷跡が膿《う》んだとき、己の舌で膿みを綺麗に舐め取ってやった。

舐め取った後によもぎの葉をすり潰した汁を塗る。

それが猪吉の朝晩の日課になった。

女は、宝玉の身体の奥に強靭《きょうじん》な生命力を秘めていた。

猪吉の介抱により、女の傷は癒《い》え、衰えた身体は見る見る回復し、回復とともに女の美しさが輝きをいっそう増すのだった。

猪吉は女を崇《あが》め、かしずき、己を捧《ささ》げた。

そうして、女に許されれば、傷跡のみならず、宝玉の全身を隈《くま》なく舐めた。

猪吉は、この世の、無上の喜びを味わった。

猪吉は、女の神々しいほどの妖しい美しさが恐ろしかった。

眩《まぶ》しくて、見ていられなくなる。

だがずっと、ずっと、死ぬまでずっと、こうして、見ていたい。

「猪吉、あの男を、殺せ」

女が言った。

「おめえが、そうしてほしいなら、おら、なんでもしてやる。あの娘っこをやらねばならねえ。ついでに、あの男の首も、かき切ってやる」

猪吉は、女の傷跡を舐めながら言った。

女が、ほほほ、と笑い、猪吉の猪のように太い首を二つのたわわな胸の膨らみの間に抱き締めた。

そして言った。

「猪吉、斬って、斬って、斬りまくれ」

女は、ほほ、ほほ……と喘ぎ声とともに笑い続けた。

滝の音が聞こえていた。

山の彼方で、獣が寂しく、遠く吠えた。

「あたしも、手伝ってやる」

ほほ、ほほ、ほほ……

第三章　雷　神

一

秩父大宮郷の絹大市の旅から帰ってきた後、お絹は少し変わった。

買い付けを己なりにやりとげた自信が、天外の娘から手代らを自ら率いる磐栄屋の女主の自覚を、お絹自身に気付かぬうちに身につけさせているように見えた。

しかし、大店なら平手代ほどの若い手代三人に、若衆ひとり、後は小僧の子供しかいない商いは、若い女主の細腕で支えるのは容易ではなかった。

四十年、追分で地道に呉服太物問屋を営み馴染みの顧客は付いているものの、支配人の番頭や経験豊かな手代らが、麹町の岸屋に引き抜かれた穴は大きかった。

また、大黒屋重五の陰にこもった嫌がらせは執拗《しつよう》だった。

大黒屋は、市兵衛が雇われてからは店にきて難癖をつける嫌がらせをしなくなったが、使いに出た手代や小僧、下男下女を途中で脅し、店の周辺を人相の悪い子分らがうろつき、磐栄屋へ客が入りにくくする姑息《こそく》な手段を取り始めていた。

お絹は、使いには二人以上で出かけるようにと指示を出したけれど、そうしたくとも人がいないのだから、どうしようもなかった。

さらに、数年前の二分金や草文小判鋳造、去年は草文銀の鋳造と続き、お金が出廻って商売繁盛を謳歌する裏で、諸色は高騰していた。

宿場女郎衆や新宿界隈から大久保の微禄な御家人屋敷のお得意へ、質のいい呉服太物を安価にお届けするのが《売り》の磐栄屋の商いは、台所事情が苦しくなると新金を鋳造する御公儀の弥縫《びほう》策による諸色高騰は堪《こた》えた。

裏では新宿追分から淀橋への代地の内々のお達しが、既定のごとくに宿役人らの間で進んでいる。

磐栄屋は、二重三重の圧迫を受け、徐々に苦境に追いこまれていた。

秩父から戻った市兵衛の仕事は、蔵の在庫と引き抜かれた番頭らが残した大福帳の売り掛け額が合っているかどうか、支払い額と入荷量が合っているかどうかを突き合わせる細かな勘定だった。

店にはほぼ毎日のように、馬子の連ねる荷送の馬に満載の様々な呉服太物が届き、それを台所衆の左七が二人の下男に指図して店蔵や裏の蔵へ運び入れ、市兵衛が帳面に記していく。

旗本の台所のせいぜい何十両かを宰領する用人役に較べれば、磐栄屋の仕入れと出荷と在庫とを突き合わせる算盤勘定はわずかひと月で数十倍の金額をはじいていた。

ただ、今、磐栄屋の抱える一番の困難は、売り場で接客のできる熟練の手代の数が少なすぎることだった。

市兵衛が売り場へ出て、客の前に反物を広げ買ってもらえるように品物の説明をするのは、手代の拵《こしら》えにさえすればできるというものではない。

接客にも修業と知識がいるし、向き不向きもある。

と言って、お絹の旅の用心棒を果たし当面は腕を役立たせる役目も見当たらない今、わたしはこれにて、とも市兵衛は言い出しかねた。

懸命なお絹の奮闘にもかかわらず、在庫調べをすれば店の売り上げが確実に落ちており、このままでは遠からず商いが持たなくなるとわかる。

それだけに磐栄屋とお絹の行末が、余計な気遣いとは知りながら、気になった。

そのうえにひとつ、市兵衛は磐栄屋を一代で築きあげた天外という初老の商人に少々魅せられてもいた。

旅から戻り数日がたったある朝、天外の寝所にお絹、若い手代三人と若衆の安吉が揃ったところへ、市兵衛が呼ばれた。

その日、天外を囲み商議が持たれたのである。

売り上げが落ちており、このままでは磐栄屋の商いがいずれ立ちゆかなくなることは、年若い手代らにも見えている。

売り上げを回復させる新たな策を、早急に講じる必要があった。

だが、そんな策が簡単に見つかるなら苦労はない。

手代らは、諸色高騰と仕入れ値が上がったことを理由に「そろそろうちも、値上げを考えるころでは……」と切り出した。

結局、講ずることのできる策は値上げだった。

何々屋さんはいくら、どこそこのお店はこれくらい、と手代らは他店と磐栄屋の値段を較べ、もはや値上げは避けられないと口を揃えた。

お絹もやむを得ないと、手代らに賛同した。

市兵衛と安吉は黙っていたが、商議はいくら値上げをするかの話に進んでいった。

すると、お絹と手代らの話し合いに任せて口を挟まなかった天外が、末席に控えていた市兵衛に穏やかに訊ねたのだった。

「唐木さんは、値上げについて、どのようにお考えですか」

若い手代らは、唐木さんは算盤はできてもお侍だから商いのことは、という顔付きで市兵衛へ見かえった。

市兵衛は小さく頭を垂れ、「はい」と応えた。

「仕入帳と売掛け帳、蔵の在庫量を突き合わせ、今、わかっておりますのは、今年の仕入れが、絹三百七十疋、綿九貫三十匁の三本一駄が五駄。金額にしますと絹一疋二分三朱でおよそ二百五十四両と一分二朱、綿一駄八十九両一分でおよそ四百四十六両一分、合わせて七百両と二分二朱になります」

天外が、腕を組んで頷いた。

「ちなみにこれに荷送の損料三分が計上されており、二十一両少々、総計がおよそ七百二十一両と三分ほどですが、九月までの売り上げは七百両を超えたところです」

天外は膝に目を落とした。

「十月から暮れは呉服太物のかき入れどきですから、売り上げが伸びることは見こまれます。しかし、気になりますのは、藤岡《ふじおか》の竹屋《たけや》さん上田《うえだ》さん井筒《いづつ》さんへの仕入れのさいの預け金が、百五十両を為替で送っているのが盆の決済で不足が出ております。これは去年まではないことで、仕入れ値が、仕入帳の昨年の値と較べますとおよそ七分ほど値上がりしているためです」

手代らがひそひそと言葉を交わし合った。

「江戸の諸色値上がりが上州からの仕入れ値にも響き、収支を圧迫し始めているのは明らかです。また磐栄屋の売り値について、一例を申しますと、小紋縮緬《ちりめん》の小袖が九十八匁、呂《ろ》の小紋羽織が五十六匁にて売られており、日本橋の呉服店あたりの相場より六、七分ほど下廻っております」

市兵衛は天外からお絹へ眼差しを移した。

「品物に違いがあり一概には較べられませんが、六、七分の値の開きは大きい。みなさんの仰る通り、売り値を考え直してもよいころかと思われます」

手代らは頷いて、天外の決断を待った。

しかし天外は顔をあげ、また市兵衛に訊いた。

「唐木さん、浪花の商人ならこういうとき、どうするでしょうか」

市兵衛は首を傾げた。

なるほど、浪花の商人ならどうするかな――市兵衛は考えた。

「わたしに商いの手ほどきをしてくれた問屋の主なら、諸色の値上がりしているこの時機を商機と見て、案外、値下げに打って出るかもしれません」

市兵衛が応えると、若い手代らが馬鹿ばかしいというふうに笑った。

天外もおかしそうに笑った。

それから組んでいた腕を解いて、膝へ載せた。

天外は穏やかな表情を変えず、手代らとお絹に言った。

「うちも、この商機に値下げを講ずる策はないか」

三人の手代らが、「ええっ」と声をあげた。

「お父っつあん」

お絹が天外に言いかけた。

「いい物を高く売るなら商人魂の下だ。お得意さまにいい物こそ安くお売りするのが商人の腕の見せどころだ。今こそ、値下げはいいかもしれん」

「いくら旦那さまでも、それは無理です。お店が潰れます」

長介が首を左右に振って天外をいさめた。

手代らの値上げの理由は至極もっともだった。

手代らは売り場の厳しさを肌で知っているし、仕入れ値が上がっているのだ。

末席にいた市兵衛は、天外の言う商人魂に無理を覚えた。

しかし天外は譲らなかった。

「値が安くなれば、おまえたちも売り易《やす》くなるではないか。品物が売れれば売り上げが伸びる」

「事はそんなに単純ではありません。旦那さまはお考え違いをなさっておられます」

長介も語調を厳しくして食いさがった。

「ははは……頭から決めてかからず、見方を変えて策を講ずるのだ。値上げをするだけなら、考えずとも誰にでもできる」

天外は、理屈を越えた古武士の一徹さで、己の商いを貫いていた。

清々《すがすが》しいまでに素朴で、潔《いさぎよ》い商人魂だった。

こんな男が商人の中にいるのかと、心密かに快哉《かいさい》を覚えた。

「よろしいでしょうか」

市兵衛が言った。

長介が、商いのことなど知らないくせにまたよけいなことを、という苦々しい顔付きを市兵衛へ投げつけた。正太郎と彦蔵も不快そうだった。

お絹と安吉は市兵衛を見守っていた。

「どうぞ、唐木さん。なんぞ面白い策を思い付かれましたか」

天外が促《うなが》した。

「磐栄屋の呉服は日本橋の相場より六、七分、太物は七分から八分ほど安く売られております。そこから値下げをするとなりますと、せいぜい一分か二分ぐらいが限度かと思われます」

「……それぐらいですかな」

「しかしながら、富沢町《とみざわ》の古着屋においては、日本橋の売り値より一割二分と五厘少々の安値で呉服が売られております」

「何を仰《おつしや》ってるんです。それは古着の値段でしょう」

と長介が口を挟んだ。市兵衛は頷き、

「売り値を二段に構え、一段は今の値に据え置き、今一段は古着より割安感のある日本橋の相場の一割三分ほどの売り値にするのです」

と続けた。

「どういうことですか。意味がわかりませんね」

長介が言い、正太郎と彦蔵が笑ったが、天外とお絹、安吉は黙っていた。

「一割三分引きは古着の下取りと合わせた値段にするのです。つまり古着を下取りに出していただけるなら、下取りの値段を磐栄屋の売り値からさらに引いて日本橋の相場より一割三分の安値、古着の相場よりもまだ安いと、お客に説明するのです」

「古着を下取りしてどうするんですか。まさか古着店を新たに開くと言うのではないでしょうね」

「いずれそういうことも考えられます。しかし当面は、下取りする古着は羽織や袴、小袖や打掛、裃《かみしも》、半纏《はんてん》、袷《あわせ》や単衣《ひとえ》、丹前《たんぜん》、十徳《じっとく》などの上衣と帯に限り、ある程度の数をまとめ富沢町の古着仲買へ卸せます。貧乏武家の用人勤めをいたした経験で、古着商と多少縁ができましたので、その交渉ならわたしにも……」

「簡単に言わないでください。わたしたちに古着屋になって古着を商えと仰るんですか。いいですか市兵衛さん、古着を見立て商うにも修業がいるし、古着仲間の株がいるんです。第一、今でも人手が足りなくて手一杯なのに、古着まで商ったら肝心の呉服太物を売る時間がそっちに取られることになるんですよ」

長介が目角《めくじら》を立てた。

「上衣と帯でさえあれば、著しく傷んでいない限り、どんな古着でも見立てずに下取りするのです。そうして磐栄屋の品物を売れば、販売の手間はさしてかからないのではありませんか。仲間株については、われわれは古着商へ古着を売るだけですから。

何なら、古着買いに売ってもいい」

「し、しかし、それができたとしても、勘定が合うんですか」

「古着は物によって相場の一割から二割の間が卸値です。中にはさらに安い値でしか売れない物、売り物にならない物も出てくるのは仕方ありません。相場の二割で卸せる古着と売り物にならない古着とをならしておおよそ一割の値で卸せれば、一割三分安で販売しても従来の磐栄屋の値より差し引き二、三分の値上げと同じになります」

三人の手代は、冷笑して首を振った。

「市兵衛さんは頭の中で商いをして、勘定なさってるんです」

と、今度は正太郎が言った。

「はっきり言って、新宿は安女郎と馬子どん、近在の百姓、軽輩の御家人さんらの多い町なんです。家禄の高いお武家もお金持ちもいらっしゃいますが、ほんのひと握りです。古着を買うことはあっても、売るほどの物をどれほど持っているか、怪しいもんです」

「そうだよね。新宿は日本橋と違うからね」

彦蔵が相槌を打った。

「売れるいい古着を持っている方は古着買いの行商に売って金に替えますよ。その方がお得じゃあありませんか。うちへ持ってくるのはみんな屑《くず》同然の物ばかりですよ」

「旦那さま、この話は……」

と長介が言いかけたときだった。

「わたしはいけると、思います」

三人の端に座っている若衆の安吉が、そばかすだらけの顔を赤らめて言った。

みなが一斉に安吉へ向いた。

「安吉、おまえはまだ見習の身だ。黙っておいで」

長介がぴしゃりと言い、安吉は気弱に口ごもった。

「安吉、言ってごらん。おまえに考えがあるのなら、聞かせてくれ」

天外がやわらかな声で、安吉を促した。

安吉は肩をすぼめ、首を傾げるように頭を垂れた。

「正太郎の兄《あに》さんが仰いましたように、新宿のお客さまにお金持ちの方が少ないのは確かです。磐栄屋へ相場より安い値の呉服を見にこられましても、迷った挙句、買っていかれないお客さまも多《おお》ございます」

安吉の語調は、細く、自信がなさげであった。

「以前何度か、磐栄屋さんは古着をあつかわれないのですかと、お客さまに訊ねられ、あいにくとお応えするのが辛《つろ》おございました。もし、古着ほどの売り値にまで値がさがれば、お客さまが格段に増えることは間違いないと思われます」

「当たり前だよ、そんなこと。勘定を考えずに値をさげ、売れば売るほど損をしてお店が潰れれば、元も子もないじゃないか」

「ですからそれは、市兵衛さんの仰られたように古着の下取りで勘定が合えば……」

「誰もまともな古着なんて持ってこないよ。お客がきて屑ばっかり下取りさせられたり、古着買いの仲間から苦情が出てやっかいなことにだってなるかもしれないんだ。おまえ、わかって言ってるのかい」

「試しに、十日ほどと期日を限って、お客さまへご奉仕のお値引きの催しとして行なうのです。十日と限るなら、古着買いの仲間の苦情も出ないと思います。売り上げにつながらず、お店が損を出したら十日で止めればいいし、収益が上がる見こみが付けば師走《しわす》に年の瀬の催しとしてまた行なうのです」

なるほど——市兵衛は感心した。日ごろ無口で、恥ずかしそうに顔を赤らめ目をそらす安吉が胸の底に秘めている商人魂を見た気がした。

「旦那さま、以前、富沢町の古着市へいって古着を少しでも高く売りたいのだが、遠すぎていけぬと仰っていたお客さまがいらっしゃいました。お金持ちでなくても、昔買った質のいい着物を売って新しいお召しなどを拵えたいとお考えの、お内儀さまなどは、案外多いのではないでしょうか」

「安吉さん、新宿から富沢町の古着市へわざわざ出かける手間が省けますな」

市兵衛が言い、安吉は消え入りそうな声で「古着にならなくても」と応えた。

「端布買いに売れます」

庶民にとって、端布は着物の修繕の必需品である。

天外は安吉を見つめ、ゆっくり二度三度と頷いた。

それから市兵衛へ視線を廻し、

「唐木さんは、浪花で面白い商いを見てこられたのでしょうな」

と思慮深い笑顔になった。

「やってみましょう」

「はい。安吉さんが仰ったように、まずは試しに、十日に日を限って」

「面白い。それでいきましょう。ふむ、安吉、それでいいぞ」

天外は力強く安吉に声をかけた。

二

その日午後、翌日から多司郎と亮助の四十九日の法要で店が休みになるまでの十日間と日数を限り、お客さまへの感謝とご奉仕の古着下取りによる大幅値引きを知らせる幟《のぼり》が、店の外へ賑やかに立て並べられた。

店の周辺に嫌がらせに徘徊《はいかい》している大黒屋の手下らが幟の周りへ人相の悪い顔を寄せ集め、「何なんだ?」と書かれた文字をぶつぶつとたどった。

「兄い、何て書いてあるんだい。読んでくれよ」

手下のひとりが兄いに訊いた。

「これはだな、おきゃくさまへ、何とかと何とかの、ふるぎしたどりと……何とかねびき? ここに日数が書いてらあ。要はこの間、売り値を下げるってえ幟だな」

「値下げかぁ。何のために値下げをするんだい」

「そりゃあおめえ、客を呼ぶために決まってるじゃねえか」

「客を呼ぶため? ちきしょう。おれたちに逆らおうってのか」

「ふん。つまりだ、おれたちがいるために客足が遠退《の》いて、商いが苦しくなったから客を呼び戻すために値引きに踏み切ったってえわけさ」

「そうか、そういうわけか。おれたちの働きが効いたってえことか」

「そうに違いねえ。磐栄屋も苦労してんだ。親分に逆らったばっかりに気の毒によ」

「はは……そいつあ気の毒だ。この分でいきゃあ磐栄屋も先は長くねえな」

そこへ店から小僧の丸平が手桶に柄杓《ひしゃく》を提げて出てきた。

冬の街道は乾燥して埃《ほこり》が立つため、表店の水まきは大事な日課である。

「はい、どいたどいた。水がかかるよ」

丸平は、わざと手下らの足元へ水をまいていく。

「この、くそがきが」

しかし、顔をしかめた手下らはぞろぞろと店の幟の前から散った。

ふん、ざまあ見やがれと、丸平はお客がめっきり減って静かな店へ戻った。

若衆の安吉が、だいぶ前からどこかのお武家のお内儀に次々と反物を広げつつ、さまざまに売りこんでいるが、お内儀は決断がつかない。

正太郎と彦蔵は、客の来店を待って売り場に膝を揃え、小声で話している。

「無理だよね。侍だから、商いの根本がわかってないのさ」

「多司郎さまがいらっしゃったら、こんな馬鹿な真似はなさらなかったと思うよ。旦那さまも焼きが廻ったのさ」

「お絹さまも内心は反対だったけど、止められなかったしね。やっぱり女じゃあ商いは無理だ。冗談抜きで、次の勤め先を考えておいた方がいいよ」

丸平は二人の小声を耳にしながら、台所の方へ戻りかけた。

とそのとき、おかみさんふうのお客が暖簾を潜って庇下の通路へ入ってきた。

「おいでなさいましぃ」

丸平は大きな声を響かせた。

「ようこそお越しを。ご用をお受けたまわりいたします」

正太郎が上がり端へ手をつきお客を迎えた。

おかみさんふうは地味な装いで、上客には見えなかった。腕に布包《ぬのづつみ》を抱えていた。

「あの、幟を見てきたんですけど、今日はまだだめでしょうか」

客は言いにくそうに言った。

「ああ、はいはい、外のお値引きの幟をご覧になって。あいにくお客さま、あれは明日からの催しでございまして」

すると会所の帳場格子にいたお絹が、すす、と上がり端へ出てきて手をついた。

「おいでなさいまし。下取りをしての、お買い上げでございますね。わざわざのお越し、ありがとうございます。催しは明日からでございますけれど、よろしゅうございます。おあがりくださいませ。正太郎、お客さまのご注文をおうかがいして」

正太郎は戸惑いつつも接客を始めた。

「丸平、お客さまにお茶をお出ししなさい」

お絹が言い、丸平は「へえい」とまた大きな声を響かせた。

安吉の接客していた武家のお内儀が、「あれは……」と訊いた。

安吉の古着の下取りと合わせた値引きの説明にお内儀は聞き入り、結局、反物は買わずに店を出た。

お内儀は店の外の幟を読み、表の通りがかりが二人、三人と立ち止まって幟を読んでいた。

荷駄を積んだ馬を引く馬子や、使いの下女らしき女も幟の前に立ち止まった。

翌日朝の一番のお客は、昨日のそのお武家のお内儀であった。

お内儀は布包を抱え、にこにこして安吉を名指しし、

「これを持ってまいりました。古い物ですけど、品はいい物ですよ」

と布包を解いて、安吉に古い小袖を見せた。

「はい、結構なお品でございます。ありがたく下取りをさせていただきます」

「昨日見せていただいた反物をお願いできますか。それといい機会ですから、夫の羽織も思い切って拵えようと思いますので、そちらの方も見せていただけますか」

「承知いたしました。ですがお内儀さま、こちらの小袖だけですと一本分のみのお値引きとなりますが、よろしゅうございましょうか」

「わかっておりますよ」

「ありがとうございます。それでは少々お待ちを」

安吉が蔵へ反物を取りにいき、代わって小僧の作造が茶器を出す。

「お客がきたね」

正太郎と彦蔵がまた小声で言い合っていたところへ、

「そりゃあくるよ。少しはこないと格好がつかないじゃないか」

「下取りでお願いしたいのですけど」

と、町家の娘と思える若い女が二人に声をかけた。

「ようこそ、おいでなさいまし。どうぞおあがりくださいませ」

正太郎が接客し、彦蔵が二人目か、と思う間もなく孫娘を連れた年配の女がやはり風呂敷包を抱えて入ってきた。

三人がそれぞれ接客に当たっている間に新しい客が三人四人と続いたから、お絹が急遽《きゆうきよ》接客に加わった。

そうなると急に慌ただしくなるのは、売り場の手代らだけではない。お絹が接客に加わって、長介はひとりで勘定、注文、仕入れ、納品の会所の事務をこなすことになり、小僧らは順番を待っている数人の客を売り場の一画へ案内し、茶を出し、「少々お待ちくださいませ」と詫びを言って廻らなければならない。

しかもみな古着の下取りを兼ねた客で、昼が近づくにつれ、三、四人の待ち客が五人六人七人と徐々に増え出していた。

客足が遠退き、賑わいが消えていた磐栄屋の売り場に久方振りに活気が戻り始めた。

午後になっても客は途切れず、お客をひとりお見送りすればまたひとり、あるいは二人と古着の包を抱えて客が入り、お絹は増える一方のお客を店の間東隣の客座敷へご案内なさいと、小僧らに指示するほどになった。

一日目はそんなふうにして慌ただしく七ツの閉店刻になり、最後のお客を送り出すとみなほっとして、意外な反響に思わず笑い声が売り場にあふれた。

しかし二日目、もっと大変な事態が待っていた。

朝、小僧の金太が表の大戸を開けると、朝の寒空の表通りに早くも十数人の客が屯《たむろ》し、磐栄屋が開くのを待っていたのである。

みな古着を包んだものらしい布包や風呂敷包を、腕に抱えている。

「大変です大変です、お絹さまぁ」

と金太が慌てて事態の注進におよんだから、お絹は驚いた。

「お客さまをすぐに客座敷へお通しして、火鉢と温かいお茶をお出ししなさい」

お絹は小僧らに命じた。二日目は一日目よりさらに忙しくなることが推察できた。

「これは、乗り切らねばなりませんな」

市兵衛はお絹を励ました。

「やれます。大丈夫です」

お絹は強い口調で応えた。

朝食もそこそこに急いで店を開ける準備にかかり、二日目が始まった。

推察通り、二日目は一日目の倍以上の客が詰めかけたのである。

待ち客が客座敷に入れなくなり、午後には「一刻半はお待ちいただくことになり、このままですと日が落ちてしまいます。なにとぞ明日のお越しを」とやむを得ずお客をお断わりせざるを得なくなったり、小僧の作造までが接客に当たる始末だった。

下取りした古着を蔵の市兵衛の元へ小僧らが次々と運びこみ、市兵衛もそれを蔵の一隅へ収納する作業に終日追われた。

二日目の店仕舞いは六ツをすぎ、新宿の通りは引き手茶屋の客引きの声や女郎衆の嬌声《きょうせい》や茶屋遊びの客が賑やかに行き交う刻限になっていた。

二日目の夜、天外の寝所でまた商議を開き、同業の呉服店から手代の助手《すけて》を頼むとや待ち客の名前をうかがって順番を間違えないように配慮することや、市兵衛の方は新宿へくる行商に早速古着を払い物として卸す手筈を取ることが決められた。

そうして三日目、客足はやはり衰えを見せなかった。

「娘の嫁ぎ先が決まりましてな。これはそれがしが使っておりました羽織ですが、微禄ではありましても、新しい小袖をひとつ持たせてやりたい。この古い羽織が新しい小袖に生まれ変わる助けになると思えば、多少の出費もやむを得んでしょう」

「ごもっとも。じつはわたしも内職でわずかな手当てが残りましたのでな。この帯で妻に着物を拵えてやろうと。日ごろ貧乏ばかりさせておりますので、ははは……」

客座敷から、隣り合った武家の待ち客のそんなやり取りが聞こえてくる。

お絹は午前から順番を辛抱強く待って昼をまたがる客には、餅《もち》や蕎麦《そば》などの食事代わりの軽い食べ物を出させた。

それでも、午後の遅い客はやはり頭をさげてお引き取り願わざるを得なかった。ある意味でそれは、磐栄屋始まって以来の混乱するほどの盛況だった。

だが、混乱したのは磐栄屋だけではなかった。

大黒屋の手下らは、引きも切らず出入りする客に圧倒され嫌がらせどころではなかった。妙なちょっかいを出して一斉に客から睨まれ、恐れをなして引きさがった。

知らせを受けた大黒屋の重五も磐栄屋の盛況振りを目《ま》の当たりにし、いまいましげに罵《ののし》るほかはなかった。

どういうこったこりゃあ。くそが、しぶとい野郎だで。

三日目の遅い夜食には、使用人に上宿山崎《やまざき》屋の芝海老《しばえび》のてんぷらが振る舞われた。

小僧や若い手代らは、終日つきることのなかった客に対応した疲労と空腹、そして味わったことのない興奮に包まれ、夜食は日ごろの行儀を忘れ騒がしいものになった。

左七ら台所衆に三人の下女も膳を構え、台所の土間続きの板間は、使用人らの旺盛な食欲と碗や皿の触れる音、お喋《しゃべ》りと笑い声が飛び交った。

日ごろ隅で大人しくしている安吉でさえ、勢いよく丼飯を口へ運びながら、彦蔵や正太郎とやり取りを交わしている。

「大久保の御家人さんは微禄な方が多いけれど、みなさん、内職の鉢植で案外景気がいいんですよ。だからわたしはそちらのお客さんに注目されれば、これはいけるかもしれないぞと思っていました」

　と正太郎が言い、彦蔵が継いだ。

「そうそう。そっちのお客さんにこの催しをどう知っていただくか、というよりどうお知らせするか、そこが勝負のわかれ目でしたね」

「本当にいい勉強になります。わたしは商いでこんなに高揚を覚えたのは初めてです」

　と、それは安吉が言った。

　隣の長介が市兵衛に、やはり昂《たかぶ》りを抑えられないらしく言った。

「わたしはこのたびの策は、きっとお客を呼べると確信しておりました。そりゃあ不安はありましたよ。けどこの策には何かがある、そんな商人の五感のようなものが働いたんです。この策を進めてよかった」

　長介は己の手柄のように言った。

　市兵衛は微笑んで首肯《しゆこう》した。

「長介さんは本当によくやった。みな長介さんを頼りにしている。若い者ばかりで苦労をするだろうが、長介さんがみなの先頭に立たねばな」

「はい、頑張ります」

長介は嬉しそうに応えた。

三

冬の江戸に北風が吹き荒れると、黄色い砂を巻く。

そんな日は、内藤新宿追分にも黄色い風がうなり、翻《ひるがえ》らないように重しをつけた磐栄屋の長暖簾や、催し物の幟がぱたぱたと通りで音を立てる。

四日目は冬の木枯らしが舞う日になった。

木枯らしが吹いて三日目ほどには客足は伸びなかったが、それでも評判を聞きつけ牛込《うしごめ》、四谷あたりからも客が次々と来店し、手一杯の忙しさではあった。

しかし商いは売り場の仕事だけではない。

注文に仕入れ、集金にお客への品物のお届けもしなければならない。

四日目の昼八ツ、丸平と市兵衛が風の通りへ出た。

「ついてきな」

丸平は、市兵衛に言った。

今度きた市兵衛さんは見どころがある、わたしが宰領屋さんから連れてきたんだ、と丸平は得意だった。

わたしが見こんだ通り、剣が使えるねと、丸平は秩父の山道で賊に襲われた危機一髪の出来事を、秩父より戻ってから小僧らに自慢げに語って聞かせていた。

「用心はしていたが、やっぱり現れた。あのあたりは昔から山賊の巣窟《そうくつ》なんだ」

小僧らは初め、二階にある住みこみ用大部屋の蒲団にくるまり、丸平と市兵衛が鎖鎌の名手と戦った様子を固唾《かたず》を飲んで聞いた。

「丸平ちゃんはどんな働きをしたんだい」

金太が無邪気に訊くと、よくぞ訊いてくれた、という顔で丸平は応えた。

「わたしはお絹さまを身を挺《てい》してお守りし、市兵衛さんが賊と戦う役割だった。だって刀を持っているのは市兵衛さんなのだから、仕方ないのさ。わたしがお絹さまをお守りしていたから、市兵衛さんは後顧《こうこ》の憂《うれ》いなく、存分に戦えたんだよ」

丸平の武勇伝が二度が三度、四度になると、金太も聞き飽きて寝て仕舞ったが。

台所衆のお届け先がふくれあがり、その日、音羽《おとわ》町方面や麴町のお客へ品物を届ける役目の下男がもういなかった。

やむを得ず丸平が届けることになり、市兵衛が、

「承知しました。わたしが丸平さんのお供をしましょう」

と、快活に申し出た。

「丸平、お客さまに変な自慢話をしてはだめよ。丁寧にお礼を申しあげて、すぐおいとまするのよ」

お絹が丸平に注意を与えつつ、反物を入れた行李《こうり》を担《かつ》がせた。

「へえい」

と丸平は屈託がなく、市兵衛に「ついてきな」と風の通りに出たのだった。

新宿から番衆町の武家屋敷地を抜け、高田馬場《たかだのばば》、江戸川に架かる姿見橋を渡って、一軒目は音羽町の廓の女将や女郎衆だった。

それから、音羽町より江戸川橋、猪牙《ちょき》を頼んで、川面が白い波を立て土手の柳が風にゆれる江戸川から外堀をのぼり、四谷御門の河岸場で猪牙をおりて麴町八丁目の町芸者の裏店へ向かった。

その四谷御門の近くには、御三家尾張藩の家老筋の家で大名でもある鳴瀬家の上屋敷があり、麴町二丁目には呉服問屋の大店、岸屋の本店がある。

折りしも、鳴瀬家の御用達を務める岸屋の手代五名ほどが、鳴瀬家上屋敷を辞しお店へ戻る麴町八丁目の通りで、お得意さまの町芸者の裏店から出てきた丸平と市兵衛に出くわしたのだった。

手代らは、商家の小僧が磐栄屋の行李を担いでいるのを見て気色ばんだ。磐栄屋と言えば、岸屋の旦那さまがご発案の新宿店を妨害している、あの小店ではないか。

手代らは丸平と市兵衛を見すごさなかった。

商家大店は男だけの上下関係にあり、今で言う完全なる体育会系社会である。みな血気盛んで、しかも岸屋のお仕着せを着た五人の体格はよかった。

連れらしき侍など、屁とも思っていない。

五人はぞろぞろと丸平の行く手を遮《さえぎ》り、

「おまえ、磐栄屋の小僧だな。新宿の田舎者が麴町へ何しにきた」

と、後ろの編笠《あみがさ》をかぶった市兵衛にしかめっ面を投げつけた。

「なんだよ。ここは天下の往来だ。何をしようとおまえらには関係ない。わたしはお店の大事なご用で先を急いでるんだ。道を開けろ」

十歳にしては小柄な丸平は、手代と小僧とは言え同じ商家に勤める者同士、負けていなかった。

「おまえらにうろつかれると、町が馬糞臭くなって困るのだ。ここはおまえらみたいなど田舎の糞まみれがくるところではない。うせろ」

「うるさい。おまえら、岸屋の手代らしいな。岸屋なんぞ、田舎大名の尻にくっついてぞろぞろ江戸へ出てきた犬山《いぬやま》の糞《くそ》じゃないか。江戸の糞が気に食わないなら、尾張へ戻ってお袋の糞でも舐めやがれ」

「小僧、意気がりやがって、ぶちのめすぞ」

「ふん。それはこっちの言う台詞《せりふ》だ。謝るなら今のうちだぞ。田舎大名の尻にくっついてしか商売のできない田舎者が威張るな。商人なら己の腕一本で正々堂々とやってみろ。おまえら、一人前面《づら》するには十年早い。そこどけ」

ちびの小僧と見くびった手代らは、丸平の早口に言いかえされ、本気になった。

「こいつ、許さん」

手代が丸平の頭を上から叩《はた》こうとした。

市兵衛はすっと踏みこみ、振りおろしかけたその手首をつかんだ。

「よせ。子供に言いがかりをつけて、乱暴まで働く気か」

丸平は、ささっと市兵衛の後ろへ隠れた。

「さんぴん、小僧と一緒にぶちのめすぞ」

侍が相手ならと、手代の口調はいっそう激しく荒々しくなった。

他の四人が市兵衛と丸平の前後左右に散らばった。

この程度の侍が、と見くびっている。

「麹町の往来で破落戸《ごろつき》みたいな真似をするな。大店の看板に泥を塗ることになるぞ」

通行人が周りによけ、物見高く市兵衛らを取りまいた。

「乞食侍、おまえは目障りなんだよ」

目を怒らせた手代が、手を振り解こうと暴れた。

その鼻柱に平拳を突き出した。

手代はがくんと首を折って、仰向けに引っくりかえった。

ああっ——周囲の野次馬の間から喚声があがった。

「さんぴんが、やりやがったな。おい、鳴瀬さまへいって助けを呼んでこい」

ひとりが「おおし」と駆け出し、三人が身構えた。

ところが、その駆け出した男が、急に顔を押さえて立ち止まった。

「いてて。あれ？　目が、いて。あいたた、目が、目が」

顔を押さえ、ぽつんと佇《たたず》んだ。

「何してんだ、おい。早くいけ」

別の手代が喚《わめ》いた。

と、その手代も不意に喉《のど》を押さえ、かあ、かあ、と何かを吐き始めたのだった。

残りの二人と尻餅をつき鼻柱を押さえている男が、周囲を見廻した。

すると風の舞う通りの先から、連銭葦毛《れんせんあしげ》の馬上に編笠をかぶった侍と、傍らに従う黒羽織に紺袴の男がゆっくり近付いてくるのが見えた。

馬上の侍は銀鼠《ぎんねず》の小袖に黒袴の隆とした体軀だが、従う黒羽織の男は、子供ほどの背丈で、それでいて異様に頑丈な身体つきが瞭然としていた。

浅黒い顔に頰骨が目立ち、窪《くぼ》んだ眼窩《がんか》の奥に大きな目が見開かれ、鼻はひしゃげ、唇がへの字に分厚く、顎骨が左右にひどく張っている。

引きずりそうな袴と、腰の黒鞘の二本が不釣合いに長く見える。

滑稽《こっけい》な相貌《そうぼう》だが、その不気味さに見物人も手代らもたじろぐのがわかった。

馬が歩みを止め、岩塊に手足がついたような侍だけが手代らに近付いてくると、野次馬が左右にざわざわと散った。

侍は手代の前に立って睨みあげた。

そして指先で何かをはじき、ひとりの手代の額へ、ぷちん、と飛ばした。

あっ、と手代は額を押さえた。

手代の胸元に、ひと粒の小豆《あずき》が転《まろ》び落ちた。

「ご公儀の往来を騒がすな。手討ちになりたいか。どこの手代か知らんが、店も取り潰《つぶ》しにするぞ」

侍の不気味な相貌と凄みのある語調に、手代らは震えあがった。

「へえ。わたしら、べ、別に……お、おい、いくぞ。い、いこう」

二人の手代がそろそろと後退《あとずさ》っていき、目や鼻、喉を押さえた手代らがすっかり勢いを失って、逃げる二人についていく。

侍の不気味な顔が、市兵衛へ向いた。

震えあがったのは丸平も同じだった。市兵衛の後ろに隠れ、袴にすがった。

侍がゆっくり道を踏み締め、すると馬上の侍も、かつ、かつ、と蹄《ひづめ》を鳴らした。

「市兵衛さん、わたしらが、騒がしたんじゃあ、ないよね。ないよね」

丸平が、近付く侍に聞こえるように、市兵衛に懸命に言った。

しかし市兵衛は丸平には応えず、侍に言った。

「ひと粒の小豆で、人の目を潰し、喉を塞《ふさ》ぐか。恐ろしい技だな」

侍が市兵衛目がけてまた指先をはじいた。

と、市兵衛は顔の前で握り拳《こぶし》を作った。

その拳を開き、掌の上のひと粒の小豆を見せた。

「もったいない」

そう言って、侍の方へ掌を軽く振った。

その途端、侍の不気味な相貌がぐにゃりと崩れた。

潰した饅頭《まんじゆう》のように顔を歪め、ひひ……と笑った。

「かなわんのう。おぬしにかかったら、おれの技など女子のお手玉だな」

「何を言う。弥陀ノ介《みだのすけ》の芸の細かさに、いつも驚かされるよ」

市兵衛も、ふふふ……と含み笑いをしている。

それから二人は、からからと声を揃えて笑い声を風になびかせた。

野次馬は、なんだ知り合いか、つまらない、という素振りで、三々五々囲みを解いて去っていく。

馬上の侍が馬を止め、にこやかに市兵衛を見おろした。

「市兵衛、なぜ屋敷へ顔を出さん。ご参政（若年寄）から、おぬしにも内々ご褒美《ほうび》をいただいておる。わたしが預かっておるから、屋敷へ寄れ」

「ご褒美と申しますと、先だっての一件のことでしょうか」

「そうだ。ご参政に、よくやったと伝えよと、言われたぞ」

「それはありがたいことです。実はわたくし、別の用件で暇ができましたら、お屋敷へおうかがいするつもりでおりました」

馬上の侍は、市兵衛の後ろで固まっている丸平を見て相好《そうごう》を崩した。

「今は商家に、雇われておるのか」

「内藤新宿の磐栄屋という呉服と太物の問屋です。大店《おおだな》ではありませんが、主が古武士のように一徹で、気骨のある商人です」

「内藤新宿の磐栄屋、古武士のようなか。ふむ、まあいい。おぬしらしい。励め。おれはそこの心法寺《しんぽう》に用があって、その帰りなのだ。これから平河町《ひらかわ》の馬場へひと鞭《むち》当てにいく。おぬしも久し振りにこぬか。帰りに諏訪《すわ》坂へ寄ればいい」

「この風の中でですか」

「風だからこそ調練だよ。いざというときは、雨の日もあれば風の日もある」

侍は丸平へ笑みを戻し、

「小僧、諏訪坂の屋敷に寄れば菓子がある。それを食っていけ」

と磊落《らいらく》に言った。

「へええい」

緊張に凝り固まった丸平が、市兵衛の陰で精いっぱいの声をあげた。

弥陀ノ介と馬上の侍が高らかに笑った。

四

市兵衛は、平河町の馬場の傍らにある小屋がけの茶屋にいた。

小屋の前の馬駐《うまど》めに連銭葦毛の馬がつないである。

丸平は馬場の埒《らち》にかぶり付き、侍たちが風の中を馬を駆る勇姿に見入っていた。

馬が土煙をあげて疾駆し、風がひゅうと吹き、馬場の周囲に廻《めぐ》らした葉を落とした欅《けやき》の木々が、青空を背にゆれていた。

長床几《ながしょうぎ》にかけた片岡信正《かたおかのぶまさ》が、茶屋の亭主が出した温かい茶をすすっている。

公儀十人目付《めつけ》筆頭支配役を務める旗本片岡信正は、今年、五十三歳である。

麹町大横町から赤坂御門へくだる諏訪坂の途中に、千五百石の屋敷を構えている。

信正は、二十歳をすぎて間もなく、父賢斎《けんさい》から片岡家の家督と十人目付の役目を継ぎ、すでに三十年以上がたっていた。

なぜか妻を娶《めと》らず、子はなく、跡継ぎの養子も決めていない。

市兵衛は、この片岡信正の十五年《とし》の離れた弟、幼名才蔵《さいぞう》である。

そして信正と向かい合った長床几の、市兵衛の隣にかけた小人《こびと》目付返《かえり》弥陀ノ介は、小人目付衆百二十八人の中でも抜きん出た腕を持ち、信正が筆頭支配役に就く以前からの、二十年来の腹心だった。

小人目付は、俗に隠し目付とも呼ばれ、目付の手足となって主に隠密探索を役目とする職禄わずか十五俵の公儀役人である。

この秋の末、市兵衛と弥陀ノ介は信正の指揮の元、武州川越《かわごえ》城下の赤間《あかま》川に架かる東明《とうみょう》寺橋において、ロシア船との阿片《あへん》の抜け荷を働いていた本石《ほんこく》町の薬種問屋柳《やなぎ》屋稲左衛門《とうざえもん》と寄合旗本石井彦十郎《いしいひこじゅうろう》、およびその配下の者らを討ち取った。

ご参政よりの内々のご褒美は、その一件の始末に対してだった。

ともに剣を振るい戦った一件以来、市兵衛と弥陀ノ介は妙に気心が合って、おぬしおまえと、屈託《くったく》なく呼び合う仲になっていた。

市兵衛は平河町の馬場を眺めつつ、兄信正の駆る馬の後を懸命に走った幼きころを懐《なつ》かしんだ。

この馬場にきたのも、二十数年振りになる。

若き日の信正は、この平河町の馬場で馬の調練を日課にしていた。

その調練に幼い市兵衛は「兄上、お供《とも》いたします」と、必ずついていった。

市兵衛は、信正の駆る馬について走り、馬と競うのが楽しくてならなかったことを覚えている。

すべてを出し切り、足がもつれるほど疲れるのが、なぜか堪《たま》らなく快《こころよ》かった。

「危ないからよせ」

信正にたしなめられると、

「まだまだ、兄上、競走でござる」

とムキになって、もっと兄を感心させたくなるのだった。

大好きな兄の後を走る、無垢《むく》な喜びに満ちた懐かしき日々だった。

けれども市兵衛が、己のいるべき場所、生きるべき道を探し始め、片岡家の屋敷を去ったのは、父賢斎を失って三ヵ月後の、十三歳の冬だった。

片岡才蔵から唐木市兵衛と名を変え江戸を去ったあの朝を、まだ背丈が伸びきらず肉の薄い身体を厳しい寒気と孤独が苛《さいな》んだあの冬の朝を、忘れてはいない。

市兵衛は上方へのぼり、奈良興福寺で十八の年まで剣の修行を積んだ。

吹き荒れる嵐、頰を撫でるそよ風が、若き市兵衛の剣の技を導いた。

風の市兵衛……風の剣を使う男と市兵衛を呼んだのは、興福寺の僧侶らだった。

しかし市兵衛が、風の剣を使う男などどれほどの意味もないことを知るのに、長くはかからなかった。

己のいるべき場所、生きるべき道を見つけなければならない。

それが市兵衛の目指したものだった。

市兵衛は大坂へいき、米問屋、仲買問屋、灘の醸造業、河内の豪農らの元に六年の間寄寓《きぐう》し、商いと米作りと酒造りを学んだ。

さらに京へのぼり、貧乏公家の家宰をつかさどる青侍となった。

京の島原《しまばら》で女衒《ぜげん》をやっていた矢藤太と知り合い、徒党を組んで遊蕩《ゆうとう》に耽《ふけ》り、無頼の日々を送ったのもその京でだった。

それからおよそ四年の間、諸国をさすらい、江戸に戻ってきたのは三年前。江戸に戻ってからは、渡りの用人を生業《なりわい》として……

市兵衛が十三の年に己のいるべき場所、生きるべき道を求めて江戸を出てから、すでに二十四年の歳月が流れている。

己のいるべき場所、生きるべき道は見つかったのかと問うと、

「否」

と市兵衛は、自ら応えざるを得ない。

日々を懐かしみながら、そう思うのだった。
市兵衛はひた向きでけな気な情熱や、大それた夢や、目の眩《くら》む希望にあふれた若き
ただこの風の吹くままに……

「そういう事情が、あったとはな」

信正が茶碗を長床几の脇へ置いた。

「弥陀ノ介、おぬしはなんぞ聞いておるか」

弥陀ノ介は組んだ腕を解き、節くれ立った両掌を膝へ重ねた。

「岸屋とはそこの二丁目の大店でございますなあ。新宿の追分の地面払い下げの話など、まったく聞いておりませんでした。迂闊《うかつ》でございました」

「ふむ。正直なところを言うとな、市兵衛、新宿追分の地面召し上げに、そのようなからくりの働く余地があるなどと、思いもしなかったのだ」

「さようです。日本橋の地面ならまだしも、何しろ新宿の田舎のことですから」

と弥陀ノ介が言い足した。

「鳴瀬家は禄高はどれほどだ」

「禄高は二万三千石ほどかと。尾張藩家老職の家で、犬山の藩主でもあります」

「主は、確か隼人正《はやとのしよう》成正《なりまさ》どのであったな。成正どのはその話を知っておるのか。商人が地道に商いをしておる地面をご公儀が召し上げて、同じ商人へ払い下げるなど、ご公儀の権力を濫用した略取も同然ではないか」

信正は市兵衛へ顔を向けた。

「ご執政《しつせい》（老中）も、新宿という場所柄だけに、お裁定の裏にそのようなからくりが隠れておるとは、お気付きではないのではないか」

「新宿追分召し上げのお裁定は内定とうかがっております。ですが未《いま》だ町奉行所よりの差紙は届かず、お裁定はすでに下されたも同然、追ってお達しが申し渡される、という話が先走り、追分の住民は追い立てに遭っております」

「宿役人らは町奉行所の差紙が届かぬうちから受け入れに動いておるわけか。しかし宿役人の間ですでに受け入れが進んでおるなら、正式ではなくとも、それなりの役目の者が内定を伝えたはずだが」

「確かに、噂話ではすみません」

弥陀ノ介が頷いた。

「相手が江戸屈指の大店岸屋で、後ろ盾に尾張藩家老筋の大名鳴瀬家がついているため、召し上げは間違いないと宿役人らは思いこんでおります。それに岸屋からの働きかけが盛んなせいか、宿役人らの動きは岸屋の意向そのままのようです」

「岸屋なら、たっぷり鼻薬を嗅がせられるだろう」

弥陀ノ介が皮肉っぽく言った。

「岸屋ほどの大店が新宿店を構えれば町にも箔《はく》がつく。新宿発展のためにはいいことだと、たぶん、宿役人らの口実はそういうことだと思われます」

「亭主、新しい茶をくれ」

信正が茶屋の亭主に言い、「へえ」と亭主が新しい茶の用意にかかる。

馬場で疾駆《しっく》する馬の蹄が轟《とどろ》いた。

「裏では大黒屋重五という貸し元が岸屋の手先となり、破落戸を集めて磐栄屋の商売の妨《さまた》げをさまざまに仕かけております。しかも、それが商売の妨げだけではすまなくなっているようなのです」

市兵衛は続けた。

「主天外が闇討ちに遭い瀕死《ひんし》の怪我を負い、跡継ぎの倅《せがれ》多司郎は商いの旅の道中で追剝ぎに襲われ、命を落としました。さらに娘お絹が、秩父へ買い付けの旅の途中、山道で何者かの襲撃を受けました。これはわたしがお絹の用心棒について旅をしており賊と刃を交えたので、わかったのです。襲撃はただの追剝ぎではなく、明らかにお絹の命を狙っておりました」

　風が、ひゅるる……とうなった。

「三つの襲撃がわずかひと月半の間に起こっているのです。証拠はありませんが、天外は、大黒屋の磐栄屋潰しが談合や陰湿な嫌がらせばかりではすまず、露骨な凶悪さを顕《あら》わし始めたと警戒しておるのです」

「大黒屋に雇われた、始末人か」

「大黒屋の背後に岸屋の差し金があって、岸屋には鳴瀬家の後ろ盾がついている、という構図ですな」

　弥陀ノ介が信正に言った。

　茶屋の亭主が三人に新しい茶を運んできた。

「お頭、相手が大名となりますと、われらがうかつに手を出すとこじれますなあ」

　ふむ――と信正は茶碗を口へ運んだ。

「構わん。調べよう。そのような地面召し上げに名を借りた略取まがいの謀《はかりごと》に御三家筋がかかわっておるとすれば、とんでもないことだ。知らなかった、面目ないではすまされん」

　信正は茶をひとすすりした。

「弥陀ノ介は、岸屋と鳴瀬家の誰が磐栄屋の新宿追い出しを謀っているのか調べよ。当主自身が指図しているとは思えん。それから岸屋と大黒屋のつながり、磐栄屋を襲った者らもだ。町方に応援を頼んでもいい」

「心得ました。早急に」

「おれはこの裁定が誰が言い出してどのように決まったのか、経緯を調べてみる。内定とは言え、話が出て半年も正式の沙汰がないのは長すぎる。何かある」

「あの、余談になりますが、ひとつ驚いたことがありました」

市兵衛は、信正から弥陀ノ介へ視線を廻らした。

「弥陀ノ介、この前の川越の東明寺橋で闘った唐人の女を覚えているか」

「覚えているさ。三人のぞっとするほど妖しく美しい女らで、しかも恐ろしい使い手だった。おれはあの唐の剣法に、あやうく切り刻まれかけたわ」

「おれがひとりを倒し、おぬしが二人を斬ったな」

「そうだ。ひとりは赤間川へ落ちた」

「赤間川へ落ちた女が、生きておるぞ」

弥陀ノ介が目を剝《む》いた。

「さっき言った秩父の山道で、磐栄屋のお絹を狙った賊は二人だった。ひとりは山賤《やまがつ》で、もうひとりが女だった」

「それが、あの唐人の女だったと言うのか？」

「いきなり目の前に現れたときは束の間わが目を疑った。だが女の剣捌きと鮮やかな身のこなしは、東明寺橋で剣を交えたときのままだった」

「あの女が、生きていたか」

「間違いない。山の女の粗末な山着だったが、顔は忘れん」

弥陀ノ介はうなった。

「確かに、ひとりは赤間川へ落ちて遺体が見つからなんだ。しかし、あのときの一刀を受けて一命を取り止めたとは凄《すさ》まじい」

弥陀ノ介が市兵衛を訝しげに睨んだ。

「その女が、なぜ磐栄屋の娘を狙ったのだ？」

「わからん。磐栄屋のお絹を襲った山賤は、山野の暮らしの中で独自に練磨したと思える鎖鎌を操っていた。山賤は腕を買われ、金で殺しを請けたと思われる。磐栄屋の倅を襲ったのはその山賤ということも考えられる」

女が山中に響かせた笑い声が、市兵衛の脳裡をかすめた。

「もしかしたら、その山賤が傷を負った女を救ったのかもしれん」

五

磐栄屋の西側角から北の表番衆町へ抜ける横町通りに、北町奉行所の検使役の役人と問屋役の伝左衛門、助役の年寄五人、それに大黒屋の重五と二十名を超える手下助っ人たちが、ざくざくと草履や雪駄の音を鳴らした。

手下らは手に手に大槌《おおづち》や鳶口《とびぐち》を持った者、太い縄を肩にかけた者、中には梯子《はしご》を担ぐ者もいて、みな尻端折《しりっぱしょ》りに襷《たすき》がけ、向こう鉢巻を締めていた。

頭ひとつ突き出た若頭の辰矢が、手下らを指図している。

磐栄屋裏手と武家屋敷の練塀《ねりべい》の間にあって、横町に面して木戸を開き、狭い路地とどぶ板が西から東へ延びている通称だんご長屋。

路地を挟んで南側に八軒、北側に五軒、東側の路地の行き止まりには七軒、都合二十軒の間口九尺に奥行三間の粗末な店《たな》が立ち並び、水場には井戸が二つ、雪隠《せっちん》、稲荷《いなり》の祠《ほこら》が備わる貧しい裏店である。

検使役人と宿役人を先頭に一行はだんご長屋の木戸を通り、どぶ板をけたたましく踏み鳴らした。

一行の中に、裏店の地面を所有する地主と住民を差配する家主《いえぬし》も交じっていた。

亭主を送り出したばかりのおかみさんやまだ手習いにいくほどではない小さな子供たち、家で仕事をする菓子職人、それにじいさんや婆さんらが路地に顔を見せ、地主や宿役人、町方までいる一行を見て、何事かとぞろぞろと路地へ出てきた。

「みなよく聞くのだ。ええか」

問屋役の伝左衛門が、路地に集まってきた住人へ声を張りあげた。

「兼ねてから言うてきた通り、追分のこの一画はご公儀のご用によってお召し上げがすでに決まっておる。これ以上延ばしても、町のためにはならんと宿役人一同の考えが揃った。よって、この店は今から取り壊す」

取り壊すと聞いて、住人らがどよめいた。

「冗談じゃないよ。今から取り壊すなんて、そんなことされたら、わたしらの今夜寝るとこがなくなっちゃうじゃないか」

ひとりのおかみさんが言い、他のおかみさんらが続いた。

「そうだよ。亭主がいないうちに、勝手な真似はさせないよ」

「年寄も小さな子もいるんだよ。なんでそんな酷いことができるんだい」

そうだ、そうだ、無茶苦茶だ……

とおかみさんたちは口々に言い、伝左衛門ら宿役人に詰め寄った。

「取り壊しは前々から何度も言うてきたではないか。寝るとこがないだの、勝手な真似だの、酷いことだの、備えを怠《おこた》ったみなが悪いのだ。地主さんも家主も、この通り承知の上だ。北御番所の検使のお役人もお見えだ」

黒羽織の検使の同心、地主、家主が白々しく並んでいた。

「談五郎《だんごろう》さん、あんた家主のくせになんでそこにいるんだい。家主といえば親も同然、店子と言えば子も同然じゃあなかったのかい」

だんご長屋の家主を、おかみさんのひとりが詰《なじ》った。

「わたしは地主さんからこちらをお預かりしていただけですから、地主さんが店を取り壊すとお決めになったのなら、従うしかありませんよ」

「いいかい、これはお上のご用なのだ。家主も店子もあるものか。ここらの一画はお召し上げになるのだ。ぐずぐず言うたとて、お上には逆らえんのがわからんのか」

伝左衛門が、知ったことか、という口振りで顎を突き出した。

「さあ、大黒屋さん、仕事にかかっておくれ」

「これくらいのぼろ店、まあ、半日もありゃあ……」

小太りの重五が、ぎょろりぎょろりと目を路地に廻した。

「待っておくれよ。お上のご用だからって、わたしらを路頭に迷わしてもいいってえのかい。わたしらこの町で働いて、暮らしてんだよ。ここを追い出されたら、住むとこも仕事も失って、そんなご用はいくらなんでもあんまりだ」

「うちは病人を抱えてんだ。病人は死んじまえって言うのかい」

伝左衛門は苛々《いらいら》と言い捨てた。

「だから半年も猶予があったではないか。この半年、何をしてた。ええ、何度同じことを言えば気がすむのだ。おまえさん方の自業自得ではないか。こんな問答を繰りかえしても始まらん。かかれかかれ」

「ようし、辰矢、手早く片づけろ」

「へい。みんないいか、まず奥の店からだ。中に人が居やがったら、構わねえから一緒に潰しちまえ」

辰矢が先に立って手下らは「おお」と気勢をあげた。

だだだ、とどぶ板が鳴った。

奥へいく途中の軒へいきなり大槌を振るい、砕けた木片が周りへ飛び散った。

「なにすんのさ」

おかみさんのひとりが金切り声で叫んだ。

子供らが泣き出し、婆さんが役人らに掌をすり合わせた。

「磐栄屋の天外さんは承知してるのかい」

「うるせえ。天外なんぞ、死にぞこないのじじいだ。磐栄屋はここがすんでからだ」

辰矢と手下らは、大槌や鳶口を表戸へ叩きつけ、立ち塞がる住人を威嚇《いかく》した。

戸や窓格子がたちまち無残に壊されていく。

手下らが路地を塞《ふさ》ぐ住人を蹴散らし始め、怒号と悲鳴が入り交じった。

そのとき――

「よさないか」

天の神の声が轟いたかのような一喝《いっかつ》が、路地に走った。

住人も、宿役人らも、重五と手下らも、天の声に射すくめられた。

声の方を見ると、磐栄屋天外と寄り添うお絹、手代や小僧、磐栄屋の使用人らが、
住人の後ろへゆっくり近付いてくる。

天外のすぐ後ろには市兵衛が、両刀を帯びて従っていた。

路地の奥は磐栄屋の裏庭の板塀沿いに人ひとりが通れるほどの抜け道があって、板塀には潜り戸がついている。

だんご長屋の騒ぎを聞き付け、その潜り戸を抜けてきたのだ。

催しの五日目、やはり朝から来店の途切れない接客に追われ目の廻る忙しさのさ中、小僧のひとりが「だんご長屋が潰されそうでえぇす」と駆け戻ってきた。

そりゃあ何事だと、店は騒ぎに包まれ商売は中断した。

来店客も、物見高く横町からだんご長屋の木戸口へ押しかけた。

来店客はその木戸口から路地に屯《たむろ》する大勢の人垣の向こうに、痩せた中背に細縞の長着をしゃんと着こなし、杖を突いて一歩一歩踏み締める年配の男を見て、

「ああ、あれが磐栄屋の主人天外か」

「風格のある人だね」

「大した貫禄じゃないか」

などと口々にささやき交わした。

よさないか――と一喝した天外の鋭い目が、重五と後方に退いて取り壊しを見物するつもりでいた宿役人と地主らを威圧した。

大槌や鳶口を振るっていた手下らは、動けなくなった。

宿役人、地主と家主と重五は、「お役人さま、お願いしやす」と町方の検使役人を前に立て、おかみさんら住人は、天外の前を開いて後ろへ従った。

「重五、この物々しい若い衆らはおまえの手下か」

天外が宿役人の後ろで肩をすぼめている重五へ、渋い声を投げた。

「そ、そうだ。それがどうした」

重五は役人の肩越しから、天外を睨んだ。

「だんご長屋はおまえが新宿へ流れてくる前からあった。あのころおまえは、ここの豊元《とよもと》さんのだんごを買いにきていたではないか。ここの人たちがおまえに何をした。みな新宿界隈《かいわい》の、おまえの顔見知りではないか」

重五は顔を歪めただけで、言いかえせなかった。

天外は検使役人の後ろの伝左衛門に言いかけた。

「伝左衛門、若かったおまえが、この宿場の問屋役に就くのに、わしも推薦人のひとりになった。新宿は新しい宿場町だ。わしがおまえに新宿を託したのは、こんな酷いことをさせるためではないぞ」

「だからわたしは、ご用を言いつかって、仕方なく……」

「お上の筋の通らないご用から、この宿場を守り、この宿場に暮らす人々を守るのが宿役人の役目なのだぞ。わきまえろ」

天外の言葉は、伝左衛門をたじろがせた。

「きさま、筋の通らないご用とはお上を愚弄《ぐろう》する気か。何者だ。名乗れ。お上のご意向に逆らうとただではすまさんぞ」

　検使役人がお上の権威を笠に、天外を平伏させるべく胸を反らした。

「わたしは追分の地で呉服と太物の問屋を営みます磐栄屋の天外と申します。愚弄するのではありません。住んでいる者がいる店をいきなり取り壊すなど、そんな乱暴を筋の通らぬご用と申しておるのでございます」

「隣の磐栄屋か。道理で。このあたりは、半年も前からお上のご用によりお召し上げが決まっておる。こやつらはお上に従わず、出ていこうともせん。よって取り壊しをする。それのどこが筋が通らん」

「お役人さま、半年前に決まったお上のご用とはどのようなものでございますか。わたくしもここの住人らも、お上から正式な差紙一枚いただいておりません」

「それはだな、この町地を麴町の岸屋に払いさ……」

　言いかけた役人が口を閉ざした。

　周知の内情だが、表向き、新宿追分一画のご公儀の召し上げのお沙汰と岸屋への地面払い下げは、かかわりのない建て前になっている。

　役人は説明にはおよばぬ、という素振りで声を荒らげた。

「ええい、うるさい。おまえごときがお上のご意向に差出口を挟む必要はない。怪我をせぬようにさがっておれ。磐栄屋へは近々沙汰をする。いいからみなかかれ」

役人は天外が引きさがるものと、決めてかかっていた。

重五が辰矢へ顎をしゃくり、手下らが「おお」とまた得物を振るい始めた。

いい加減にしやがれ——

天外のあたりを切り裂くひと声が、みなの首をすくませた。

「犬畜生みたいな真似をするんじゃねえ。おまえらにも親兄弟がいるだろう。おまえらの親兄弟がこんな目に遭わされたら、平気でいられるか」

天外が一歩踏み出した。

「おれはこの追分に五十年生きてきた。ここで生きる辛い苦労も、悲しみも、酷い仕打も、ぜんぶ知っている。追分はおれの血と肉だ。いいか。おれの目の黒いうちは追分は誰にも渡さねえ。たとえお上のご意向でもな」

役人は天外の放つ威圧に怯み、二歩、三歩さがった。

宿役人や重五らも、互いに目配せを送り、さがっていく。

「な、なんだ、おまえ、御番所に盾突く気か。許さんぞ」

「どうしても、この店を取り壊すと言うなら、おれを踏み越えていけ」

天外が声を低く響かせ、からん、と杖を捨てた。

天外は目を前方に据えたまま、腕を天に高々と突きあげた。

と、細縞の片袖がはらりと落ち、老いてなお赤銅色の張りを見せる背中の半分が顕われた。そうして、さあ、というふうに両手を広げてみせた。

市兵衛は、片袖を脱いだ天外の、胴に巻いた晒しの上から背中へくっきりと彫られている雷神の刺青《いれずみ》の、怒りの目と目が合った。

凄まじい天外の気性と気迫、生きざまが、雷神の彫物にこめられていた。

金儲けのためだけに生きてきた並の商人とは、とうてい思われぬ。

この男は何を背負ってきたのだ――市兵衛は天外から目が離せなかった。

「これより先は修羅《しゅら》の一本道。おれを踏み越えていきたいやつは誰からでも、束になってでもかかってこい。天外のこの命、欲しいやつにくれてやる」

両手を広げた天外がじりじりと迫っていき、役人や重五らは天外の異様な気迫に押され、ただ下がっていくばかりである。

誰も声を出せなくなっていた。

するとそれまで、日が差していた空が急にかき曇り、ふうっと冷たい風が吹いた。

昨日、冬の木枯らしの吹いていた陽気が、今朝は馬鹿に生暖かかった。

どどん、どおん、と雷鳴が轟いたから、みなが天を仰いだ。

天外ひとりがじっと前を見据えている。

ただならぬ気配が、路地に流れた。

検使役人の首筋を冷たく湿った風が舐めた。

役人は寒気を覚えて、ぶるる、と身体を震わせた。

「今日はもうよい。これまでだ。わたしは戻る」

役人は言うと天外に背を向け、人をかきわけてそそくさと路地から姿を消した。

伝左衛門ら宿役人と地主、家主、重五が続き、辰矢と手下らが慌てて木戸口へ殺到していく。

しかし天外はゆるやかな歩みを止めず、広げた両手をおろさなかった。

胴に巻いた真っ白な晒しに赤い血が、さあっと染み渡ったのはそのときだった。

天外が初めてよろめいた。

市兵衛は息を飲んだ。

「お父っつあん」

「旦那さま」

お絹と手代らが天外に寄り添い、市兵衛は天外の熱い身体を支えた。

どどん、どおん……冬の空に雷鳴が轟いた。

六

八ツ半ごろ、霙《みぞれ》の交じった雨の中を、京橋川に近い柳町の町医師柳井宗秀が小僧の丸平にともなわれて磐栄屋の庇下の通路へ立った。

「先生、このような雨の中、遠路、お礼を申しあげます」

市兵衛とお絹が宗秀を出迎え、売り場の畳へ手をついた。

「患者がいるところ、医師ならどこへでもいくさ。市兵衛、当たり前のことだ」

宗秀は蓑《みの》と笠を取り、治療道具を入れた行李《こうり》を置いて雨に濡れた足袋《たび》を穿《は》き替えた。

店は天外の言いつけで催しの商いは続けていたが、午後からの雷と霙交じりの雨に客足が急に引き、売り場に客の姿は少なくなっていた。

売り場の正太郎と彦蔵が、総髪に髷を載せ背中を丸めた宗秀を見守りつつ、小声を交わし合った。

「市兵衛さんが大坂にいたころのお知り合いの、おらんだ医者らしいよ」

「へえ、大坂のおらんだ医者かい。中町の仁安《じんあん》先生と、どこが違うんだい」

「どこがって、そりゃあ、何しろおらんだだ。拵えからして異国風じゃないか」

「あれがおらんだ風なのかい。あまりお医者さまらしく見えないね」

手代らは、医師は十徳《じっとく》に剃髪《ていはつ》が普通なのに、新宿界隈の町医師とは違う宗秀の拵えに感心している。

「それと、おらんだ医者の療法は仁安先生とはだいぶ変わってるらしいね」

「どう変わってるのさ」

「どうって、そりゃあとにかく変わってるのさ。仁安先生のお見立てによると、旦那さまの容体はもう手の施しようがないと仰ったんだから」

「本当かい？　じゃあ、旦那さまはお亡くなりになるのかい。旦那さまがお亡くなりになったら、磐栄屋はこれからどうなるんだい」

「お絹さまが後を継ぐしかないね。入り婿《むこ》を迎えてさ」

「え、入り婿が決まっているのかい」

「しっ、声が大きい。もしもの話だよ。だからそんなことにならないように、市兵衛さんが、わたしの知り合いのおらんだ医者に試しにもう一度診《み》てもらいましょうと仰って、京橋からお越しいただいたのさ」

「なんだ、そうか。京橋からだと、そりゃあ遠いなあ」

お絹と市兵衛は、そんな手代や小僧らが見守る中、「こちらです」と宗秀を天外の寝所へ案内した。

天外は、蒲団の側に下女がついて、うつ伏せに寝かされていた。

寝顔は血の気が失せ、土くれのような顔色になっていた。

「いかんな」

ひと目見て宗秀が呟《つぶや》いた。

宗秀は下女に代わって蒲団の傍らへ座り、掛蒲団をめくり天外の上体に巻いた血だらけの晒しを取った。

天外の傷は、右肩から背筋の腰近くまで背中をひと筋に斬り裂き、雷神の彫物を血の紋様に赤く彩っていた。

「血が止まらないのです」

お絹が血を拭いつつ傷を診ている宗秀に、目を潤ませて言った。

「塞がりかけた傷が、無理をしてまた開いたのだ。幸い膿んではいない。急いで傷を縫おう。市兵衛、おまえも手伝え」

「はい」

「もっと沢山の晒しと湯、それから酒か焼酎を用意してくれ。呑むのではないぞ。部屋はもっと明るくして欲しい」

遅い午後の雨雲が、部屋の障子を薄暗い鉛色に染めていた。

宗秀は行李から蘭医の厳《いか》めしい治療道具を取り出し、白い晒しに並べていく。

お絹と下女が用意をする間、宗秀は煙管《キセル》に白い粉を詰め、火をつけた。

不思議な臭いの煙がのぼった。

「初めて嗅ぐか。これが阿片《あへん》だ。患者に吸わせる。痛み止めになるのでな」

宗秀は、かすかな意識のある天外に阿片を吸わせた。

用意が整うと、すぐに縫合が始まった。

雨音が絶えず庭を打ち火鉢へかけた鉄瓶が湯気をのぼらせる中、針と糸を巧みに操る宗秀の影が襖《ふすま》に躍った。

阿片が効いたか、性根が辛抱強い男なのか、天外は呻《うめ》き声ひとつこぼさなかった。

傷付いた人の身体を、針と糸で着物のように縫うという蘭医の医術を知らないお絹は、固唾《かたず》を飲んで宗秀の手先を見つめていた。

宗秀の手先は、天外の血で真赤になっていく。

縫合がすんで天外を安静に寝かせたのは、店が大戸を閉じ、天龍寺の時の鐘が新宿の町に夜の六ツを報せるころだった。

磐栄屋は家中が暗く打ち沈み、霙交じりの雨は止まなかった。

お絹が酒肴の用意をさせていたが、宗秀はすぐに帰り支度を始め、京橋までの駕籠《かご》の用意を頼んだ。

「怪我人の側についていていたいが、そうもいかんのだ。向こうにも患者が待っておるのでな。明後日、また診にくる」

宗秀はお絹に塗り薬を渡して看病の手立てを細々《こまごま》と指示し、とにかく傷に障らぬよう安静が大事だと念を押した。

駕籠がきて部屋を出ると、宗秀は廊下を歩きながらお絹と市兵衛に言った。

「傷は縫い合わせたが予断は許さん。有り体に申しあげると、もしもの事態を覚悟しておいた方がいい。そういうことがあるとすれば、そう遠くない先だ」

宗秀の言葉に、お絹は何も応えなかった。

「とにかく衰弱がひどい。患者はかなり無理な暮らしを続けてこられたようだな。心の臓も弱っておる」

「お父っつあんは、商いひと筋に、長い間、本当に長い間、わたしたちのために働き詰めに働いてきたんです」

お絹が宗秀の丸い背中へ、けな気に言った。

「そうだろうな。傷を縫うておる間、目覚めておったのに、苦痛を一切もらさなかった。我慢強い患者だった。だが医師にできることはもう多くはない。後は本人の気の持ちようだ。生き抜こうと念ずる気構えが支えになることもある」

宗秀はそう言い残し、問屋駕籠に乗って日の暮れた雨の街道を去っていった。

市兵衛とお絹は、言葉もなく天外の寝所へ戻った。

うつ伏せに横たわる天外は、安らかに目を閉じていた。

店の方では、手代や小僧らの遅れた夜食が始まっていた。

ここ数日の夜食の賑わいも、その夜は消沈していた。

「お父っつあんはわたしが見ます。市兵衛さんも休んでください。いいお医者さまをご紹介いただいて、本当にありがとうございました」

お絹が行灯《あんどん》の明かりを受けて憔悴《しょうすい》した顔を、市兵衛に向けて寄越した。

「お絹さんこそ、少しお休みなさい。一日中、付きっきりだったではありませんか。無理はよくない。天外さんはわたしが見ています」

すると、眠っていると思っていた天外が、蒲団の中からぼそりと言った。

「あの医者は、唐木さんのお知り合いですか」

「あ、お父っつあん、気が付いたの」

天外は目を薄く開いていた。

「心配かけてすまなかった。腕のいい医者だ。ずいぶん楽になった」

「喉は渇《かわ》かない。お腹すいた？　重湯《おもゆ》ができてるわ」

「何も、いらない。大丈夫だ」

天外はかすかに頭を動かした。

「唐木さん、老いぼれが啖呵《たんか》を切ったまではよかったが、とんだていたらくを、見せてしまいました。昔からわたしは粗忽《そこつ》者でね。今朝だって、もろ肌脱いで威勢をつけるつもりが、傷が痛んでもろ肌が脱げなかったんですよ」

ふふん――天外の横顔が薄く笑った。

「やっとこさ片肌脱いだ挙句《あげく》がこのざまじゃあ、あんまり情けなくって、笑ってしまいますよ。唐木さん、おかしいでしょう」

「おかしくなんかありませんよ。凄まじい気迫だった。ですが天外さん、その話は傷が治ってからにしましょう。今は安静にして、話さない方がいい」

「わかってます。けどね、今、己が誰かわかっているうちに話しておかないと、もう二度と話せないかもしれない。だから、今のうちに……」

「何を言うの、お父っつあん。無理をしなければ心配ないって、先生が仰ったわ」

お絹が蒲団から出ている天外の手をさすった。

「すまない、お絹。おまえには小さい時分から苦労をかけた。おっ母さんが早くに亡くなって、ずいぶん寂しい思いをさせた。そのうえに、こんな苦労をかけて、わたしはおまえの行く末が、気がかりでならない」

「わたしはちっとも寂しくなんかなかった。優しいお父っつあんがいたし、兄さんだっていたもの。でも、もう黙ってて」

「いや、お絹、唐木さん、聞いてくれ。わたしが誰か……」

天外は、静かに溜息をついた。

「わたしは、己がどんな素性の者か、お絹にも、死んだ伜の多司郎にも話していなかった。わたしのことを知っていたのは、十五年前、亡くなった女房だけです。女房はわたしと一緒に貧乏して、苦労して、やっとこれからというときに、可哀想に、長年の貧乏暮らしに身体を弱らせ、癆気《ろうき》に罹《かか》って逝《い》ってしまったんです」

お絹がはらはらと涙をこぼし、涙の雫《しずく》が天外の手に落ちた。

「そう、わたしがこの新宿にきたのは、宿場の再開がお許しになる二年前の、まだ六歳の餓鬼《がき》の、ときでした。売られて、きたんですよ、秩父の山奥から……」

外は、雨がまだ降り続いていた。

火鉢にかかる鉄瓶の湯気が、天外の低く流れる声に、震えていた。

第四章　生涯

一

天外が正丸峠を越えたのは、六歳の夏の初めだった。

その夏の初め、秩父三峰山《みつみね》の麓《ふもと》の小さな村に、三度笠をかぶり細縞の着物を着た旅姿の男が現れた。

三度笠の男は年に一度かせいぜい二度、山間《やまあい》の村に現れ、男が村に現れると、村の二、三歳から十一、二歳ぐらいの何人かの子供らが、村から必ずいなくなった。もっと小さな子供がいなくなることもあって、三度笠の男が、両天秤《りようてんびん》の竹笊《たけざる》にひとりずつ赤ん坊を入れ肩に担いで村を去っていくときの、笊がふらふらとゆれ、赤ん坊の泣き声が聞こえた光景を、天外は覚えていた。

けれどもあれは、夢に見たのか、本当にあった出来事なのか定かにはわからず、天外は大人になってからもその光景を、ただときどきぼんやりと、物悲しく思い出すだけだったけれども。

天外が物心ついたときには、親兄弟はすでにいなかった。

「おまえのおとんとおかんと、あにやんとあねやんは、とりかぶとの根を食って死んじまったのだ」

正丸峠を初めて越えた六歳の夏の初めの、そのどれくらいかもわからないずっとずっと以前、孤児の天外を引き取った村名主から、天外は聞かされていた。

水くみ、薪《まき》運び、桑《くわ》の枝摘みと蚕《かいこ》に桑の葉を食わせ、母屋の雪隠《せっちん》の掃除や馬小屋の掃除をするのが、幼い天外が、村名主の家でわずかな飯を与えられる代償に言い付けられた役割だった。

「おまえは用なしで役立たずの死に損《ぞこ》ないだ。何をやらせてもまともにできねえ。おまえのおとんとおかんと同じだで」

そのころ納屋の一隅の板敷に寝起きしていた天外に、村名主はたびたび言った。

天外は悲しくて涙を流したけれども、おとんとおかんのことや、あにやんとあねやんのことを、ちゃんとは覚えていなかった。

ただ、死に損ないがどういうことか、それだけが薄っすらと理解できた。

おとんとおかんはおれを連れていけなかったんだなと、天外は思った。

そうして六歳の夏の初め、村名主は母屋の前の日のあたる庭先で、村にきた三度笠の男に、「この子だで」と天外の痩せた背中を押した。

それから天外は三度笠の男に連れられて、正丸峠を越えたのだった。

他にも山の村の見知らぬ子供が四人いたけれども、今では天外は、子供らの名前も顔も思い出せなくなっていた。

けれども四人の子供らの一番後ろについて歩いていたことは、確かに間違いはないと天外は覚えている。

山道を越え、田んぼの間の道をひたすら歩き、賑やかな町を幾つもすぎ、ひもじさを我慢し、繰りかえす坂道をのぼりおりし、橋を渡り、何回も寝て、起きて、やがてある町の大きな家の薄暗く広い土間に、天外は立たされた。

「汚い小僧だな」

それが後に、《旦那さま》と呼ぶことになったその家のご主人の、天外に言った最初の言葉だった。

「汚れを落としゃあ、けっこう色白の、可愛い餓鬼《がき》でやすよ」

三度笠の男は、主人にへらへらと笑いかけた。

主人は端女《はしため》を呼び、

「小僧を綺麗にしておやり」

と命じ、端女は天外を表見世と陰見世の間の中庭にある井戸端へ連れていって、冷たい井戸水を何杯も頭からかけた。

それからお仕着せを与えられ、台所の板敷で、味噌汁と白菜の漬物をおかずに、天外は丼飯を生まれて初めて腹一杯食った。

丼飯を腹一杯食ったそのときの記憶が、今に己の働きで腹一杯飯の食える男になりたいと願う天外の心底を、形作った。

その家は内藤新宿の宿駅が再開される二年前の、街道沿いの鄙《ひな》びた田舎町にある《東雲《しののめ》》という旅籠《はたご》だった。

表立っては場末の旅籠を装いながら、荷送の馬喰《ばくろう》や江戸の四谷から甲州道、成木街道をゆく旅人を相手に、新宿通りに顔見世の格子を構えていて、けばけばしく白粉《おしろい》を塗った子供と呼ばれる飯盛女が、客を呼んでいた。

天外は、そんな旅籠東雲の下男や下女に使われる下働きの小僧になったのである。

一緒に山からきた四人の子供たちとは、それ以後、再び会うことはなかった。

天外は、飯を腹一杯食えることが嬉しくて、懸命に務めた。

飯が腹一杯食えるだけでも、村名主の家で使われていたときよりいい暮らしだった。

東雲では天外が一番年が下だったから、飯盛も若い者も下男下女も、天外の名前など知る必要がなく、小僧、あるいは小僧さん、と呼んだ。

宿駅の再開が公儀から許されていなかった新宿の飯盛女はみな、馬糞臭いと悪口を言われる下級の岡場所の女郎衆であった。

腹一杯飯を食うため、純朴に懸命に務める天外は、そんな女郎衆にだんだん可愛がられるようになった。

もとより、人買いに売られた小僧の天外に給金などなかったが、新宿女郎衆の小間使いやお客さんのちょっとした買物の使いなどを頼まれ、駄賃をもらい始めたのは東雲にきて一年ぐらいがたってからだった。

天外はもらった駄賃は使わず、大事に仕舞っておいた。

金を貯めたかったからではなく、腹一杯飯が食えればそれで満足だし、何かが欲しい買いたいという欲を知らなかった、それだけだった。

天外が八歳の安永《あんえい》元年（一七七二）、新宿宿駅再開が許され、旅籠の飯盛が表立って認められると、新宿は次第に江戸郊外の繁華な宿場町にふくらんでいった。

新宿女郎衆目当ての江戸からの客が増え、天外の駄賃仕事も増えた。

さらに何年かがたって、何気なく貯めていた駄賃が銭緡《ぜにさし》に四貫を超え、小判に換算して一両以上になっていたことがわかり、天外自身がどきどきするほど驚いた。

金を貯めることが面白くなったのは、それからだった。

十三歳のとき、天外は東雲の女郎の世話をする《若い者》に加えられた。

そうすると、これまでの小僧の駄賃ではなく、若い者の務めをこなす手間賃が少しはもらえるようになる。

客からの心付けが入り、当然、金の貯まり具合も早くなった。

但《ただ》し、天外の呼び名は、背も伸び男っぽい風貌になってきても、やっぱり小僧、あるいは小僧さんだった。

天外自身、小僧のときの気持ちと変わりはせず、腹一杯飯が食えれば心底では満足できたから、名前のない小僧として、純朴に誠実に女郎の世話を務めた。

若い者の仕事は、いろいろあった。

女郎に客を取り持ち、見世先の客引き、どんな子がお望みでとうかがって女郎を廻し、床のあげおろしから客と女郎の心中を見張るための油つぎ、二階の番（客が遊ぶ女郎部屋はどこも二階である）、掃除、勘定の取り立て、となんでもやる。

吉原の大見世なら若い者の遊女の世話も役割がわかれるが、場末新宿の東雲程度の売女相手では、全部が若い者の務めである。

女郎衆へ気配りがいき届き、働き振りのいい天外の評判はよかった。

情をほだすどこか寂しげな笑顔が堪らない、と天外をひいきにする女郎もいた。

東雲の小僧さんと言えば、新宿中町の女郎衆の間で知らない者はいなくなった。

そうしてまた一年、二年とときがすぎていった。

天外の転機の始まりは、十五歳のころだった。

金に困ったある女郎に利息を取るつもりもなく用立てたわずかな金が、しばらくして「小僧さん、ありがとうね」と利息をともなってかえってきた。

何日かがたって、別の女郎が、

「小僧さん、ちょっと頼めないかい」

と掌を合わせた。

むろん天外は「いいですよ」と快く用立てた。

客に評判の稼ぎのある女郎でも、男に貢《みつ》いだり、着飾るために金がかかり、内実は存外厳しい。年季を延ばしてまとまった金を拵えるのではなく、ちょっと間に合わせの小金が足りないとき、天外の用立てる小金でも助けになる。

それに天外は利息目当てではなかったから、返済にうるさくなかった。

その評判が女郎衆の間に広まり、天外を頼りにする女郎が、あっちには銭何文、こっちには銀何匁《もんめ》という具合に少しずつ増えていった。

そんな小さな貯えが、一年二年とたつうちに銭と銀を合わせ小判に換算して十両を超える額にふくらんでいたから、天外は一両を貯めたときよりもっと驚いた。

けれども天外はもう十七歳の男になっていた。

天外は、この金を元手に何かをしたいと初めて思った。

そのころまだ武家屋敷の他には町家も多くなかった寂しい追分に、呉服と太物の小さな問屋を営んでいる初老の商人がいた。

商人は若いころに女房をなくして子供もなく、養子を迎えるか、あるいは大した儲けにもならない問屋商いの株を売り払って在所に引っこむかを決めかねていた。

その商人が東雲の女郎と馴染みになり、天外の人柄に惚れこんだ。

「小僧さん、わたしの代わりに店をやってみないか。あんた、このままずっと女郎屋の若い者をやっていく男には見えないよ。あんたなら今からでも遅くないよ」

そう話を持ちかけられたのが、きっかけだった。

天外は新宿女郎衆に顔見知りが多く、季節の変わり目にたいていが着物を拵える女郎衆を顧客に、己でも呉服太物の商いができるような気がしていた。

天外は東雲を辞めた。

多少主人とごたついたが、天外の人柄と評判が役に立った。

そうして自らも十両の元手をはたいて、商人と形の上で養子縁組を結んだ。

名前も小僧から天外と名乗ったのは、そのときだった。

死に損いのお天道さまの外の者、とそんな謂れを名前にこめた。

それから小僧ひとりを使って、商人から商いの手ほどきを受けつつ、店を引き継ぎ十七歳の天外の新しい暮らしが始まったのである。

平絹や綿織物を買い付け、それを売り物に仕上げて売り捌く、商いの理屈と手順、段取りはすぐに飲みこめた。

初めての商いに天外は物怖じしなかった。

必ずやれる、そんな気がしてならなかった。

初めの丸一年、馴れない商いに幾つかの失敗が重なり、店はほとんど儲からず、つぎこんだ元手はたちまち尽きた。

十両の元手は、呆気なく消えていた。

けれども天外は挫《くじ》けることを知らなかったし、十両を失っても苦にしなかった。両替屋から信用貸しを受け、できる限り自ら買い付けの旅をし、できる限りいい品をできる限り公正な値でという考えを元に、誠実に商いを営んだ。

儲からなくてもいい。己の稼ぎで腹一杯飯が食える。それ以上の儲けを求めなかったし、それが天外の心底にある商いの心構えだった。

秩父の故郷の村で味わった苦しみに較べれば、何ほどの苦労だろう。

商人天外の二年目、地道な商いがようやく実を結び、店は儲けを生み始めた。

天外はいっそう商いに精を出した。

武州の平絹を仕入れて、練、張、染のできる新宿近在の職人を捜し出し、京や江戸の大店へ頼むのではなく、店独自の仕上げをした絹織物を売り始めたのもそのころだった。

純朴で安価な品が、近在の軽輩の武家や庶民の余所《よそ》いき用にと好評を得、店の商いは順調に伸びた。

そうして一度儲かり始めると、天外の小僧のころからの人柄と、信用のできる男という評判が、商いのいっそうの助けになった。

四年目になり、店は大きな儲けを出した。

天外はその儲けを、己のためには使わず、ただ商いを広げることにのみに支弁した。

店の隣の藪地を買い取り店の売り場を広げ、新しく雇い人を増やしたのは、二十歳の年だった。

二十二歳の春、天外は古い小さな建物に建て増ししていただけの店を、新しく建て直し、商家らしい白壁の蔵も作った。

そして、共同の主だった商人が、

「やっぱりおまえは、わたしの見こんだ通りの男だった」

と言い、すべてを天外にゆだね、雑司《ぞうし》ケ谷《や》村の鬼子母神《きしもじん》裏で隠居暮らしを始めたのを契機に、屋号を《磐栄屋》と改め、店先に山形に《い》の字を抜いた紺の長暖簾を提げ、磐栄屋と黒檜に赤く記した真新しい屋根看板を掲げた。

その三年後、天外は追分近くの料理屋で端女をしていた四つ年下のお篠《しの》という女と夫婦になった。

お篠は端から見れば器量も平凡で、貧しい生まれの女だった。

磐栄屋さんの天外さんにお似合いの良家の娘さんをお引き合わせいたしますよ、と言う知り合いの商人もいた。

けれど、天外にはそんなことは取るに足らぬ事柄だった。

天外は端から見るのではなく真っ直ぐ見て、気立てのいい働き者のお篠が、己の女房にもっとも相応《ふさわ》しい女だと考えた。

腹一杯飯が食えることを一緒に喜んでくれる、そんな女房こそが己には相応しい女だと思った。

それからまたときが流れた。

やがて天外の終生の恩人とも言うべき商人が、隠居暮らしを送っていた雑司ヶ谷村の庵《いおり》で穏やかに息を引き取るのを看取《みと》った。

翌年、天外が二十九歳の春、倅の多司郎が生まれた。

その年の十一月、天外は故郷の秩父の村を追われてから二十数年の年月をへて、再び正丸峠を越えた。

秩父大宮郷の絹大市へ秩父白絹の買い付けの旅に出たのだ。

新宿追分の呉服太物問屋磐栄屋と秩父の山々を結ぶ《絹の道》の始まりだった。

二

それは、春に倅の多司郎が生まれた年のことだった。

弾造《だんぞう》、という新宿を縄張りにしている顔利きがいた。

近在の無頼の若い衆を数人従え、毎月、新宿の下町から上町までの街道筋を隈なく廻り、主だった表店や盛り場の旅籠、引き手茶屋、料理屋、飲み屋などから、迷惑料を集めて廻りそれを稼ぎにしている男だった。

迷惑料とは、宿役人の目の届かないやっかい事を役人の手を煩《わずら》わせることなく始末をつける世話代だった。

一方で弾造は、住まいの太宗寺横町の裏店で昼夜を問わず賭場を開いて寺銭を稼ぐ貸元であり、近在の百姓や細民を相手に高利貸しまで営んでいた。

顔利きの弾造に睨まれると、新宿では無事ではすまなかった。

殊《こと》に、追分のある中町から成木街道の鳴子坂へいたる上町へかけては、いい女郎屋があると評判の盛り場ができていたが、弾造の子分らが見廻りを欠かさず、余所《よそ》者が盛り場で新たな勢力を築かないように目を光らせていた。

弾造の集める迷惑料を拒《こば》んだ表店の主が、ひどい暴行を受け、見せしめに店が壊されたことが以前に何度かあり、以来、弾造に逆らう者はいなかった。

むろん弾造は、磐栄屋にも毎月怠《おこた》ることなく顔を出し、

「今や新宿じゃあ、磐栄屋さんが一番勢いがあると、評判ですぜ」

そんなことを言って、もっともっといい商いをと願う天外から、少なからぬ迷惑料を取り立てていった。

新宿下町の荷送問屋《神崎《かんざき》》の店は、弾造が賭場を開く裏店にほど近い太宗寺横町の、東角地の表通りに面していた。

神崎は新宿近在で五指に入る荷送屋の一軒だった。

数年前、その神崎を継いだ伝左衛門は、太宗寺横町を出入りし、ときに屯《たむろ》する弾造配下の無頼の男らを、常々うとましく思っていた。

伝左衛門は、およそ二十年前、宿駅再開を許された新宿が、東海道の品川宿のような交易の要衝の繁華な宿場として発展するためには、弾造ごときの無頼の輩を断固排除すべきではないかという考えを抱いていた。

折りしもその夏、中町の裏店に住む屋根屋の職人が弾造の賭場で大きな借金を作って返済が滞《とどこお》り、弾造に散々脅された挙句、一家心中を計る出来事が起こった。

伝左衛門はこの一家心中を新宿の表店の寄合で取り上げ、弾造と子分らの新宿追放を一同が揃ってお上へ訴え出ようではないかと、己の考えを披瀝《ひれき》した。

そして伝左衛門は同じ年ごろの天外に、弾造ごときを新宿にのさばらしておけば新宿の先は心許ない、これから新宿を背負って立つわれわれ若い表店の主が、後を継ぐ子供らのために新宿を清麗に保つ務めがあるのではないかと、盛んに同調を求めた。

弾造の迷惑料を日ごろから不満に思っていた表店の主たちは、伝左衛門の考えに異存はなかった。

「若い神崎さんと磐栄屋さんが差配役になってくれれば」

と、いつの間にかそんなふうに話が決まってしまった。

だが、その寄合の決め事は翌日には弾造の耳に入っていた。

寄合から十日がたったある夜、磐栄屋の店が弾造と子分らの襲撃を受けた。

男らは十人ほどで、みな頬かむりをし、手に鳶口や斧、太い棍棒を携え、突然喚声をあげてなだれこんできたのだった。

住みこみの使用人らの悲鳴と混乱の中、店は売り場も住まいも無残に打ち壊され、天外は子分らに半死半生の目に遭わされた。

あばらを砕かれ立つこともできなくなった天外の目の前で、生まれたばかりの倅を庇《かば》う女房のお篠へも容赦ない暴行が加えられた。

赤ん坊の泣き声と女房の呻《うめ》き声が、薄れた天外の意識の中で響いた。

「どうか、これで、お許しを。店の有り金、全部です」

天外はようやく這って金箱を蔵から引きずり出し、弾造の前に必死に押し出した。

弾造は天外の耳元で言った。

「磐栄屋、おめえがみなを煽《あお》り、そそのかしたんだってな。神崎の伝左衛門が全部白状しやがったぜ。一部始終をな。なんだって、おめえ、後を継ぐ子供のために新宿を清麗に保つ務めがあるって、みんなに言ったんだって」

弾造は、ひいひいひいひい、と甲高く笑った。

「後を継ぐのはこの餓鬼かい。上等じゃねえか。やってみな。次はこの餓鬼だぜ。いいか。新宿から磐栄屋が消えてなくなったって痛くも痒《かゆ》くもねえんだ。新宿はこの弾造さんが仕切ってんだ。磐栄屋なんぞ、いつでも消してやる。覚えとけ」

それから弾造は蔵の中の仕入れた反物を裏庭に積み上げ、ことごとく焼き払った。

町に半鐘が鳴り響き、弾造たちはようやく引きあげた。

天外の傷が癒《い》えるのに、およそひと月がかかった。

しかし天外は傷も癒えぬ半月をすぎたころには、売り場の修繕を終え、杖《つえ》を突き使用人に支えられながら商いを再開していた。

運よく天外より傷の軽かったお篠は、天外の思いをよく酌《く》んで、我慢強く天外の仕事を陰で支えた。

お篠を女房にしたことは間違いなかった。この女に腹一杯飯を食わせてやりたい。

天外は心の底から思った。

幸い、これまでの信用によって両替屋から商いをやり繰りする元金を融通してもらうことができた。

新宿町内では天外への同情が集まり、弾造が恐ろしいから表立ってではないけれども、磐栄屋をひいきにする新しい客が増え、商いを助けられた。

磐栄屋はかろうじて立ち直った。

するとある日、弾造が子分らを引き連れ、磐栄屋へ迷惑料を徴収に現れた。

「近ごろの磐栄屋さんは、上り調子と、評判ですぜ」

弾造は、ひいひいひい、と笑った。

秋になった。

ある日、天外は首が据わってゆっくり這うようになった多司郎をあやしながら、二十九歳のその年まで生き延びた死に損いの定めを、しみじみと振りかえった。もし、あの六歳の夏の日、村にきた三度笠をかぶった男が、わたしを連れて正丸峠を越えなかったら、わたしはどうなっていただろう。三度笠の男がわたしを東雲に置いていった後に、腹一杯食ったあの丼飯の喜びがなかったら、わたしは今日まで生きていられただろうか。

恩人の商人に出会わなかったら、今ごろわたしはどこで何をしているだろうか。

ふと天外は、冬がきたら、秩父大宮郷の絹大市へ秩父白絹の買い付けの旅に出ようと思い立った。

あの六歳の夏の日の記憶に刻んだ正丸峠を越えるのは、倅を授かった今年こそ相応しいと、天外は倅を抱き締め、倅の行く末に思いを馳せながら考えたのだった。

秋、天外は背中に雷神の彫物を入れた。

三

麹町の表通りを四谷御門から半蔵御門の方角へ、岸屋新蔵と供の手代、それに腰元を従えた女房と十二歳を頭に三人の倅が連れ立って、のびやかに歩んでいた。

行き交う町家の人々は誰もが、江戸屈指の大店岸屋の主である新蔵へ、深々と腰を折り挨拶《あいさつ》をしていく。

岸屋新蔵は、右に左ににこやかな愛想を振りまき、機嫌がよかった。

傅《かしず》かれることに馴れている女房と三人の倅は、町民に横柄な眼差しを投げていた。

荷車も馬喰の引く荷送の馬も、勤番侍ぐらいなら岸屋一家には道を譲る。

そんなところへ、機嫌のいい岸屋新蔵をいきなり馴《な》れ馴れしく呼ぶ声がした。

「おう、岸屋のご主人、新蔵さんだね」

誰だ、わたしに馴れ馴れしく声をかけるやつは、と新蔵は目を剝《む》いた。

「今、お宅へ寄ってお留守だったもんでね。いいところで遇《あ》った」

「はあ?」

なんと不浄役人の町方同心ではないか。

ひょろりと背の高い手先をひとり、従えている。

岸屋一家は立ち止まり、渋面に無理やり笑みを拵えたような町方同心と痩せた手先を訝《いぶか》しげに見つめた。

岸屋は、むっとした表情で町方を睨《にら》んだ。

供の手代が前へ出てきて、白々しく言った。

「どちらさまで。こちらは呉服問屋岸屋の旦那さまですよ」

町方の渋井鬼三次は、その筋の顔利きですら逃げ出させる鬼しぶの、さがり眉にちぐはぐな形の目を手代へ向けた。

「なんだと? おれのことが知りてえのか。なら、そこの自身番へみんなきてもらっても構わねえぞ」

「あ、いや、そういう意味では」

手代は、大店岸屋の主人には町方ごときは怯《ひる》むと思っていたのが、ひと睨みかえされてたちまちたじろいだ。

町方の殊に廻り方は、白衣の着流しと竜紋裏三つ紋黒巻羽織の定服を一目すれば瞭然である。手代は気付かない振りをして、どちらさまで、などと言ったのだ。

「なら、どういう意味だ」

あの、その、と手代は岸屋にへつらわない町方は初めてなのか、応えに窮《きゅう》した。

「おい、旦那が岸屋のご主人に訊ねたいことがあるんだ。てめえは引っこんでろ」

手先の助弥が出てきて、手代の肩を小突いた。

手代は肩をすぼめて岸屋の後ろへ引っこんだ。

「お役人さま。失礼いたしました。わたくし、麴町で岸屋を営んでおります新蔵でございます」

新蔵は途端に態度を和らげて、丁寧に腰を折った。

不浄の小役人とは言え相手は一応は町方、しかも腰に差料を帯びた侍である。いくら江戸屈指の大店の主でも、折れるしかない。

こういう融通の利かなそうな小役人は厄介《やっかい》なのだと、新蔵は知っている。

「わかってくれたかい。なら結構だ。立ち話でいいから、ちょいと話を聞かせてもらいてえんだ」

渋井もわざとらしく両手を袖に入れ、斜に構えていた。

博多帯の後ろに挟んだ十手も出さない。十手をひけらかす野暮は、江戸の廻り方同心の気位が許さない。

「どのような、お訊ねでございましょうか」

わけのわからない女房と倅らは、新蔵の後ろで間抜け面を投げ、通行人が往来で向き合う町方と岸屋の主人へ奇異な目を向けながら、二人を避けて通っていく。

「ご公儀の新宿追分の地面を岸屋さんへ払い下げする件なんだが、もう半年も前の、あれはどういう経緯《いきさつ》で岸屋さんへ払い下げが決まった話なんだい」

渋井がいきなり核心に触れると、岸屋はわざとらしく首を傾げ、

「ははん、新宿の一件でございますか」

と、合点がいったふうに応えた。

「詳しい経緯は、ご公儀のご裁定でございますので、わたくしどもにはわかりかねます。ただ少し以前、岸屋をご贔屓《ひいき》にしていただいておりますさるお武家さまより、岸屋へのお払い下げが決まったと、ご裁定のお話をうかがいました次第で」

「まだ内定だから、正式のご裁定とは言えねえがな。それに半年も前は少し前とは違うだろう。まあいい。さるお武家たあ岸屋さんが御用達《ごようたし》を務める鳴瀬家かい」

「さようでございます。鳴瀬さまには先々代より御用達を承《うけたまわ》っております」

「追分のあの地面では、岸屋さんとは較べ物にならねえが、新宿じゃあ名の知られた呉服太物問屋の磐栄屋が長年商いを営んでいる。磐栄屋に召し上げを命じたご用の地面を同じ呉服屋の岸屋さんへ払い下げるたあ、ちょいと妙な話だな」

渋井は羽織の袖をひらひらさせ、岸屋を斜めに見た。

「経緯を何も知らない岸屋さんに、なぜ払い下げになったんだい。呉服屋は岸屋さんに勝るとも劣らない越山屋、白鷺屋、大菱屋、松浪屋だってあるのにさ」

「なぜでございましょうか。みなさん、新宿のような田舎へ老舗《しにせ》の別店《だな》を設ける考えをお持ちでないからではございませんか」

「お持ちでない？　ということは、岸屋さんは新宿へ別店を設ける考えを、お持ちなんだな。お持ちだから、岸屋さんが御用達を務める鳴瀬家を通じて、追分の払い下げをご公儀に働きかけたってえ経緯なんだな」

岸屋は、う、と応えに詰まった。

「鳴瀬家と言やあ御三家尾張さまの家老職を務める名家だ。つまり、鳴瀬家が裏から働きかけ、ご公儀のご用を名目に岸屋さんへ便宜《べんぎ》を計ったたってえことかい。召し上げにすりゃあ邪魔な磐栄屋を追い払い新宿をひとり占めにできる。一石二鳥だわな」

「はは……便宜など、とんでもございませんよ」

岸屋は唇を歪《ゆが》めて笑い、取り繕《つくろ》った。

「ただ、そう申されれば以前、磐栄屋さんが、新宿で小さな商いを続けていても先々が心細いので店を仕舞い、田舎へ引きこもうとお考えだと噂に聞き、ならばその跡地にうちが別店を設けられればな、と鳴瀬さまにお話ししたことはございました」

「それで鳴瀬家が勝手に気を利かせてご公儀に働きかけ、ご公儀の召し上げと地面払い下げが岸屋さんの知らねえうちに決まったってかい。馬鹿な冗談言うんじゃやねえ」

渋井の厳しい口調に岸屋は顔を伏せた。

渋井は胸元の前襟から片手を出し、顎をさすった。

「ところで近ごろ、貸元の大黒屋を使って追分の住人の追い出しを始めてるようだな」

「追い出しではございません。住人の方々が越されるにあたって、後を引き受けますわたしどもに難しいことを望まれますので、その話し合いを、わたしどもより新宿をよくご存知の大黒屋さんにお願いしておるのでございます」

「大黒屋の重五は元は上州で女衒《ぜげん》を生業《なりわい》にしていたらしい。どういう事情で新宿へ住みついたのかまだ調べてねえが、ちょいと物騒な男だ。岸屋さんほどの大店のご主人が付き合う相手じゃねえ。気をつけた方がいいですぜ」

岸屋は黙って応えなかった。

手代が横から「旦那さま、そろそろお時間が……」と口を挟んだ。

渋井は手代を睨み、手代を睨んだまま岸屋へ言った。

「先月、磐栄屋の主人の天外が襲われて大怪我を負った。もしかしたら追分の地面が絡んだもめ事が原因で、誰かが刺客を雇って天外を狙ったんじゃねえかという噂が流れてる。同じころ、天外の倅が秩父の山中で賊に襲われ命を奪われた」

渋井は岸屋へ視線を戻した。

「ひどい話だねえ。これも見立ては追剝ぎの仕業だが、じつは磐栄屋潰しに一家を狙った刺客に襲われたと言われていてね。万が一、一連の襲撃に大黒屋が絡んでたらえれえことになる。大店のご主人だからって咎《とが》めをまぬがれるとでも甘いことを考えてたら大間違いだ。ただじゃあ、すまねえですぜ」

岸屋の顔が青褪《ざ》めていた。

渋井は、ふん、と鼻先で笑った。それからくるりと踵《きびす》をかえし、

「助弥、いくぞ」

と岸屋と連れの家族らに背を向け、袖をなびかせつつ足早に、麹町の表通りを四谷御門の方へ歩み始めた。

四

四半刻後、渋井鬼三次と助弥は、新宿磐栄屋の前の通りに立っていた。

催しの幟が今日もはためき、途切れなく客が入って売り場も通路も人が一杯だった。

売り場では若い手代らが忙しく接客し、小僧らが動き廻っている。

帳場格子に若い娘が座っていて、手代らとしきりにやり取りを交わしていた。

あれが末娘のお絹か——渋井は呟《つぶや》いた。

可愛い小娘じゃねえか。跡継ぎの倅が亡くなり、主の天外も大怪我を負い、あの小娘が磐栄屋の商いを仕切っているのかいと、通りから客の頭越しに眺めていた。

「旦那、繁盛しておりやすねえ」

助弥が感心して言った。

「大したもんだ。いい商いをしてるんだろう。ただ手代が足りなすぎるな。見なよ、小僧が客の相手をしてるぜ。あんなんで大丈夫か」

言ってるところへ、いつもの頼りなげな風貌の市兵衛が横町の方から現れた。蔵で在庫を調べていたのか、仕入れ帳を懐に挟んでいる。

渋井はふっと微笑みたくなるのを、ひねくれ者の渋面に変えて、

「よう」

と無愛想に言った。

「渋井さん、しばらくです。早々と奉行所へ出仕なさり、お加減はいかがですか」

市兵衛は、九月の阿片の抜け荷の一件で大怪我を負った渋井を気遣って言っている。

「あんなかすり傷でいつまでも寝てられるかい。そんな暇じゃねえよ。市兵衛に一流

料亭でおごってもらう約束もまだだしな」

「面目ありません。わたくし、あれから高松家《たかまつ》よりお暇を出され、己の身を立てるのに四苦八苦しておりまして。料亭どころではなく、なんとも……」

市兵衛は艶やかな総髪を、きまり悪げにかいた。

「よく言うぜ。てめえから高松家を辞めたのは知ってるぜ。おめえは算盤侍《そろばん》のくせに欲がなくていけねえ」

「やっとこちらに勤めが見つかりましたので、給金が入りますれば必ず」

「当てにせずに待ってらあ。それより市兵衛がここで雇われてるとは意外だった」

「わたしがこちらで雇われていることは、どなたに聞かれたんですか」

「おらんだの先生から聞いた。市兵衛が磐栄屋にいるってな」

渋井と柳町の町医師柳井宗秀とは、呑み仲間である。

「それに先だって、ここの天外が宿役人や検使の役人相手にひと暴れしたこともな」

「それも、ご存じでしたか」

「知ってるさ。検使役の同心はおれの朋輩《ほうばい》だ。金に汚ねえごますり野郎だがな。天外は雷神の彫物まで入れてるそうじゃねえか。商人にしちゃあ鉄火な男だねえ。そいつがびっくりしてたぜ」

渋井が渋面をいっそう歪めた。

「その後、傷の具合はどうなんだい」

「小康状態を保っていますが、芳《かんば》しくありません。予断を許さない状態です」

「きたのはその怪我の件なんだが」

と渋井は切り出した。

新宿追分召し上げの裁定と、跡地の払い下げに絡んだ岸屋新蔵と大黒屋重五のつながりに触れ、

「一昨日、ある筋から差口《さしぐち》があってな。下雑司ケ谷に組屋敷のある島田文明《しまだふみあき》という御家人崩《くず》れがいる。島田の仲間に二人ほどやはり性質《たち》の悪い浪人がいてな、金にさえなりゃあなんだってやる物騒な連中らしい。つまり、人の始末も受けるってことさ」

渋井は両手を仕舞った黒羽織の袖を、街道にひらりひらりとなびかせた。

「そいつらが先月、大黒屋の重五に頼まれて、新宿で何かやらかした。何をやったかはわからねえ。ただな、中のひとりが、頼み事の所期の目的が果たせなかったから大黒屋が残金を払ってくれねえと、こぼしてたそうだ」

渋井は、にんまりと笑みをくれた。

「渋井さん。もしかしてそれは磐栄屋天外襲撃の……」

「証拠はねえがな。しょうがねえから、これから島田らに訊きにいくんだ。どうだい市兵衛、おめえもくるかい」

「いきます」

市兵衛は即座に応えた。

「そうか。渋井さんは天外襲撃の一件を調べていたのですか」

「いや。天外襲撃はついでだ。おれは、今から三十年ほど前、新宿の太宗寺横町の貸元で弾造という親分が殺された、そいつを調べてた途中なのさ」

「三十年前の、弾造殺し……ですか」

「そうだ。三十年前、磐栄屋が追分のこの場所でようやく商いが順調に廻り始めたころ、弾造という新宿の顔役を自認していた男がいた」

命知らずの博徒《ばくと》らを手下に従え、手荒な手段で新宿を裏から仕切っていて……

と渋井は、当時、宿駅再開が許されて二十年がたった新宿の町で起こったある殺しの一件を話し始めた。

「弾造が殺されたのは、おれが北の御番所の無足見習で出仕した年の冬だ。おれの親父が、北の定町廻り方でな、じつはその弾造殺しの掛《かかり》だったんだ。当時、親父はある男に疑いを抱いて、その男のことをだいぶ調べて廻っていた」

渋井は成木街道から横町に折れた。

「男は新宿で手堅く商いを営んでいた。なんでも、六歳の餓鬼のとき人買いに買われて、秩父の山の村から新宿の女郎屋の小僧に売り払われた。男は裸一貫から始めて、苦労して商人になった。そして商いを成功させ、女房をもらい倅が生まれた」

有能な商人だった――と渋井は、並びかけた市兵衛に言った。

殺しがあったのは、寛政《かんせい》五年（一七九三）の十月晦日のことだった――と渋井は語り始めた。

月のないその夜八ツ、成木街道を北へ折れる太宗寺横町から木戸をくぐった路地を、菅笠に廻し合羽の人影がひとつ、忍び足で歩いていた。

弾造が賭場と住まいにしている裏店は、その路地の奥にあった。

路地はどの家も寝静まり、冬の夜更けの寒気が深々とおりていた。

草鞋《わらじ》が、じわりじわりと、路地の乾いた土を踏んで、やがて影は路地奥の弾造の店の板戸へ耳を当てた。

中からかすかにいびきが聞こえていた。

勝手知った影は、隣家との板壁の隙間を抜けて裏へ廻った。

裏に別棟の店があって、そこが弾造の賭場になっていた。

その夜、賭場の開帳はなかった。

宵《よい》の口に追分の磐栄屋から弾造の店へ、荷車に積んだ角樽《つのだる》の下り酒と山のように重ねた上宿山崎屋の料理が届いていた。

酒と料理を届けた山崎屋の使いの男が、

「磐栄屋さんが本日未明より、秩父絹大市へ白絹の買い付けの旅へ出かけましたので、そのご挨拶替わりとのことでございます。どうぞ、ご一家のみなさまで、お召しあがりいただきますようにとの、磐栄屋さんのお託《ことづけ》でございます」

と伝え、酒と料理を運び入れた。

政田《まさだ》屋の玉をならべ山崎屋の料理で国田《くにた》屋の座敷で遊びたい……

と新宿では評判の山崎屋の料理と芳醇な下り酒だった。

弾造は何も疑わず、己も加わって手下らに酒盛を許した。

弾造らはたらふく呑み、たらふく食って、騒いで、中には女郎屋へ繰り出す者もいて、九ツ（零時）をすぎるころには、みな酔い潰れた。

したたかに酔った弾造が女房のお墨《すみ》と眠りについたのも、九ツだった。

賭場との出入りのある裏の勝手口は、板戸が立てられていなかった。

影は足音を忍ばせ、裏の勝手口から台所の土間へ踏み入った。

閉じた襖の向こうから、ごうごうと野太いいびきが響いていた。

板敷があり、影は菅笠と廻し合羽を脱いで板敷へ置き、静かにあがった。

影は襖へ手をかけ、少しずつ滑らせた。

部屋には有明行灯が灯されていた。

酒臭い生暖かな暗い部屋に、弾造と女房が寝具にくるまっていた。

いびきは弾造でもうひとりは女房のお墨だと、思われた。

影は部屋の畳を撓《しな》わせた。

「晒しに巻いた出刃包丁を腰に差していて、それを足音を忍ばせながら抜いた。右に出刃包丁を握り、左手に晒しを何重にも巻きつけやがった」

と、渋井は見たかのように言った。

影はいびきをかく弾造の側へ片膝を突き、一寸の間まで顔を近づけた。

有明行灯の細い光の中でも、弾造に間違いないとわかった。

影は隣りで寝息を立てている女房の寝姿へ一瞥を投げ、かけ蒲団をめくった。

弾造の胸が顕われ、いびきが大人しい寝息に変わった。

弾造は目覚めなかった。

目覚めないのが残念だった。

せめて誰にやられたのか、思い知らせたい。

だが影は、落ちついて弾造の心の臓のあたりへ出刃の切っ先をあてがった。

晒しを巻いた左手で弾造の口を塞いだ。

うん？

そう鼻声をもらしたのと同時に、体重をかけて出刃を柄まで突き通した。

肉を貫く奇妙な音と、不気味な手応えがあった。

う、ううぅ……

弾造が激しく痙攣《けいれん》し、悲しげな小さな呻きをあげてもがいた。

そこでくっきりと目を見開いた。

しかし弾造は暗闇の中に死神を見ただけだったろう。

呻き声と痙攣が、ばたばた、ばたばたと続いた。

「もう遅い」

影が弾造にささやく声を、後に女房のお墨は聞いたと言った。

お墨が寝惚《ねぼ》けて上体を起こした途端、影がお墨に伸《の》しかかり、声が出せないように晒しで目と口の周りをぐるぐる巻きにした。

そして懐に用意していった荒縄で両手両足を縛り、動けなくした。

お墨は悲鳴をあげる間も影の顔を見る間もなく、晒しの下で喘《あえ》いだ。

お墨は影が耳元でささやくのを聞いた。

「命は助けてやる。しばらく、大人しくしてろ」

影は最期のか細い痙攣を続けている弾造をじっと確かめていた。

やがて、虫の羽音が止まるように弾造の痙攣が止まると、影は静かに部屋を退き、台所の板敷で廻し合羽と菅笠をまとったらしい。

それから勝手口を出た。

賭場の子分らは、みなぐっすりと寝こんで誰も気付かなかったという。

影が板壁の隙間を抜け、路地を木戸の方へ静かに歩いたとき、一軒の格子窓の障子戸が開いた。

路地に人の気配がして、目覚めた裏店の職人が路地をのぞいたのだった。

影は立ち止まったが、暗くて顔も姿もよく見えなかったと職人は後に証言した。

職人は影を見つめ、「誰？」と言った。

すると影は漆黒の夜空を仰ぎ、大きく呼吸をして、逃げるように路地を走り出た。

「親父が男の名前を言ってたのを、おれは覚えている。商人にしては珍しい名前だったからな。市兵衛、誰かわかるかい」

市兵衛が二度三度頷くのを見て、渋井はにやにや笑いを続けた。

「………」

「口にはできねえかい。そう、天外さ。三十年前は天外という名前しか知らなかったがな。先月、新宿追分の呉服太物問屋磐栄屋の天外という名の商人が、賊に襲われて大怪我を負った一件の話を聞いたとき、おれはあの天外じゃねえかと思った」

渋井は市兵衛の横顔に、わずかな動きがあったのを見逃さず続けた。

「三十年前の亡霊が甦《よみがえ》ってきたみたいな心持ちになってさ。親父は一件を解決できなかった。弾造殺しはわからず仕舞いだ。だからおれは、三十年前の弾造殺しを洗い直すことにしたのさ。親父に代わって一件にけりをつけるためにな。面白い話だろう」

「洗い直して、何か新しいことが見つかりましたか」

「それはまだ言えねえ。後のお楽しみだ。但しだ、天外の周辺を調べると、ついでに追分の地面にかかわる妙にきな臭え事情が次々と浮かんでくるじゃねえか。どうやらその事情に絡んで天外襲撃と、気の毒な話だが、倅の一件もあったらしい」

渋井の物好きの虫が、腹の底で蠢《うごめ》いていた。

「だからよ、ついでだが、こっちから先にけりをつけようって段取りさ。できることからひとつずつ、ってな」

けけけけっと笑って、ひねくれ者の渋面を市兵衛へまた投げた。

五

雑司ヶ谷は、植木の内職で家計を助ける微禄の御家人らの多い町である。

その下雑司ヶ谷の通りから北へ折れた小路の御家人屋敷の板塀が並ぶ一画に、そこだけ粗末な竹垣に囲われ、庭も手入れされておらず、竹藪の間に破れ瓦の見える古く朽ちかけた屋敷が、うらぶれた佇《たたず》まいを小路にのぞかせていた。

片開き木戸の先に表戸の黄ばんで穴の空いた障子が立っていて、崩れかけたままの土壁が住人のいなくなった廃屋を思わせた。

渋井は木戸を抜けて庭先に雪駄を鳴らし、穴の空いた障子から中をのぞいた。

「ここのはずなんだが、人が住んでるのかね」

言いながら、障子穴からじろじろと中の様子を探っている。

裏庭へ廻っていた助弥が足音を忍ばせ小走りに戻ってきて、

「旦那、奥に人が、おりやす」

と、指を三本立てて小声で言った。

「いいだろう。庭から廻ろう」

助弥が腰の目明かし十手を抜いた。

はずれた枝折戸《しおりど》が垣根に凭《もた》れていて、枝折戸をまたぎ、じめじめした軒下を抜けて渋井、市兵衛、助弥の順に裏庭へ踏み入った。

裏庭は存外小広く、濡れ縁と居間らしき破れ襖の座敷があった。

濡れ縁では月代《さかやき》も剃らぬ浪人風体の男が二人向かい合って、花がるたに興じていた。

冬の西日が二人に降りそそぎ、丹前を着た男が座敷で横になり背中を見せていた。

濡れ縁の二人はぶらりと現れた渋井らを見つけ、花がるたの手を止めた。

「よう。北の番所のご用だ。どなたが島田文明さんだい」

渋井がのらりくらりと濡れ縁へ近づき、三人に声をかけた。

浪人らは渋井の定服を見つめ、戸惑った。

「島田さんに、ちょいと訊ねなきゃならねえことがあってね」

渋井がさらに言うと、座敷の丹前の男が、黒鞘の大刀の鐺《こじり》を褪《あ》せた琉球《りゅうきゅう》畳にどんと突いてのっそりと上体を起こした。

男は大きな欠伸《あくび》をした。

月代が伸び、尖《とが》った顎に鬚《ひげ》がまばらに生えていた。

「おれが島田だ。なんぞ用か」

顔だけを庭へひねり、渋井と後ろの市兵衛らに半開きの目を向けた。

三人とも、三十そこその痩せ浪人の風貌だった。

「島田さんか。先月初め、新宿の大黒屋重五に頼まれて受けた仕事があったな。所期の目論見《もくろみ》が果たせなくて、重五から残りの金をもらってない例の仕事さ。どんな仕事を受けて、何をやったのか、聞かせてもらえるかい」

渋井が単刀直入に言った。

ふん、と笑った島田の背中がゆれた。

濡れ縁の二人が庭へおり、腰に刀を差している。

「大黒屋など、知らんよ」

島田が気だるげに言い、よいしょ、と立ちあがった。

「いい大人がつまらねえ白を切るんじゃねえよ。どうせわかることなんだから手間を取らせんなよ。おめえさんら、大黒屋に頼まれて、磐栄屋天外を襲ったんだろう」

「わかるんなら、己らで勝手に調べろ」

島田は丹前を肩から落とし、黒鞘の大刀を杖に突いた。

盲縞の着流しの背中を丸め、鬼しぶに負けないくらい灰汁《あく》の強い顔を突き出した。

「じゃあ島田さん、番所まで付き合ってくれるかい」

「粗忽《そこつ》者。ここは武家屋敷だぞ。町方のくるところじゃない。帰れ」

「冗談言うねえ。いつまで御家人のつもりでいるんだ。島田家なんぞ、とっくになくなってるじゃねえか。おめえさんら、ここは空き屋敷だったんだぜ」

島田はぶらりぶらりと肩を振り、鎌首をあげた蛇のように渋井を睨んだ。

庭の二人はゆっくりと左右にわかれていく。

顔を歪めているが、目は渋井を睨んでいた。

後ろの助弥が武者震いをした。

冬雀が竹藪で、ちち、と長閑《のどか》に鳴いた。

だあっ。

瞬間、島田が奇声を発した。

ありゃあああっ。

左右の二人がほぼ同時に抜刀し、抜き打ちに渋井へ斬りかかった。

一瞬の差で島田が鞘を払い、白刃を正面から打ちこんだ。

「あぶねええ」

助弥が叫び、目をつむった。

どん、どん……鈍い音が連なった。

目を開いたとき、島田が濡れ縁に踏みこみ打ち落とした一撃を市兵衛が下から、がしん、と受け止めていた。

助弥はどうしてそうなっているのか、わからなかった。

市兵衛は渋井の後ろにいたはずで、三人は渋井に斬りかかったはずだった。

にもかかわらず、庭の二人は刀を上段に構えたまま動かなくなっている。

島田は市兵衛に受け止められ、市兵衛を押さえつけようと計るが、身体を撓《しな》わせた市兵衛はびくともしない。

渋井は一歩さがり、ただ十手をかざして身構え市兵衛と島田の成り行きを見ているだけだ。

ところが突然、左右の男は支えがはずれたかのように、かくん、と膝を折り、ひとりはうつ伏せ、ひとりは一歩泳いで庭の雑草へ転がったから、助弥は目を見張った。

二人は腹から血を吹いていた。

だあっ。

島田がまた奇声を発して、市兵衛を突き放し身を翻《ひるがえ》した。

が、市兵衛には通じず、ただ隙《すき》だらけの背中を向けたにすぎなかった。

「斬るんじゃねえっ」

と渋井が喚く前に斬《ざん》と、打ち落とした市兵衛の一撃が、袈裟《けさ》がけに島田の背中を裂いていた。

島田が悲鳴をあげ、身体をくねらせ、襖にぶつかり、土間へ転がり落ち、起きあがって表戸へ突進していった。

「助弥、表へ廻れ」

渋井が座敷へ駆けあがり、叫んだ。

「合点だ」

島田は表の腰高障子を突き破り、小路へと走り、竹垣を圧し折って小路へ《へ》転がり出たところで力尽きた。

通りがかりの近所の娘が、血だらけになって路上にのたうつ島田を見て、けたたましい金切り声をあげた。

刀を杖に立ちあがろうと片膝を突きもがく島田に、助弥が背後から迫った。

「神妙にしやがれ」

助弥は島田の首筋に目明かし十手を浴びせた。

島田は肩をすくめて路上に伏せ、口から泡を吹いた。

渋井が追いついて島田の脇へ屈み、髷《まげ》をつかんで顔をあげた。

「島田、まだ訊きてえことがあるんだよう」

島田は白目を剝いて何も応えられなかった。

渋井は髷を放し、傍らへ刀を提げて立った市兵衛と助弥を見あげ、

「ああ、こいつあ、もうだめだ。ちったあ手加減しろよ」

「すみません。咄嗟のことだったので……」

「市兵衛、おまえはもういい。後の始末は任せろ。帰んな。助弥、近くの辻番へいって人手を頼んでこい。死体が二つ、死にかけをひとつ、始末するのに手を貸して欲しいとな」

六

その日の宵の口、医師の柳井宗秀が磐栄屋へ呼ばれ、天外の容体を診た。

だが、宗秀のおらんだ医術を以《もつ》てしても、天外の傷の容体はもはや手の施しようがなかった。

「すまん市兵衛、わたしにできるのはここまでだ」

宗秀が力なく言った。

磐栄屋の天外の危篤《きとく》を聞きつけ、だんご長屋の裏店の住人や、表店の商人、それからまだかきいれどきにもかかわらず廓の楼主、中には女郎衆や芸者、廓の若い者、遣り手の女や芸人らも交じって、磐栄屋へ次々と新宿界隈の人々が訪ねてきた。

「天外さんに、ひと言、お礼が言いたくて」

みなそう言い、夜更けになっても、磐栄屋の表の店にも奥の住まいにも台所にも人の姿が絶えなかった。

市兵衛は、次々と訪ねてくるこれらの人々に胸打たれた。

これらの人々こそが、天外という男の確かな生きざまを証していた。

お絹は、意識の定まらぬ天外の傍らを動かなかった。

お絹の姿は悲しげで窶《やつ》れてはいたが、どこか厳《おごそ》かで、人の定めを受け入れる物静かな覚悟に満ちていた。

夜の帳《とばり》がおり、表の通りからは夜毎の歓楽を求める客や客引きの声、女郎衆の嬌声が今夜も聞こえてはくるけれど、だがそれこそが新宿追分の夜の息遣いであり、新宿に生きた商人天外に相応しい見送り方なのかもしれなかった。

天外は静かに目を閉じ、新宿の賑わいにじっと耳を傾けているふうだった。

さらに夜更けて表の通りも静まり、木枯らしが縁廊下に立てた板戸を震わせるころだった。

天外が閉じていた目を開け、傍らのお絹に言った。

「風が、お迎えにきたな」

お父っつあん……とお絹が天外の痩せた手を両掌で包んだ。

「みんな、いるのか」

と天外は言った。

「みんな、いるよ。お父っつあん」

市兵衛と宗秀、手代や小僧、台所で働く男や女たちも揃い、天外を見守っていた。

「お篠と多司郎の、夢を見たよ」

「おっ母さんと兄さんの夢を、見たのね」

お絹は天外に顔を寄せた。

「二人とも、達者そうだった。待っているよって、笑って言っていた」

「そうなの。おっ母さんと兄さんも、達者だったのね」

涙に濡れたお絹も笑った。

「おれの葬儀と、多司郎と亮助の四十九日の法要を、一緒に執り行ない、初七日がすんだら磐栄屋の商いを普段通り始めるんだ」

お絹は、こくこくと頷いた。

「もし、おれのことを訊ねる人がいたら、言うんだ。あれは、つい先だって、亡くなりましたと、にっこり笑ってな」

すすり泣きが、天外の寝所と隣の部屋で見守る者らの間からもれた。

「大黒屋が、必ずくる。岸屋との間を取り持つと言ってだ。岸屋は、折れてくる。手を結ぼうと岸屋は申し入れてくる……けど、その話には裏がある。岸屋は、大黒屋を使い、早い幕引きを謀るだろう。岸屋は、焦《あせ》っている」

驚くべきことに天外は、事の成り行きを冷徹に読んでいた。

「けどなお絹、この一件に幕をおろす必要があるのは、磐栄屋の商いも同じだ。商いを続けることが商人の心得だ。お絹、申し入れを受けろ。相手が仕かけてきたら、おまえの思う通りに受けて立ってやれ。磐栄屋の暖簾と、追分を守るためにな」

「お父っつあん。やってみせる。絶対負けない。磐栄屋天外の娘だもの」

お絹が懸命に言った。

「それでいい。おまえの選んだ道が、首尾はどうであれ、一番正しい道なのだ。それを肝《きも》に銘じて、前へ進むんだ」

天外は、ひと言ひと言、お絹に己の息吹を吹きこむように言った。

お絹は新しい涙をあふれさせた。

「唐木さん、いるかい」

はい――市兵衛はお絹に並び、天外へ顔を近づけた。

「あんたは侍で、磐栄屋にも、新宿追分のこの土地にも、かかわりのない人だ。唐木さん、けどもしね、商人ではなく侍として、お絹を哀れと思うなら、お絹の助けになって欲しい。お絹を守ってやって欲しいのだ。あんたがついていてくれるなら、わたしは安心して旅立てる」

「武士の、一分にかけて」

市兵衛は言った。

天外は小さく笑った。それだけだった。

宗秀が頷き、外の木枯らしが板戸を叩いた。

「誰か、戸を開けてくれ。月が出ているはずだ。お迎えの刻限だ」

天外が言った。

すすり泣きが大きくなった。

若衆の安吉が、寝所の障子と縁廊下の板戸を開け放った。

ひゅるる、と冷たい木枯らしが吹きこみ、真っ白な月光が煌々《こうこう》と天外を照らした。

「おお」

と天外が声をもらした。

縁廊下に佇《たたず》んだ安吉が、呆然と降りそそぐ光を浴びていた。

みなが一斉に、秩父白絹を思わせる白い月を見あげた。

ひゅるる、ひゅるる……

夜空に舞う木枯らしは、凍《い》てつく冷たさだったが、誰もがその冷たさよりも、不安と、心細さと、悲しみと、そうして言葉にならない神々しさに、胸を震わせていた。

「お父っつあん」

お絹が呼んだ。

だがそのときすでに、内藤新宿に一代を築いた商人磐栄屋天外は、五十七年の波乱の生涯を閉じていたのだった。

第五章　死神

一

江戸城の本丸、蘇鉄《そてつ》の間から中の口へ出る北の角部屋は、登城した諸大名が休息を取るために使う湯呑所になっている。

諸大名の登城では、昼には下城になるのであるから、食事は給されない。大広間に手あぶり座蒲団《ざぶとん》はなく、茶を喫《きっ》することもできない。

登城の間、決まった休息のない諸大名は、お勤めたる態《てい》を装い大広間から湯呑所へいくことになる。

その湯呑所の給仕を務めるのは、湯呑所と中の口廊下を挟んだ南側に設けられている表坊主部屋の御表《おんおもて》御坊主《おぼうず》である。

諸大名には各々出入りの表坊主がおり、登城のたびに城中での世話をする。

但し、登城中に城外、屋敷などへ用事のあるときは、蘇鉄の間に御城使が控えており、主の用事を承《うけたまわ》る。

つまり城中では大名と言えども家来はつかず、表坊主が身の廻りの世話を務める。

表坊主だけではなく、幕閣付属、老中若年寄の給仕を務め政治の機密を仄聞《そくぶん》できる御用部屋御坊主とのつながりも保っておかなければ、諸大名の外交掛（聞番や御留守居）は、遅耳となってお役が務まらない。

それゆえ諸大名は、出入りのある表坊主や連絡のある御用部屋坊主へ、お四季施《しきせ》など様々な物や金を遣わしておかなければならなかった。

尾張犬山藩鳴瀬家当主の鳴瀬隼人正は、その朝大広間において、出入りの表坊主よりそっと耳打ちされた。

「鳴瀬さま、湯呑所にてお待ちの方がいらっしゃいます」

うん？

鳴瀬隼人正の脳裡に、かすかな苛立《いらだ》ちが走った。

湯呑所というのがである。

江戸城中においては、諸大名は徳川幕府に従属してはいても一国を治める藩主という公式の身分に集約されており、表向き、公式の身分以外の行動はあり得ない。

今で言えば江戸城中は、諸国大名が元首として国を代表する国連のような外交舞台であり、江戸城中での行動発言は、諸国統治に少なからぬ影響をおよぼす。

江戸城中での外交の生臭い実務は、各藩の実務方が把握し、諸侯は実務方の用意した段取りに則《のっと》って表向きの行動をし、発言をする。

うかつなことを言ってはならないし、行動も慎まなければならない。

湯呑所という場所に、隼人正はその実務の生臭さを嗅《か》いだのだった。

もしや実務方に何か粗漏があったか。

隼人正は表坊主に軽く頷き、周りの諸侯へ「失礼」と会釈を送ると、烏帽子《えぼし》に縹《はなだ》色《いろ》無地の長裃《がみしも》の袴を取った。

湯呑所に休息を取っている諸侯の姿はなかった。

ひとり、霰《あられ》小紋の半裃の侍が平伏して隼人正を迎えた。大目付ではなかった。五人の大目付の顔は見知っている。

隼人正ははぐらかされた気がしながらも、侍に対座し、咳払いをした。

「そこもとは」

隼人正は名乗らずに言った。

「鳴瀬家御当主隼人正さまにおかれましては、わざわざのお運び、畏《おそ》れ入ります」

侍は隼人正を見知っているのか、平伏のままそう切り出した。

「公儀目付筆頭を相務めます片岡信正でございます」

なるほど目付か、言われれば目付らしい、と隼人正は思った。

御目付御用所が湯呑所北隣りにある。

諸侯監察は老中支配の大目付の役目であり、目付の監察は旗本御家人である。目付ならば、大名の鳴瀬隼人正へ具申するのは身分の違いは言うまでもなく、何よりも筋違いである。だから余計に、隼人正は訝《いぶか》った。

「このようなところで、お目付のご用の向きとは」

隼人正は苛立ちを隠さなかった。

このようなところへ大名を呼び立てて、無礼な、という気持ちを見せた。

湯呑所のような非公式な場であっても、大名と公儀目付とは言え所詮旗本の、公式の身分の差をはっきりさせておかなければならない。

「内々にて鳴瀬さまにお伝えいたしたき儀がございますゆえ、職分身分をも顧《かえり》みず御表御坊主どのに、このようなお願いをいたした次第で、ございます」

片岡が低い声を響かせた。

「内々にて？」

隼人正は、片岡に手をあげよとは、言わなかった。

「正式のご公儀のお沙汰でございますれば、本来、大目付さまのお役目とは存じますが、この儀は未《いま》だ正式の決まり事ではございませず、さりながら、鳴瀬さまのお家にかかわりのございます事柄としての話が世情よりもれ聞こえ、それゆえ鳴瀬さまにお伝えすべきと、愚考いたしました」

「意味がよくわからん。わかりやすく申せ」

表坊主が隼人正に茶を運んできて、片岡は用心深く表坊主がさがるのを待った。人の気配はするが、城中は静かである。

「畏れながら、鳴瀬さまは、成木街道新宿追分の地面召し上げ、および払い下げのご沙汰について、ご存じでございましょうか」

表坊主がさがると、片岡が言った。

新宿、追分……

何を言い出すのかと訝っていた隼人正は、新宿追分という地名に戸惑った。

「お手をあげられよ」

隼人正は片岡に言い、茶を喫した。

身体を起こした片岡は、五十前後に見える肩幅の存外に広い侍だった。

表情は穏やかだが、目つきや落ちついた素振りに風格があった。

こんな男が公儀目付にはいるのかと、隼人正は気圧《けお》されるのを覚えた。

「地面召し上げの件は詳しく存じあげんが、半年ほど前であったか、わが主筋の尾張大納言さまに、新宿追分の明き地の拝領をお願いしたことはある。わが鳴瀬家の菩提《ぼだい》寺泉祥《せんしよう》寺を犬山より勧請《かんじよう》奉《たてまつ》るため、よき地を以前から探しておったのだ」

片岡は黙って頷いた。

「さして広くはないが、折りよく新宿追分に明き地が見つかり、新宿のわが下屋敷にも近く、ちょうどよいということで願い出たと記憶しておる。それがいかがした」

「勧請となりますと、寺の普請をせねばなりませぬ。相当の費《つい》えになります」

「幸い、わが鳴瀬家の御用達を務める呉服問屋の岸屋新蔵が、同じ菩提寺ということで勧進を申し出ており、醵金《きよきん》については何も問題はない」

「その後、泉祥寺勧請はいかが相なりましたでしょうか」

「わたしは尾張さまにお願いしたのみで、後のことはわが家の用人に任せておる。進んでおるのではないか。そのように聞いておる。で、そこもとがわたしに伝えたい儀とはなんだ」

隼人正はそれ以後、新宿追分の拝領地願いのことは殆《ほとん》ど気にかけていなかった。

地面召し上げの沙汰など、知ってはいない。

「鳴瀬さま、拝領を願われました新宿追分は、明き地ではございません。追分一帯は今や新宿では繁華な町地であり、老舗の呉服太物問屋磐栄屋が真っ当に商いを営み、裏店には新宿で働く住人が多数暮らしております」

今度は隼人正が黙った。

「およそ半年前、磐栄屋と一帯を召し上げのお沙汰が内定となり、なぜか未だ正式のお裁定が通達されぬまま、磐栄屋並びに裏店の住人は追分より追い立ての目に遭っているのでございます」

「馬鹿を申すな。明き地だから御三家の尾張さまに幕閣へ働きかけていただくようにお願い申したのだ。暮らしておる者を追い立てるなど、菩提寺を勧請奉るのに、そのようなことを望んでおらん」

「しかしながら手の者が調べましたところ、召し上げのお沙汰になった地面は、鳴瀬家菩提寺を勧請奉るのではなく、麴町の呉服問屋岸屋へ払い下げられ、岸屋の新宿店が構えられることで支度が進められているのでございます」

片岡は、ひと呼吸置いて、隼人正の表情をうかがった。

「磐栄屋と住人の追い立てを進めておりますのは、岸屋より指図された大黒屋重五という新宿の盛り場の顔利きでございます。大黒屋は粗猛なる手段を用い、噂ではございますが、磐栄屋主人天外と倅多司郎を始末人に襲わせ、倅多司郎は落命し、天外も昨夜、襲われて負った傷が元で身罷《みまか》ったと、報せが入っております」

隼人正は片岡から目をそらした。

「一方鳴瀬家は、拝領した追分の土地を岸屋へ払い下げて岸屋の新宿店結構の便宜を計った見かえりに、莫大な謝礼金を受け取る。お伝えしたいと申し上げました儀とは、その謀《はかりごと》のことでございます」

御太鼓方御坊主が、御櫓《やぐら》で四ツの太鼓を打ち始めた。

中の口廊下が少しざわざわとした。

「いかねばならん」

と隼人正が言った。

「鳴瀬さま、追分地面召し上げが内定のまま半年も執行になりませんのは、このお沙汰に無理があるゆえと思われます。召し上げのお沙汰を振りかざし脅しをかければ、磐栄屋の追い立てなどたやすいと、岸屋は見くびっていた節がうかがえます」

隼人正の顔が青褪めていた。

腹立たしさを抑えているのか、肩を波打たせていた。

「話は承った」

隼人正はそれだけ言って、立ちあがった。

いきかけた隼人正の背中へ、片岡がなおも言った。

「この話がこじれますと、すべての事情が表沙汰になり、鳴瀬さまのご家門に傷をつけかねません。ご用心、あそばされませ」

片岡が隼人正に平伏した。

「僭越《せんえつ》な」

隼人正が吐き捨てて湯呑所の襖を開けると、表坊主が中の口廊下に控えていた。

四ツの太鼓が、江戸城内に鳴り響いていた。

二

麹町十丁目、四谷御門に近い麹町の通りを隔て、尾張さま中屋敷と尾張家家老職の大名鳴瀬家上屋敷の長屋門が向き合っていた。

その鳴瀬家上屋敷長屋の江戸家老の住まいに並んで、藩主鳴瀬隼人正側用人筆頭広《ひろ》田式部の江戸の住まいがある。

夕刻、隼人正の元より上屋敷内長屋へさがった側用人広田式部と麹町の呉服問屋岸屋新蔵が、長屋ながらも庭に小さな池もある居室で対座していた。

冬の早い黄昏《たそがれ》に腰障子を閉じた居室は薄暗く、女中が行灯《あんどん》に火を入れた。

広田式部は岸屋新蔵と同じ三十代半ばの年ごろである。

低い身分から若くして側用人に抜擢され筆頭にまで取り立てられた、藩一の切れ者を自認してはばからない虚栄心の強い男だった。

「城中でそのようなことがあったとは、意外だった。ともかく、殿におかれては下城なされてから殊《こと》の外《ほか》不機嫌であられてな。事の次第を細かくお訊ねになるものだから、わたしも応えに窮した」

広田は腕を組んで、右手の親指と人差し指で顎を支えるようにあてがった。

岸屋新蔵は広田へ頭を垂れ、

「何とぞ、よろしいようにお取りなしをお願いいたします」

と言い、傍らの布包みを解いて桐の箱を広田の膝の前へ差し出した。

「つまらぬ物ですが、これは広田さまへ、ほんのお口汚しでございます」

「それで岸屋に、急ぎきてもらったわけだが……」

広田は箱の蓋《ふた》を半ば開けて中を確かめ、すぐに蓋を閉じた。そして、

「と言って、こういうことをしていただくために呼び立てたわけではないのだ」

と、箱を岸屋の方へ戻す仕種を見せた。

「どうぞお納めくださいませ。わたくしどもの、広田さまへの気持ちでございます。お納めいただかなくては、わたくしの気がすみません」

岸屋はそれをまた広田の前へ押した。

「さようか。ならば遠慮なく」

広田は、澄まして桐の箱を己の傍らへ引き取った。

「殿には、追分地面の拝領に手間取っておるのは、元々、磐栄屋自らが店を仕舞い土地の沽券《こけん》も売り払うことを決めていたのが、当家の拝領の他に大店岸屋の新宿店の話を聞きつけ、岸屋ならかなりの物が取れるだろうと売り払いにあたって難癖を付けてまいり、その談合にときがかかっておりますとご説明申しあげた」

「そのご説明は、当たらずとも遠からずでございますよ」

ふむ、と広田は頷いた。

「泉祥寺勧請の件は、岸屋に成木街道沿いの地面を払い下げることで、新宿店を構える裏手に岸屋のかかりで寺の普請を任せれば、当家は普請の費えをまぬがれるのみな

らず、当今の台所事情厳しき折り、岸屋より冥加金《みようが》も得られ、岸屋には商いを広げる利があり、双方の益になるのですと申しあげた」

「さようでございます。寺の敷地は少々狭くなりますが、委細、不肖岸屋にお任せ願えれば、必ずやお殿さまにもご納得いただけると、確信しております」

「むろん、磐栄屋主人や倅が襲われ落命した件とこのたびの拝領願いとはなんのかかわりもなく、ましてや天下の大店である岸屋が、そのような御法にそむく悪事を指図する理由が見当たりませんともな」

「まったく、埒《らち》もないことを言い触らす連中です。だいたい、磐栄屋の天外など、素性の知れぬ賤《いや》しい生まれなのです。所詮、時流の趨勢《すうせい》も読めぬ愚か者で、悪どい商いで新宿の住人の恨みをずいぶん買っているそうでございます」

広田が、いわくありげな表情を岸屋へ向けた。

「あんなふうに襲われ命を落としたのも、自業自得でございますよ」

「だがな岸屋、ときがかかりすぎるのはよくない。ときがかかりすぎれば、いろいろ言い詮索《せんさく》する者が出てくる。新宿追分の地面召し上げなど、宿場町のささいなご沙汰と、思わせておかねばならんのだ」

「承知しております。もう長引かせるつもりはありません。一気に片をつけます」

「ときはあまり残されておらぬぞ。目付が動いているということは、幕閣の間に召し上げの沙汰に意見の違いが生じている場合が考えられる」

「なぜ目付なのでございますか。お大名に目付が具申など、たとえ内々ではあっても筋違いではございませんか」

「なぜかは、わたしにもわからんのだ。片岡信正と言う目付、どういう経緯でこの一件に首を突っこむようになったのか。ただ……」

と広田は首をわずかに傾げた。

「天外と倅が襲われた後、磐栄屋に用心棒がひとり、雇われたのを知っておるか。磐栄屋の末娘のお絹を守るためと聞いておるが」

「はい。確か、唐木市兵衛とか申す貧乏侍でございます。それが？」

「渡りの用人らの間で流れておる噂なのだが、唐木市兵衛という浪人も、日ごろ、渡り用人を生業にしている男でな。算盤ができ、剣の腕も少々立つらしい。十代のころより上方へのぼり、剣の修行と商家に寄寓し商いを身につけた算盤侍だそうだ」

「ふむ。あの侍は算盤ができるのでございますか」

「そうだ。噂というのはな、唐木はある公儀高官の旗本の妻妾の子だというのだ。高官の旗本は、目付ではないかと噂になっておる」

ほう——と岸屋は広田をじっと見た。

「妻妾の子とは言え旗本の血筋が、何があって上方へのぼり商いを身につけ渡り用人などになったのか理由は知れぬ。ただ、目付の倅だとすれば、新宿の磐栄屋に雇われて、追分を召し上げるというわれらの大計に気付いて、目付の片岡に伝えたのかもしれん」

「すると、その算盤侍は目付片岡信正の血筋の者だと」

「だから片岡は目付の分際で、首を突っこんできおったのではないか。あり得る。きっとそうだ」

「広田さま、もしや唐木の渡り用人は仮の姿で、正体は目付の隠密の手先なのではありますまいか。われらの大計を探るために磐栄屋に入りこんだ」

ふん？　と広田は岸屋を睨んだ。

「われらの大計を探るためなら、磐栄屋ではなく、岸屋かわが鳴瀬家に下男奉公にでも身をやつして入りこむだろう。それに、気位の高いあの目付らが、新宿ごときの地面召し上げに関心を抱いたとは思われぬ」

「まことに、さようですな」

「厄介なのは唐木を通じてこちらの動きが目付に筒抜けになることだ。岸屋の片のつけ用によっては、こちらの目論見が目付から大目付、そして幕閣の耳に入り、お沙汰は即座に取り止め、ことによれば処罰まで受けることになりかねん」

「そんな馬鹿な。幕閣の方々へは、これまで数々の献上をしてまいったではございませんか」

「だとしても、下手を打てば幕閣は表立っては筋を通さざるを得ん。そうか。あの唐木市兵衛をどうにかせねばならんな。今わかった。岸屋、こちらの目論見通りに決着をはかるには、あの唐木市兵衛をどうするかだぞ」

広田式部は、そう言って虚栄心の強い顔を歪めた。

三

同じ日の夜更け――

新宿中町表通りの成木街道から南側にはずれた裏手に、玉川上水堤道が東西に通っている。

玉川上水対岸は武家屋敷地になっており、武家屋敷塀沿いの土手には太宗寺門前から分かれた裏街道が玉川上水堤道と並行し、西の甲州道につながっていた。

その玉川上水堤道には、お定めの《旅籠五十軒、引き手茶屋八十軒限り》の数にも入らない私娼窟が、格子見世はないけれども、縄暖簾《なわのれん》や小料理屋を装ったいかがわしげで淫靡《いんび》な軒提灯の明かりを、川面に落としていた。

襟元まで白粉を塗った店の女が、通りかかる客に声をかけている。

貸元の大黒屋重五は、その堤道に軒を連ねる小店と並んで、得体の知れぬ店を張っていた。

店は表向き口入れ業らしいが、手下らが近在の貧農の娘らを連れてきては新宿各町の旅籠の飯盛に斡旋するのを、稼ぎのひとつにしている。

新宿の飯盛女は、お定めでは百五十人だが、陰見世の女を入れると実数は品川宿の五百人にも劣らない繁盛振りだったから、女はいくらでも求められた。

店の裏へいくと、人相の険しい手下らが仕切って、近郊の百姓、職人、馬喰、旅人、接客業の女らを客にして、毎夜、賭場が開帳されている。

また店の隣の木戸から入り組んだ薄暗い路地が曲がりくねり、陋屋《ろうおく》のうちに私娼が客を待つ切り見世が、路地の両側に立ち連なっていた。

この切り見世も大黒屋が営んでいて、手下らが私娼を見張っていた。

大黒屋には常に二十人前後の遊俠の徒が出入りし、重五は手下を引き連れ繁華な通りを限なく見廻っていた。

折りしも夜更けの刻限にもかかわらず、玉川上水の暗い堤道を賑々《にぎにぎ》しく練り歩いてくる奇妙な集団があった。

集団は、藍木綿《あいもめん》の衣服に編笠をかぶり、手桶や銅鑼《どら》、錫杖《しやくじよう》を手にした大道芸人らしく、高らかに銅鑼を叩き、錫杖を振り、口拍子を取りつつ門《かど》念仏を唱え囃《はや》していた。

和尚《おしよう》、阿呆陀羅《あほだら》経《きよう》道楽寺《どうらくじ》和尚《おしよう》、御免《ごめん》の権化《ごんげ》……

集団は大黒屋の店の前へくると、いっそう賑やかに囃し始めた。

通りがかりや、客引きの女らが、物珍しそうに遠巻きに集団を眺めていた。

そこへ、大黒屋の若い男が腰高障子を威勢よく開け、「誰でい、店の前で騒いでるやつらは」と飛び出てきた。

若い男は尖った顔を歪め、ちぇ、願人坊主《がんにんぼうず》じゃねえか、と拍子抜けした。

願人坊主は普通二人で銭を乞うて流すが、集団は七人だった。

「てめえら、夜更けにうるせえんだ。帰《けえ》んな帰んな」

若い男は手で芸人を追い払いつつ、言った。

するると願人坊主らは、若い男を押しのけて大黒屋の店土間へ、賑やかに囃しながら流れこんできたから驚いた。

和尚、阿呆陀羅経道楽寺和尚、御免の権化……

念仏に合わせて銅鑼が鳴り、錫杖が響き、願人坊主らは土間を拍子を取って踏んで廻った。

若い男は、呆気に取られて手が出せなかった。

店裏から手下らが、表の騒ぎを聞きつけ、ばらばらと出てきた。

中には脇差を提げているのもいる。

ところが手下らも、土間の芸人らの異様な振る舞いに気勢を削がれた。

「なんだこいつら。何やってんだ」

と言い合い戸惑っている後ろから、若頭の辰矢が現れた。

六尺を超え頭ひとつ抜きん出た辰矢は、背中を曲げ、土間の芸人らの中心になっているひとりへのそっと近づいた。

「誰の差し金だあ」

辰矢は芸人の首筋をつかもうとした。が、つかみ損ねた。

芸人が、拍子を取って痩せた小柄な身体をするりと廻したからである。

編笠の中の顔が、辰矢には目もくれず錫杖を振り、笑っている。

辰矢はこみあげる怒りに、唇を震わせた。

「乞食芸人が、潰されてえか」

振り廻した腕の下をまたするり……

と、脇から別の芸人が銅鑼を叩きながら辰矢の足を払った。

あっ、と辰矢は長軀を支えられず、前へつんのめり、ばたりと四肢を投げ出した。

手下らが思わず吹き出した。

だが、芸人の踏む足が辰矢のごつく反った顎を蹴りあげた。

辰矢が首を歪《いびっ》にひねり、がくりと落とした。

動かなくなった辰矢の背中を芸人らが、念仏と囃しを続けながら踏み付けた。

手下らは、やべえと思った。

「やっちまえ」と、芸人らにつかみかかった。

狭い土間で乱闘が始まったが、手下らは七人の芸人らの銅鑼や錫杖を浴び、たちまち何人かが倒され、逃げ腰になった。

手下の中の何人かが脇差を抜いたときだった。

土間続きの板敷で、大黒屋重五が怒鳴った。

「静かにしねえか」

乱闘と怒声が止み、みなが一斉に板敷の重五を見た。

小太りの重五は突き出た腹を支える帯に手をかけ、板敷をみしみしと鳴らした。

板敷で転がっている手下を「邪魔だ」と蹴り飛ばした。

「えへへ、こりゃあ鮫《さめ》ヶ橋《はし》の夏長《かちよう》さん、お待ちしておりやした」

重五が愛想笑いで言った。

夏長と言われた願人坊主の頭《かしら》が、錫杖を土間にじゃんと鳴らし、薄笑いを投げた。

手下らは親分の客と知って、大人しく隅へ引き始めた。

三人がかりで土間にうめいている若頭の辰矢を起こし、裏の店へ運んでいった。

「馬鹿が。だらしのねえ」

重五が吐き捨てた。それから愛想笑いに戻り、

「手下らには言いつけてあったんでやすが、夏長さんがその格好で見えるたあ思いやせんでしたもんで」

と、あがり端に膝をついた。

「これがな、仕事着なんや」

夏長が上方訛《なまり》の、細い声で言った。

「さようですか。みなさんにはお二階に座敷をご用意しておりやす。今夜のところは

ゆっくり骨休めをしていただき、仕事の話は明日ということで。すぐ、酒と肴の用意をさせやす。裏の店には女もおりやすので、お望みならお相手をさせやす」

「そうか。仕事の話は明日か。ほんなら女はいらん。飯の支度を頼むわ」

「へいへい。おいてめえら、ぼさっとしてねえで、お客さまのすすぎを持ってこねえか。おおい、すぐ酒の用意だ。急げ、お客さまをお待たせするんじゃねえぞ」

重五が目をぎょろつかせ、裏に声を張りあげた。


「誰だね」

店奥の内証《ないしよ》に戻ってきた重五に、岸屋の新蔵が訊いた。

二人の前の膳に、熱燗の酒と木の芽田楽《でんがく》の焼物と香の物が添えてある。

重五は新蔵にぬるくなった銚子を差し、

「四谷鮫ヶ橋の夏長という願人坊主と、手下でやす」

と声を落として言った。

「鮫ヶ橋の芸人か。芸人が今ごろ、何をしにきたのだ」

新蔵は酒をひと口含み、重五のぐい飲みに差しかえした。

「旦那さま、ありゃあ、願人坊主の京の鞍馬《くらま》派の流れをくむ一派で、享保《きようほう》以前に江戸へ下ってきて、芝金杉《しばかなすぎ》、神田豊島町、馬喰町《ばくろちょう》、それから鮫ヶ橋の裏店に住みつき、門念仏やら和讃《わさん》やらを唱えて銭を乞うのを生業にしておる芸人でやすがね」

重五はぐい飲みを口に運び、ぴちゃぴちゃと唇を舐めた。

「門づけ芸で銭を乞う、乞食芸人だろう。知ってるよ」

「ところが、ただの芸人じゃあございやせん。元々、武家の隠密を裏で働いておりやしてね、近ごろじゃあそういう役目もなくなりやしたが、じつは、こっちの腕が恐ろしいと、裏街道では知られた連中なんでやす」

新蔵は重五の酌を黙って受けた。

「殊に、鮫ヶ橋の夏長が率いる願人坊主は、凄腕が揃っていて、早《はえ》え話が、人の始末を金で受けるそっちの仕事人なんでやす」

新蔵は黒ずんだ天井を見あげた。

「なるほど、そういうことか」

「少々金はかかりやすが、間違えのねえ仕事人で。二本差しなんざあ、金だけかかって碌《ろく》なもんじゃやねえ」

「ふん、例の唐木市兵衛という用心棒はだいぶ腕が立つようだな。島田とかの元御家人を三人とも斬ったのは、あいつなんだろう」

「まったく……おい、酒が温《ぬる》くなった。熱いのを旦那さまにお出ししろ」

重五が内証に提げた暖簾の向こうの台所へ喚《わめ》いた。

重五に落籍《ひか》れ飯盛から女房に収まった厚化粧の女が、銚子を盆に載せ運んできた。

「さがってろ」

重五は女房をさがらせ、熱燗を新蔵の猪口に差した。

「お絹だけじゃない。その唐木市兵衛という用心棒も始末しないといけなくなった。あの男、用心棒などに身をやつしているが、公儀旗本の血筋らしい」

新蔵は夕刻、麴町の鳴瀬家上屋敷の広田式部の元を辞してから、ひとり、新宿中町の大黒屋を、それもこっそり訪ねてきたのである。

「公儀だろうが旗本だろうが、貧乏侍一匹、あっしの知ったこっちゃあ、ありやせんや。旦那さま、世の中、金ですぜ。金のある者が勝つんだ」

重五はぐい飲みをすすりあげた。

「夏長にやらせれば、間違えはねえ。けど万が一ということもありやす。それで、大滝村の猪吉も呼び寄せる手はずをしておりやす。遅くとも明日には着くはずで」

「猪吉か。大宮郷でお絹を討ちもらした山賤《やまがっ》だな。それほどの腕なのか」

「あのときは、確かにしくじりやした。お絹を狙うということで、用心棒は数に入れてなかった。市兵衛とお絹を二人ともに、となりゃあやり方が違ってくる。あっしの知る限り、夏長と猪吉の右に出る腕利きは八州じゃあいねえ。二人が揃やあ、市兵衛なんぞ、ひとたまりもねえですよ」

新蔵は、わかった、というふうに頷いた。

「いつになる」

「明後日、天龍寺で天外の葬儀と、倅と手代の四十九日の法要が営まれやす。天外の初七日まで磐栄屋は商いを休むそうでやすから、弔いにいった後、お絹に初七日までのどれか一日、岸屋さんと話し合いの場を作ってもらえねえかと、申し入れやす」

「乗ってくるかな」

「きやすとも。妙な催《もよお》しとかをやって盛りあがってやしたが、天外がくたばりお絹は支えを失った。否《いや》も応もなく勢いがこれまでとは違ってきやす。そこでこれ以上いがみ合ってもと、こっちが折れるところを見せるんでやす」

「折れるところ、とは?」

「岸屋は新宿店を諦める。その代わり、磐栄屋は岸屋と手を組み、追分の普請を大きく変えて岸屋の品も商う、という案でやす。受ける受けねえの返事は後日でいい、岸屋さんと直に話し合いだけでもしてもらいてえと言えば、お絹は断われねえ」

「新宿店を諦めるのか」

「方便でございやすよ。外堀さえ埋めちまえば小娘ひとり、旦那さまにかかっちゃあ赤子の手をひねるようなもんでやしょう」

「ふむ。お絹なら妾にしてやってもいい」

新蔵と重五は、がらがらと笑い声をあげた。

「算盤侍の方は？」

「こちらは旦那さまと間を取り持つ不肖大黒屋の重五、そちらは用心棒として市兵衛をともない、二人と二人の余人は一切交えず、という組み合わせを申し入れやす。そこで二人まとめて……」

「場所は？」

「角筈の十二社権現の茶屋で」

新蔵は、ああ、あそこか、というふうに頷いた。

「いいだろう。ともかく一気に素早く片をつけなけりゃあならん。念を押すが、わたしにも鳴瀬家にもかかわりないことだからな」

「ご心配には、およびやせんて。後の始末はこの大黒屋にぜんぶお任せくだせえ」

重五はぐい飲みを呷《あお》り、太く弛《たる》んだ喉を鳴らした。

「但し旦那さま、新宿の宿役人はあっしが引き受けやすが、角筈村も朱引内。町方の支配でやすから、そっちの押さえは旦那さまによろしくお頼みしやすぜ」

「任せろ。北だろうが南だろうが、町方ごときは小判の威力を見せつけてやれば、みんなわたしの言いなりなのだ」

と言ってから、新蔵は不意に眉間《みけん》をしかめた。そして、

「それと、もうひとり、いや一匹、邪魔な犬を、始末してくれ」

と考えを廻らせ、ひと言ずつ吐き出した。

「犬を、でやすか」

「北の、定町廻り方だ」

四

淀橋を渡り、宿場はずれの鳴子町を境に、鳴子坂をのぼった追分あたりまでを俗に上宿と言い、武家屋敷地とは分かれた町地に評判の女郎屋が軒を並べ、三味線の音や客引きの呼び声が夜更けまでつきることはなかった。

その上宿の見世の女郎を物色する客の姿がまばらになり、客引きの呼び声も途絶え

た同じ夜のはや九ツ（零時）に近い刻限だった。

女郎屋帰りの庶民やら、お茶をひいたり宵《よい》からの仕事をすませた女郎と廓《くるわ》の若い者やらを相手に、夜鳴きそば屋が冬の街道沿いに《二八そば》の行灯《あんどん》看板を掲げ、行灯の灯の中に白い湯気がのぼっていた。

風鈴が、ちりん、ちりん、と寂しく鳴り、屋台のおやじが、

「そばぅぅぅぃ……」

と悲しげな夜鳴きの呼び声を響かせていた。

「おやじ、そばをふたつ。それと酒だ」

行灯の灯の中に、獣の毛皮の半着を羽織り、山袴に脛巾《はばき》と草鞋《わらじ》、竹笠を目深にかぶった顎のごつい男が不意に現れた。

頬骨の張った男の頬に、ひと筋の傷痕が見える。

男の隣りに、これは男よりも背の高い女が、菅笠に蓑《みの》を羽織り、やはり山袴と黒の脚半草鞋がけの拵えで立っていた。

色の白い女の顔は行灯の灯を受けてぞくりとするほど美しく、ほっそりとした頤《おとがい》に掃《は》いた朱の唇を艶めかしく歪ませた。

おやじは、ここらでは見かけない山暮らしの荒々しげな風貌の男と、脂粉の匂いを

漂わせる妖しげな女との奇妙な取り合わせに見惚《と》れ、それから「そばを二つに、酒でやすね」と繰りかえした。

おやじが酒を温め蒸したそばに汁をそそいでいると、女と男の話し声が聞こえた。

「ここが、新宿か」

「そうだ。大黒屋まではもうすぐだで」

「ここは、大きな町なのか」

「ああ、大宮郷とは較べ物にならねえ大きな町だ。今は夜更けで人はいねえが、夜が明けたら人が道に祭のときみたいにあふれる」

「侍は大勢いるのか」

「侍は大勢いるが、侍勤めより、町民から仕事をもらって金を稼いでる貧乏侍ばっかりだ。剣も弱い」

「あの男は貧乏侍だが、強いぞ。見くびるな」

「見くびりはせん。だが恐れもせん」

男は太い顎を動かし、ぼそりと言った。

お待ちどおさまで、とおやじがそばを出し、ぐい飲み二つと熱燗の銚子を置いた。

ふたりは黙ってそばをすすり始め、酒を呑んだ。

長旅で渇《かっ》していたのか、一合銚子がすぐ空になり男が、「もうひとつ」と頼んだ。そのとき、鳴子町の地廻りの男と仲間の三人連れが、着流しに布子《ぬのこ》の半纏《はんてん》を引っかけ、「ふう、さぶいさぶい」と言いながら、屋台へ走りこんできた。

男らは菅笠の女にどんと当たり、

「ちょいと空けてくれ」

と吐き捨てて、両掌に白い息を吹きかけた。

女はそばの碗を持ったまま、身体の触れた男をじろりと睨《にら》んだ。

男は女に気付き、

「おお、女じゃねえか。おい見ろよ、こいつ女だぜ。いい女じゃねえか。格好は妙だけどよ」

と女を見廻した。

「姐《ねえ》さん、ここらへんの百姓かい。百姓の女にしちゃあ、えれえ器量よしだ。姐さん、働き口を探してるのかい。姐さんなら、どこでも高く売れるぜ。おれがいい女郎屋を取り持ってやろうか」

「姐さん、国はどこだい。妹か姉ちゃんはいるのかい」

別の男がへらへら笑いながら言った。

「姐さんの姉妹なら、さぞかしべっぴんだろう。まとめて高く売れるぜ。おやじ、そばと酒をくれ」

「見れば見るほどいい女だね。肌理《きめ》の細けえ艶々した肌がいいねえ」

三人が笑ってがやがやと囃した。

女は隣りの男へ珍しそうに顔を向けたまま、表情ひとつ動かさなかった。

「兄さん方、こちらのお客さんをからかうのはよしてくださいよ」

おやじが屋台の湯気の中から言った。

「からかっちゃいねえよ。綺麗だから、褒《ほ》めてやってんだよ」

男は女の頬を、人差し指で差してつっこうとした。

その指を女が箸《はし》で、きゅっと挟んだ。

男は目を細め、笑った。

「へへっ、面白え女だね。見ろよこいつ」

と、男は指を挟ませたところを隣りの男に見せ、愉快がった。

ちょっかいを出したら女が乗ってきたのが面白い、という風情だった。

男は、もっとやれよと指を突き出した。

ところが、女が箸をさりげなくねじっていくと、男の指先もねじれ、

「あ、痛《い》ててて……」

と男は身体を外へねじった。

途端、女の箸が折れ、男は指先を一方の手で握り、

「何しやんでい、この女《あま》あ」

と喚いた。

女はおやじに、「折れた」と箸を差し出した。

男は、女の平然とした素振りに頭へ血がのぼり、女の胸座《むなぐら》へ手を伸ばした。

が、男は女に指一本触れる間もなく、屋台から消えたのだった。

残りの二人が、女との間にいた仲間が消えてできた隙間を、あれっと眺めた。

慌てて外を振りかえると、男は獣の毛皮をまとった黒い影に組み敷かれ、首を圧《へ》し折られたところだった。

ごきごき……

そんな妙な音を、残りの二人は聞いた。

男の顔が背中向きになり、呻き声もなく、ぴくりともしなかった。

「ああっ、銀二《ぎんじ》」

男が首を圧し折られた仲間の名を呼んで一歩踏み出した刹那《せつな》、黒い小さな塊《かたまり》が飛

んで、男の眉間を陥没させた。

男がへたばり崩れ、それを見た三人目が夜道を駆け出した後ろから、しゃあっ、と音を立てて蛇のような獣が首筋に絡みついたのだった。

三人目は仰向けに転倒し、ぐふ、と呻き声を立てながら地面を引きずられた。

だが、手足をばたつかせたのは束の間だった。三人目も大して苦しまなかった。

毛皮の男の操る蛇が喉を締めあげ、十を数える間もなく、ぐったりとなった。

毛皮の男が、首から蛇を解いた。

じゃらじゃらと夜道に響いたその音で、蛇ではなく鎖だとわかった。

男は腰に黒い分銅のついた鎖を提げ、屋台へ戻った。

女は変わらずにそばを食っていた。

野良犬が現れ、道端に静かに転がっている三人の男らを順々に嗅いで廻った。

男らは、血も流さず、騒ぎもせず、ただじっと横たわっている。

野良犬の他に、夜道に通りがかりはなかった。

毛皮の男はそばの続きを食べ始め、それから、

「酒はまだかね」

とおやじに言った。

おやじは震えて、声も出せなかった。

二人がそばと二合の酒を平らげると、

「いくらだ」

と男が言った。

「ひ……お、お代は、けっこうでやす」

おやじは震えながらようやく言った。

「いくらだ」

女が言った。

「へ、へい、そそそ、そばが……」

そばが二杯で三十二文、酒一合二十文で二合四十文、合わせて七十二文だった。

男が七十二文をきっちり置いて、二人は鳴子坂をのぼっていった。

第六章　浮かぶ瀬

一

磐栄屋の古着下取りとお客さまご奉仕の大幅値下げの催しは、主天外の死去にともない、二日を残して急遽《きゆうきよ》取り止めとなった。

店は大戸を閉じ、厳《おごそ》かに喪に服した。

二日後、天龍寺の本堂に焼香の煙と読経《どきよう》が流れ、上町のみならず、新宿界隈、近郊の町や村からも磐栄屋の天外を偲《しの》ぶ会葬者の列が、天龍寺山門をすぎて門前町の通りまで連なった。

会葬者の中には、麴町の岸屋新蔵とお店の主だった支配人や番頭手代、大黒屋重五と若頭の辰矢も交じっていた。

昼の八ツ、天外の葬儀が終わり、鐘楼《しょうろう》の裏手にある天龍寺墓地で導師の読経とお絹や店の者、市兵衛、会葬者らの見守る中、天外の棺は埋葬された。

お絹と店の者らが、この後に行なわれる多司郎と手代亮助の四十九日の法要のために墓地の小道を本堂へ戻っている途中、大黒屋重五がお絹に並びかけた。

お絹のすぐ後ろで警戒していた市兵衛は、すかさずお絹と重五の間に身を進めた。

重五は、市兵衛を挟んで殊勝らしき体《てい》でお絹に言った。

「お絹さん、お手間は取らせやせん。少しだけ、話をさせていただけやせんか。悪い話ではございやせん。天外さんの葬儀が無事すんだ今日の日を機に、岸屋さんからの仲直りの申し入れでやす。話を聞くだけでも聞いていただけやせんか」

お絹は墓地の石畳に目を落として歩みながら応えた。

「これから多司郎兄さんと亮助の四十九日の法要を行ないます。法要が始まるまで少し時間があります。それでよければ……」

「へえ、結構でやす」

「では、少し後に僧房にきてください。わたしたちは法要が始まるまで、そちらのひと部屋をお借りしておりますので」

「大黒屋、わたしもわが主のお供をする。それでよいな」

市兵衛が言うと、重五は心得たふうに頷き、「どうぞどうぞ」と腰を折った。

「唐木市兵衛さんでやしたね。お絹さんもまだお若えから、ひとりでは不安でやしょう。やっぱり唐木さんぐらい物のわかった相談相手が側にいやせんと。お見受けしたところお店の方々は、大人の話し合いをするにゃあちっと若すぎる」

がっはっは……と大黒屋重五は突き出た腹を震わせ、離れていった。

重五が墓地の小道を遠ざかると、顎に膏薬《こうやく》を貼った辰矢が横から大柄な体軀をのそっと現し、市兵衛とお絹に一瞥《いちべつ》を投げてから重五に従っていった。

「きましたね」

市兵衛が重五と辰矢の後ろ姿を目で追い、それからお絹に言った。

「ええ。お父っつあんの言う通りだったわ」

喪服をまとったお絹の幾ぶん青褪めた細い首筋に、おくれ髪が流れていた。

四半刻（約三十分）後、僧房の書院造りの一室に、お絹と重五が向かい合っていた。

市兵衛はお絹の斜め後ろに控え、備えを怠《おこた》らなかった。

重五とお絹の間には、きらびやかな絹の反物が漆塗りの角盆に載せて重ねてある。

「これはお絹さんへ岸屋の旦那さまから、ほんのお見舞いのしるしと託《ことづか》ってめえりやした物で……」

重五が話の前に差し出した手土産だった。

「岸屋さんからいただく謂れが、ありませんので」

お絹は受け取らず、両者の間に置かれたままになっていた。

重五の話は、岸屋新蔵がお絹と直に話し合い、これ以上徒《いたずら》にいがみ合うのは止めて話し合いでこじれた委細を修正したいと望んでいる、という申し入れだった。

「このままいがみ合うばかりじゃあ、両方の商いにとって損だと、岸屋さんはお考えなんでやす。磐栄屋さんにしちゃあ、今度のことは勝手に仕かけられた難事と、仰《おっしゃ》りたいところはわかりやす。けどね、お絹さん……」

と重五は説いた。

「それでも一度、岸屋さんと直にお会いになってみやせんか。直に会えば、頭の中で拵えた相手とは違った人柄が見えてくる。そういうことも、人と人同士、あるもんでやすぜ」

お絹は黙って重五の言い分に耳を傾けていた。

「岸屋さんにしてみれば、大店岸屋を率いる商人として、商いを大きくしたい、商いを広げたい、ただそういう商人魂しかなかった。それがために、少々強引な手立てを取ってしまったことは心から詫びたい。岸屋さんは、そう仰っておりやす」

岸屋は新宿追分に別店を構える計らいを改め、代わりに、磐栄屋さんと手を組み、両者でともに新宿での商いを展開する意向を持っている、と重五は言った。

「追分に磐栄屋さんの看板はこれまで通り、いや、これまでよりもっと立派な看板が残るんでやす。お店を新たに大きく構え直し、磐栄屋さんと岸屋さんの両方の品物を商う。たとえば庶民向けは磐栄屋さん、お武家の奥方さまやお金持ち向けの高級品は岸屋さん、といった具合にでやす」

重五はしおらしいお絹の様子に、顔利きの貫禄を見せつけた。

こんな小娘なら説き伏せることなど、さして難しくはない——お絹を見つめる目がそう言いたげに笑っていた。

「あっしがここで言うより、岸屋さん本人の口から詳しく訊ねなさるといい。お絹さんはお絹さんの考えを率直に伝える。両者が向き合って、盃を交わし、旨い物でも食いながら、胸襟を開いて、すぎたことではなく、お互いのお店のこれから先のことを語り合うんでやすよ」

お絹は俯《うつむ》き、応えなかった。

重五はお絹をのぞきこんで、諭《さと》すように言った。

「二人の考え、意向を言い合って、納得のいく折り合いを見つける。折り合いが見つかったところで、改めて、それなりの方に仲立ちをお願えし、文書なりを交わす、それが商人の筋の通し方じゃあ、ありやせんか」

重五のわけ知りの言い草が、隙さえあればとうかがい、ぎょろぎょろと周囲を見廻す落ち着きのない目付きや、だらしなく腹の出た風貌にそぐわなかった。

「とにかく今は、お互いを知り合うことが肝心だ。商人は商人同士、必ず心に通じ合う道があるはずだ。同じ血の通う人でやすからねえ」

お絹は膝の手に掌を重ね、白い手の甲を思案げにゆっくりさすっていた。

やがて俯いていたお絹の赤い唇が、き、と引き締められた。

お絹はゆっくりと顔をあげ、重五に鋭い眼差しを投げかけた。

「仰りたいのは、それだけですか」

うん？　と重五は首をひねった。

「貸元の大黒屋さんに、商いの道を説いていただくとは思いませんでした」

お絹はまっすぐ見つめていた。

「すぎたことではなく、ということは、お父っつあんや兄さんたちが賊に襲われ命を落としたことは、すぎたこととして今は置いて、岸屋さんと胸襟を開いてこれから先を話し合えと、仰りたいのですね」

重五は、口をへの字に結んで首を左右に振った。

「お絹さん、考え違えをしてもらっちゃあ困りやすよ。天外さんと多司郎さんらが不慮の災難に遭われたことに、お気の毒たあ思いやすが、あっしらにはなんのかかわりもねえんですから」

重五はにやにやした。

「天外さんは一代でこの新宿で磐栄屋を築きあげた。磐栄屋ほどの店にするまで、さぞかし苦労をし無理もなさったろう。そのために思いもよらず人の恨みを買うことだってありやす。それが人の世ってもんでさあ。あっしらには与《あずか》り知らぬことだ」

お絹は生真面目にかえした。

「大黒屋さんや岸屋さんがお父っつあんたちを襲った賊とかかわりがあったら、お二方はとっくに奉行所に召し捕られ、死罪は免《まぬが》れませんものね」

お絹のまっすぐな言い方に、重五は少し眉をひそめた。

「これまで、大黒屋さんの身内の方がたびたび磐栄屋にやってきて店は繰りかえし嫌がらせを受け、うちの商いはずいぶん苦しめられました。大黒屋さんは、磐栄屋の商いの邪魔をし、追分から追い出そうと企んでいるのでしょう」

「とんでもねえ。どうも、若えやつらが勝手な振る舞いをしやがって、磐栄屋さんにはとんだご迷惑をかけちまいやした。今後はあっしがそういうことは……」

「嘘です。大黒屋さんは岸屋さんに頼まれて、やってきたんでしょう。そんなことお父っつあんだって知っていたし、うちの者も裏のだんご長屋の人たちもみんなわかっていることです」

十九歳のお絹は、なんの駆け引きも知らず、ひた向きに言った。

「岸屋さんだって、うちの商いを担ってきた番頭さんや手代を大勢引き抜いて、うちをこまらせようとしてきたんです」

お絹の肩がゆれた。

「お父っつあんは本当の得と本当の損を秤《はかり》にかけるから、本当の商いができるんだって教えてくれました。大黒屋さんも本当の損と得を、秤にかけたのでしょう。それで岸屋さんのために磐栄屋を追分から追い出したら、得になるって思ったんでしょう」

「そんなことは……」

重五は、渋面になって黙った。

「それが今度は仲直りしよう、手を組んで一緒にやっていこうって、掌《てのひら》をかえして仰る。今度はどんな損得勘定をなさったんですか。大黒屋さんは、商人は商人同士、必ず心に通じ合う道があると、仰いましたね。その道は大黒屋さんの損得勘定にちゃんと合っているんですか」

「あっしはただ、磐栄屋さんと岸屋さんが仲直りをして、両店の商いがともに盛んになれば、それが新宿のますますの栄耀につながると考えて」

「もういいんです」

お絹が重五の言葉を遮《さえぎ》った。

「岸屋さんにはお会いします。お会いして、岸屋さんのお考えを聞かせていただきます。でも磐栄屋の絹は、父天外の遺志を継いで、新宿追分の磐栄屋の暖簾を命をかけて守っていきますと、お伝えするつもりです」

お絹はけなげ気に言った。

まぎれもなくお絹の身体の中には、天外の一徹で頑固な商人の血が流れている。

市兵衛は胸が熱くなった。

重五はと見ると、かすかに頬を震わせてお絹を睨んでいた。

二

「ほほう、磐栄屋天外のお絹という娘、気概があるな。大したものだ」

「まことに。十九歳の娘とは思えませぬな。いつでもかかってくるがよい、受けて立ち申さんと、女武者が言い放っているようにも聞こえますな」

片岡信正と返弥陀ノ介が言葉を交わした。

「お絹と岸屋の会う日は三日後と決まりました。場所は角筈村十二社権現の料理茶屋《滝家《たきや》》、大池側に見晴らしのいい離れ家があるそうです。刻限は昼八ツ」

と市兵衛が二人に言った。

「十二社権現は知っている。池には白蛇が住むと言われておる清遊地だな。冬場は昼間でも遊山《ゆさん》の客が少ない、寂《さび》しいところだ」

弥陀ノ介が言った。

「向こうは岸屋新蔵と大黒屋重五、こちらはお絹とわたしの二人だけで、他に余人は交えず、静かに景色と食事を味わいながら、ということでした」

「二人と二人、静かに景色と食事をか。怪しいな」

「怪しゅうござりまするな」

そう言って、三人はそれぞれの盃を口に運んだ。

鎌倉河岸の小料理屋薄墨《うすずみ》である。

桐《きり》の小格子の引き戸を、屋号を記した軒提灯《のきぢょうちん》のほの明かりが照らしていた。

小笹をあしらった形ばかりの前庭の石畳、その先に縦格子の表戸が立っている。

店土間に、入れ床に毛氈《もうせん》を敷いた長床几《しょうぎ》を衝立《ついたて》で仕切った席があり、奥に四畳半の座敷が設けられている。

三人はその四畳半に、銘々の宗和膳《そうわぜん》を囲んでいた。

膳にはわさび醤油で食べる綾瀬《あやせ》で獲れた紫鯉の洗いに椎茸《しいたけ》、青み、つみれの汁の椀と香の物が、灘の下り酒の二合銚子と並んでいた。

侍は手酌である。差しつ差されつという酒席の慣わしは町人のものである。

店土間は客が立てこみ、店は繁盛していた。

夕刻、兄信正が新宿の磐栄屋へ使いを寄越し、市兵衛に鎌倉河岸の薄墨へくるようにと呼ばれたのだった。

年増の婀娜《あだ》な女将《おかみ》の佐波《さなみ》が、京嵯峨野《さがの》の風景を描いた衝立の陰から江戸小紋の小袖姿を見せ、新しい銚子に替えにくる。

四十に手が届く佐波の仕種《しぐさ》は、若やいだ色香を残し、なおもたおやかである。薄墨は、女将の佐波と六十をすぎ未だ包丁を握る料理人の父親静観《せいかん》の二人で営《いとな》む京風の小料理屋である。

二十数年前、静観が京から下り鎌倉河岸に店を構えたとき、佐波は十六歳だった。ある日、薄墨の客になった信正は佐波を見初《みそ》め、二人は結ばれた。

信正は十人目付ではあったが、まだ筆頭ではない二十九歳の春だった。

それから二十数年、信正は妻を娶《めと》らず、二人のひそかな諦めのときは静かな儚《はかな》い流れの中にあり、今もある。

しかし市兵衛が兄信正と佐波の深い縁を知ったのは、まだずっと後のことである。

「ともかく、新宿追分召し上げは、半年前、ご老中の評議でお沙汰《さた》が内定になった。下総古河《しもうさこが》の土井大炊頭《どいおおいのかみ》さまが、御三家尾張さまからのお口添えによる鳴瀬家への新宿追分拝領願いを取り上げられ、ご一同、新宿の田舎などご存じないから、さようか、よろしいのではと、すんなり内定になった」

「追分は繁華な町地であり、磐栄屋が商いを営み住人が暮らしておるのを、ご存じのうえで？」

「いや。殆《ほとん》どが明き地で、住人はわずかという土井さまの説明であったらしい。ご老中方は、影響が少ないのであれば地主には代地を命じてよいのではないかと、さしたる異議も出なかった」

「鳴瀬家拝領の理由は」

「表向きの理由は、領地犬山の菩提寺《ぼだいじ》勧請《かんじょう》のためだ。しかし拝領地の殆どが鳴瀬家御用達の岸屋へ払い下げられ、残りの小さな地面に寺の普請を岸屋が行なう」

「鳴瀬家では誰がそれを仕切っているのですか」

「事情を知る者の噂によると、鳴瀬家用人筆頭の広田式部という侍が、ご老中方の用人や重臣らとわたくし事の懇談《こんだん》と称して頻繁《ひんぱん》に接触を計り、相当の付け届けをして拝領願いを働きかけたそうだ。殊に土井さまの江戸家老とは、だいぶ懇意《こんい》にしていたという噂もある」

「半年も内定のまま、拝領が進まないのはなぜでしょうか」

「そこだ。ご老中のどなたかに、新宿追分が明き地ではないことや拝領地の岸屋払い下げの評判が耳に入り、後日、疑念を呈された。ご用の筋で召し上げならやむを得ぬが、商いや暮らしを営んでおる住人を追い、その跡地を一商人に払い下げるというのはいかがなものか、とな」

老中土井大炊頭が改めて調べたうえで、ということになり、なぜかそれ以後、鳴瀬家の拝領願いはうやむやのまま今に至っていた。

　ということは、岸屋が大黒屋に指図し磐栄屋潰しを強行するのは、追分に新宿店結構の目論見《もくろみ》が頓挫《とんざ》する恐れが出てきているためなのか。

　岸屋は焦っている——市兵衛は思った。

「それと今ひとつ、一昨日から大黒屋に招かれたらしき妙な芸人らが大黒屋に宿を取っている。弥陀ノ介、そちらの詳しい話をしてやれ」

「御意」

　弥陀ノ介の高い頬骨の奥へ窪んだ目が、光った。

「夏長という頭《かしら》が支配する願人坊主の一団だ。四谷鮫ヶ橋の裏店に仲間らが集まって住んでいる」

　弥陀ノ介が願人坊主がどういう芸人かを語り始めた。

　市兵衛は、願人坊主という門付け芸で銭を乞う芸人が享保以前、武家の依頼によって隠密の働きもしていたことを知っている。

　今は隠密の仕事はなくなり、願人坊主のある者らは、裏稼業に始末人の仕事を請け負っているという噂も聞いてはいた。

「夏長という男は中でも特段の腕を持った始末人と、隠密働きをするわれら小人目付の間でも名が知られておる。市兵衛は知っていたか」

「噂で聞いただけだ。何か流派があるのか」

「鞍馬派の流れをくんでいると聞くが、願人坊主の武闘に流派があるかどうかはわからん。一人ひとりが独自の武闘術を心得ている玄人《くろうと》の始末人とも聞く」

弥陀ノ介が、ずずっと酒をすすった。

「岸屋との談合を三日後に持つとなると、その願人坊主らが不気味だな。得体が知れぬだけ、動きが読めなかったが、三日後の談合のために大黒屋が、始末人の夏長らを金で雇ったと考えられる。市兵衛、心しておけよ」

信正が語気を強めた。

「そうですか。大黒屋が願人坊主を雇いましたか。しかし、天外は亡くなる前に言っておりました。己がいなくなると、岸屋は一気に磐栄屋潰しを計って必ず仕かけてくる。それを受けて立てと、お絹に言い残したのです。かの者らがそういう手段を使ってくることは、想定のうちです」

「しかし並の相手ではない。お絹とおぬしの二人だけで大丈夫なのか」

弥陀ノ介が言った。

「二人というのは約束だからな。こちらが恐れをなして助っ人を引き連れていくわけにはいかんだろう。大丈夫、任せておけ。なんとかなるさ」

市兵衛は、微笑《ほほえ》みをそよ風になびかせるように応えた。

信正と弥陀ノ介は顔を見合わせた。

そのとき佐波の声がかかり、襖《ふすま》が開いて衝立の陰から店土間の賑わいと一緒にふくよかな脂粉の香りが流れてきた。

佐波がお盆に新しい銚子を載せ運んできて、

「お殿さま、どうぞ」

と信正の猪口《ちょこ》に酌をした。

佐波は、弥陀ノ介と二人だけなら信正を、あなた、と呼ぶが、見知らぬ市兵衛がいるので殿さまと言ったらしかった。

佐波は弥陀ノ介、市兵衛の順に酌をしていく。

「佐波、この男は唐木市兵衛と言う。これからも連れてくることになるから、覚えていてくれ」

信正が言った。

「佐波殿、この男、誰ぞに似ていると思いませんか」

弥陀ノ介が言い、信正がなぜか照れ臭そうに笑っている。

市兵衛は大らかに、佐波の酌を受けていた。

「あら、どなたに似ていらっしゃるのでしょう」

佐波が改めて市兵衛をまじまじと見た。

「佐波、この男はな、わが弟才蔵だ。元服して唐木市兵衛と名乗った」

「まあ、では、あの年の離れた、上方へ剣の修行にのぼられたという……」

「そうだ。風のように生きておる市兵衛だ」

「道理で、どこか品があって、清々《すがすが》しいご様子の方と思っておりました」

弥陀ノ介が、けらけらと笑った。

「そりゃあまあ、それがしよりは多少品があって清々しいかもしれませんな」

「いえいえ、返さまは返さまらしくて、とてもよろしゅうございますよ」

と佐波は弥陀ノ介の盃にまた酌をした。

「いいんです。それがしは品で働いているのではありませんから」

「そうだ。弥陀ノ介に品など似合わぬ」

市兵衛がからかい、

「いいではないか、弥陀ノ介。呑め呑め」

と信正が、気持ちよさげに笑った。

満月から欠け始めて間もない月夜の濠端道《ほり》を、羽織も羽織らぬ黒の着流しに深編笠、腰の黒鞘二本が厳《いか》めしくも粋な江戸侍片岡信正が、隆とした体軀を静かに運んでいた。

弥陀ノ介は、つくづく妙な兄弟だと思っていた。

信正と市兵衛――二人は似ている。だがまるで違う。

どこが似て、何が違うのか、弥陀ノ介はわからない。

信正の支配下に組み入れられてほぼ二十年、弥陀ノ介は信正という侍の、役目を指図する頭《かしら》以上の大きな威風に魅せられてきた。

そうして今、弥陀ノ介が市兵衛と知己《ちき》をえてわずか二ヵ月、同じ二十年を市兵衛とともに歩んできたような、若き日の信正と出会っているような、それは若き日の己自身と出会っているような、不思議でせつない錯綜《さくそう》を弥陀ノ介は覚えるのだった。

弥陀ノ介は、信正の歩みに音もなく従いながら、ふと、信正と市兵衛兄弟の遠い年月に思いを馳《は》せた。

片岡信正が少年のころだった。

市枝《いちえ》という九歳上の、賢く、美しく、心優しい女性《にょしょう》がいた。

市枝は、信正の父賢斎に仕える足軽唐木忠左衛門《ちゆうざえもん》の娘であり、信正が初めて恋い慕うという心を持った女性だったという。

己が元服をして、妻を娶るときがきたら、父に伝え市枝を妻に迎えようと、信正は子供心にも決めていた。

しかし市枝は、信正が十二歳のとき、賢斎に望まれ賢斎の側室に入ったのである。

そしてそれから三年後の信正十五歳の秋、市枝は市枝の面影を残した玉のような赤ん坊を産んで、突然、信正の前から儚《はかな》く消えた。

市枝が信正に残したものは、初めて人を恋い慕う熱い心と、人知れず流した若き涙と、市枝を思い出させる悲しいほどに愛らしく輝く小さな命だった。

その命が、信正と十五歳離れた弟才蔵こと市兵衛なのだ。

弥陀ノ介は、兄と弟が諏訪坂の片岡家の屋敷でどんな暮らしを送ったのか、多くを知る者ではない。

信正がとき折り懐かしむ兄と弟のつながりの細切れの記憶から、二人があああもしたこうもした兄弟だったと、それは憎しみだったのか血のつながりゆえの兄弟の情だったのかと、勝手に思い描く以外は、である。

だから才蔵が十三歳の年、父親賢斎が亡くなった後、片岡才蔵ではなく、祖父唐木忠左衛門の元で元服を果たし、唐木市兵衛と名を改め、兄にも告げず上方へ去った理由を弥陀ノ介は知らない。

それを聞いたとて、なんになろう——と弥陀ノ介は思う。

確かなことは、兄と弟がそれから二十四年の歳月を一度も交わることなくそれぞれの道を生き、そして二十四年の歳月を隔てて再び出会った。

目付十人衆筆頭の兄は、弥陀ノ介を心服させる有能な頭として、しがない渡り用人を生業《なりわい》とする弟は、弥陀ノ介を魅了して止まない風のように生き風のように振る舞う男として、弥陀ノ介の前に確かにいる。ただそれだけだった。

この兄と弟はまるで違う。

だがとてもよく似ている。

ときとして弥陀ノ介には、二人が兄弟でありながら、父と倅のようにも、火花を散らし鎬《しのぎ》を削る武将のようにも見えることがあった。

弥陀ノ介には、二人は何が似て、どこが違うのかわからない。

濠端の夜道を、信正の広い背中が静かに歩んでいた。

五ツ前、市兵衛は「お絹のことが気にかかりますので」と、鎌倉河岸から新宿の磐栄屋へ足早に戻っていった。

所詮、商人の半季雇いの渡り仕事ではないか。

おぬしは、商人のために命を張るのか。

弥陀ノ介は夜道に消えていく市兵衛のひた向きな背中を思い出し、われにかえった。

伝えねばならぬ、と思ったそのとき――

「弥陀ノ介」

「頭」と弥陀ノ介が声をかけたのと同時に、信正が呼んだのだった。

「ご用でござりますか」

弥陀ノ介は言った。

すると信正は深編笠を弥陀ノ介の方へ傾げ、月明かりの下で笑みを浮かべた。

「おぬしの用件を先に言え」

「どうぞ、頭から」

「おれの話はわたくし事だ。後でよい」

「いえ。わたくしの用もわがままな願い事ですので、何とぞ頭から」

「弥陀ノ介のわがままな願い事？　ならばよけい聞きたい。先に言え」

信正の背中が、命じた。

「さようでござるか。ならばお先に申します」

「申せ」

「二、三日、休みをいただきとうござる」

「ふむ」

信正は言ったのみで、わけを訊かなかった。

「僭越《せんえつ》ではございますが、市兵衛という男、どんな苦境であっても、己の方から人に助けを求めてきません。思案があって求めぬのではなく、何事にもひとりで立ち向かう、そういう生き方に馴れておるためと、思われます」

「ふむ」

「いくら風の剣を使うとて、ひとりでは危ない。あの男が気になってなりません。よけいな世話だと、あの男なら言うかもしれませんが、三日後にはそれがしも十二社権現へいくつもりです。大黒屋の動きなども少し探って、備えておこうと……」

「いいだろう。必要とあらば、手の者も連れていけ。おぬしの思う通りにやれ」

「ありがとうございます。市兵衛という男、世話が焼けますが妙に面白い男です。わくわくさせられます」

「あの男が現れると、風が吹くのだな……」

「まことに、それがしの胸の中にも吹いてまいります」

信正と弥陀ノ介は笑った。

「頭のご用件を、どうぞ」

「いや。おれはもうすんだ」

信正の背中が応えた。

弦月の下の巷《ちまた》から、遠くかすかに、夜鳴きそばの呼び声が聞こえてきた。

第七章　虎落笛《もがりぶえ》

一

その日は、夜明け前から江戸の町に寒風が吹き荒れた。

朝焼けの空に砂塵《さじん》が舞い、虎落笛《もがり》が軒や屋根屋根に鳴り渡った。

深川八幡大鳥居前の岡場所、建て付けの悪い女郎屋の二階が、ぴゅう、とうなる風にゆれ、窓に立てた板戸が騒がしく鳴り止まなかった。

渋井は暗いうちから吹き荒《すさ》ぶ風の音に目覚め、板戸の隙間から差す明かりに、温かな蒲団《ふとん》の中で夜が明けたことを知った。

馴染みの女郎が、隣りで心地よさげな寝息を立てている。

女郎屋はまだみな寝静まって、騒ぐ風に怯《おび》えた犬の鳴き声が遠くから聞こえた。

渋井は欠伸《あくび》をし、ちゃんと越中をしているかと、下腹を探った。多少ゆるんでいるが、越中の紐《ひも》は痩せた腰骨に引っかかって、渋井のお宝を薄い布地でかろうじて守っている。

渋井の越中は、魔除けの赤色である。

馴染みの女は、例のあれを始めるとき、

「あんた、邪魔だから取っちゃいなよ」

とはずしにかかる。

「やめろよ。やってる最中にいざ出陣となったら、ふるちんで飛び出さなきゃあならねえじゃねえか。そんなことになったら、おめえ、格好悪いだろう。こうやればちゃんと出てくるんだ、ほらな」

渋井はお宝を越中の脇から取り出して、女に握らせる。

「けどあんた、ふんどし、替えてないんだろう。湯へ入った後も汚れたふんどし、締めてるじゃないか」

「馬鹿やろう。ふんどし替えるのは、湯の後じゃなくて、朝、糞を垂れた後だ。それが一番すっきりとして気持ちがいいんだ」

「ええ、そうなのかい。気持ち悪そうだけどさ」

というわけで、越中は無事渋井の下腹に落ちついていた。

渋井は女の温かい身体を後ろから抱き、長襦袢《じゅばん》の下のたるんだ肉をまさぐった。

女の甘い伽羅《きゃら》油の匂いと寝息が、渋井を再びまどろみへ誘っていた。

廊下が鳴っていた。

外で風が旋風を巻き、柱が軋《きし》み、板戸ががたがたと鳴り、閉じた襖が小刻みにゆれていた。

渋井はまどろみを覚えながら、廊下が鳴っているな、と思っていた。

虎落笛が鳴り、止んではまた鳴り始める。

ふん？

渋井は暗い部屋の中で目を見開いた。

廊下の鳴る音が、みしりみしりと近付いているのだ。

風に建て付けの悪い安女郎屋の普請が震えるのとは、ちょっと違う。

渋井は襖の方へ音を立てずに寝がえりを打ち、枕の上へ手を伸ばした。

定服は衣紋かけだが、二刀は枕上に揃えてある。

すれっからしの不浄役人でも武士の端くれ、たしなみはある。

渋井は、大刀の鞘《さや》をつかみ、ゆっくり蒲団へ引き入れ、胸元に寄せた。

起きて着物を着るゆとりがなかった。

鉄の鍔《つば》が胸に触れて冷たい。

右手で柄を握り、鯉口《こいぐち》をかちりと抜いた。

女が寝息を立てている。

起こすのは可哀想だ。寝かしといてやれ。

暗がりに馴れた目は、板戸の隙間から差すほんのわずかな明かりでも、襖の紋様紙まで見わけられた。

廊下の音は、ひとつではなかった。

渋井は数を数えた。

数は多すぎてわからなかった。

渋井は、面白え、と独《ひと》り言《ご》ちた。

剣の腕の割には、糞度胸が据わっている。

斬り合いは剣の腕より、腹の据わり具合なのだ。

十代の奉行所見習のときから、親父に隠れて盛り場で遊び、地廻りらと喧嘩《けんか》馴《な》れして乱闘のこつを知っている。

襖が音を殺しつつ開いていく。

渋井は機を見計らっていた。

賊が入ってくる前に、最初の男を打《ぶ》った斬《ぎ》る。その一撃で勝負は決する。

黒ずんだ畳の向こうに、襖が三寸四寸と開いているのが見えていた。

やがて、襖の間から片足が探りつつ入ってきた。

草鞋《わらじ》を履いた汚れた素足が骨張っていて、脚半を巻いていた。

足の横に垂らした長脇差《どす》の切っ先が、板戸の隙間から差す一条の朝の明かりを跳ねかえし、きらりと光った。

渋井は、最初に足を踏み入れた男の前に、ふわっと立ちあがった。

男は手拭で頬かむりをしている。

予期していなかった男は、赤い越中一丁の裸の渋井をもののけと勘違いしたのかもしれなかった。

もののけの身体には不気味な刀傷まで走っている。

ひええっ、と奇妙な悲鳴をあげた。

「誰でい」

渋井は低く言った。

男が長脇差を振りあげ、低い天井板を貫いた。

片膝を落としざまの渋井の袈裟懸《けさが》けが、男の胸から腹を斬り裂いた。

男は長脇差を天井に残し、はじけ飛んだ。

部屋は二階の奥止まりで、傷んだ狭い板廊下がまっすぐ階段へ延び、両側にそれぞれ女郎の部屋が襖を閉じている。

襖がばあんと倒れ、男が転がった廊下に十人前後の頬かむりらが長脇差をかざし、身構えていた。

みな目が野犬のように凶暴で、しかしおどおどしていた。

「ずいぶんいるじゃねえか。てやんでい。何人でもきやがれ」

渋井は喚《わめ》いた。

「ああ、りゃりゃりゃりゃりゃりゃ」

二人目は大男だった。

奇声をあげ、また長脇差を振りあげて打ちこんできた。

長脇差は、がつんと鴨居《かもい》を噛《か》んだ。

渋井は大男の腹へ突きを入れた。

大男は身体を折り、鴨居に噛んだ長脇差を捨てて腹を貫いた刀身をつかんだ。

渋井がさらに突きこんでだだだっと進むと、狭い廊下に群がる男らは大男の背中に押されて「わあっ」と引き、逃げ場を失った階段に近い後尾の二、三人が、建物をゆるがして階段を転げ落ちた。

大男の腹から刀を引き抜き、吹き出た血が渋井の顔にかかる。

目を覚ました女郎が、廊下をのぞいて悲鳴をあげた。

「入《へぇ》ってろっ」

渋井は叫び、逃げ腰になっている廊下の男らへ突進していった。

残りの男らは、階段からどどどっと群がり落ちた。

中には一階の土間へ飛びおりる者もいて、落ちた男らはもつれ合いながら表に立てた板戸へ殺到し、板戸を突き破って外へ倒した。

外の小路は砂埃と風が、びゅんびゅんと舞っている。

渋井は階段を一気に駆けおり、逃げる男ら目がけて刀を振り廻した。

一階に寝ていた女郎屋の亭主夫婦が起き出し、赤い越中ひとつの渋井が刀を振りかざすさまに仰天した。

渋井は表へ飛び出すと、小路をいきつ戻りつ走り廻って、

「かかってきやがれえっ。かかってきやがれえっ……」

と繰りかえし叫び続けた。

だが頬かむりの賊の一味は、とっくに逃げ去り、渋井ひとりが砂塵の中を右往左往していた。

女郎屋の客や女や下男下女、男衆らもみな起きてきたが、赤ふん一丁の裸で刀を振り廻し、喚き散らす渋井がおかしいやら危ないやらで、止めることができなかった。

「旦那あ、旦那あ」

手先の助弥が後ろから渋井の腰へすがり、

「もう賊は、おりやせん。みんな逃げやしたあ」

と必死になだめた。

助弥も前夜は、渋井の酒に付き合い、三十年前の新宿の顔利き弾造殺しの鍵を握る磐栄屋の天外が亡くなって、これで一件はお仕舞いだと散々嘆《なげ》いた渋井に「おめえもこい」と言われ、別の女郎の部屋でひと遊びして泊まった夜明けだった。

むろん助弥はふんどしひとつではない。

「二階にまだ賊が残っていやがる」

「二階の二人はもうくたばってやす。それより旦那、くたばったひとりは大黒屋の辰矢って、あのでかい若頭だ。賊はきっと、大黒屋の手下らですぜ」

「なあにい。大黒屋あ、やりやがったな。となると市兵衛も狙われてるってか。許さねえ。助弥、いくぞ。新宿だ。こうなったら岸屋の新蔵もついでに牢屋へ打ちこんでやるぜ」

「だ、旦那、その格好じゃあ」

あ、着物――と渋井が慌てるところへ、緋《ひ》の長襦袢の女が渋井の十手、刀の鞘、小刀やらを定服と一緒に抱え小路へ走り出てきた。

「あんた、着物と十手を忘れてるよ」

「おお、すまねえ」

渋井は着物をうなる風に翻しつつ、身拵えをする。

女は十手を咥《くわ》え、身拵えを手伝った。

黒羽織をひらひらと羽織ると、女は咥えていた十手を襦袢の袖でぎゅっと拭い、

「お手柄を」と両袖に捧げて差し出した。

「任せとけ。おっと、裸足じゃあ走れねえ。履き物も借りるぜ」

渋井は十手を帯の後ろへ差しこみつつ女郎の朱の鼻緒の女草履《ぞうり》を突っかけ、

「助弥っ、遅れるな」

と、脱兎《だっと》の勢いで風を切った。

二

角筈村十二社権現の大池は、風が水面を吹きすぎるたび、小魚の大群が逃げ惑うような小波《さざなみ》が一面へ広がった。

池の岸辺からなだらかにくだった汀《みぎわ》は枯れた水草が覆い、風に震えなびいていた。茶屋の、板屋根に柱を立てて高床を組み、周囲を手摺りで囲い畳を敷いたお休み処が、汀から池中の浅瀬にまでせり出して池の周りに散在しているけれど、春や夏、秋にはつきない清遊の客も、吹き荒ぶ寒風の下にひとりとして見えなかった。

大池の堤上は竹垣が廻っていて、周辺の松や柳が風にゆれている。

東方《ひがしかた》、新宿台地へかかるゆるやかな斜面一帯は、くすや杉、欅、檜などの森が覆い、大池北側の小路が鳴子坂下からの参道と交わって樹林を縫う坂道を辿《たど》り、石段をあがると、熊野神社の境内《けいだい》へ出る。

境内は旋風が舞い、木々がごうごうと騒いでいて、こんなひどい風の日に参詣の客が訪れるはずもなかった。

空は黄色くかすみ、森や畑地の彼方に見渡せる新宿の町や武家屋敷の甍《いらか》も、その日は日差しの下に薄ぼんやりとかすんでいる。

お絹と市兵衛は、料理茶屋滝家の別棟になった離れの座敷にいた。

母屋から飛び石を伝い、桐の格子戸を開けて三和土《たたき》、あがり框《かまち》から畳一枚ほどの板敷を腰障子で仕切って四畳半があり、右隣に六畳間が続いている。

四畳半も六畳間も大池に面しており、そちらの腰障子を開ければ、板敷の小広い見晴らしの台の向こうに清涼な風光を眺めつつ、料理を楽しむ趣向になっていた。

だが今は、閉じられた障子が風に震えているばかりである。

お絹は地味ながら江戸小紋の小袖に唐織の女帯を高雄結び、市兵衛は褪せた紺羽織と小倉袴へ丁寧に火熨斗をかけた、いつもの拵えである。

二人は六畳間の奥壁を背に着座し、手あぶりと、茶屋の前垂れをした女が運んできた茶菓が四つ置かれていた。

ほどなく大黒屋重五が案内をするように、仕立てのよさそうな羽二重の羽織着流しに装った岸屋新蔵が、にこやかに現れた。

小太りの重五と較べて新蔵は細身で背が高く、裕福に育った余裕がお絹から市兵衛へ流した目に顕《あら》われていた。

新蔵はお絹の前へ座し、二人は互いに手をついて頭《こうべ》を垂《た》れた。

「お初にお目にかかります。岸屋の主人新蔵でございます。わたしどものお話し合いの申し入れを早速ご承知いただきまして、このような風の中、わざわざのお運び、お礼を申します」

「磐栄屋の絹でございます。お見知り置きをお願いいたします」

お絹も畳に手をつき、口上を述べた。

それから大黒屋、市兵衛と挨拶が続き、

「あなたが唐木市兵衛さまですか。お侍の身で算盤がお得意とうかがっております。まことに殊勝なお心がけでございますね」

と、新蔵は市兵衛に笑いかけた。

「算盤のできる侍は勘定方には当たり前のように勤めております。二本を差した侍ではありましても、算盤ができなければ奉公先が見つからぬ時代でありますので」

市兵衛は笑みをかえして、いなした。

「剣の腕もなかなかのものと、評判を聞きましたが」

「人並に、それなりに、たしなむほどです」

「そうそう、唐木さまは元お旗本のお血筋ともうかがっております。どちらのお旗本でいらっしゃいますか」

隣りのお絹が、意外なという目で市兵衛を見かえった。

「いえ。祖父の代まで旗本の屋敷に仕えてきました足軽の者です。わたしは父親がよくわからず、これまで浪々の身を託《かこ》っています」

……ふふ、と新蔵は笑い、お絹に向き直った。そして、

「ところでお絹さん。料理とお酒の前に……」

と新蔵は、己は知らなかったけれども、大黒屋に談合を任せたことで大黒屋の手の者が迷惑をかけたと聞き、ひとまず詫《た》びたい、と重五とともに手をついた。

それから新蔵はお絹の美しさを称え、気骨のある商人天外と跡継ぎの多司郎の死を悼《いた》み、お絹が天外を助けて、女の身でよく磐栄屋を営んでいることに、見事に天外さんの血を引かれたのですね、と賞賛を惜しまなかった。

「わたくしどもは、お絹さんに岸屋の真の意向を知っていただきたいのです。またお絹さんの存慮をうかがい、今日はご返事をいただかず、互いによおく考えたうえで、日を改めもう一度お会いできればと、願っておるのです」

新蔵はそう言い、いかがですかと、素振りはあくまで慇懃《いんぎん》である。

「どうぞ」

お絹は頷き、短く言った。

風が吹き、障子戸が震えつづけていた。

隣の細縞の羽織の重五が、新蔵の言葉に一々首を振っていた。

新蔵はお絹の様子に眼差しをそそぎ、「それでは」とおもむろに語り始めた。

新蔵の話は、粗方《あらかた》において重五からすでに聞いた話と大差なかった。

新宿追分の地面は諦め、新宿店も断念する。代わりに磐栄屋と手を組み、追分一画の店の普請を大きく構え、磐栄屋の屋号のまま、両店の品を商う。その元手は……

と新蔵は、およそ四半刻近く、岸屋の新宿へ商いを広げたい意向と、己がどれほど商いに敬意を払い、商いひと筋で生きてきたか、己の商人魂を披瀝《ひれき》した。

しかし、新蔵の話の半ばで、市兵衛は風の音に乗って流れてくるかすかな呪文のような響きを、耳の隅に捉えていた。

おしょうあほだらきょう……

どうらくじおしょうごめんのごんげ……

呪文は風と絡まり、銅鑼や錫杖を振る音があちらにもこちらへもと、さ迷っていた。

市兵衛は耳を澄ました。

足音、人数、男か女か、どこからきて、どこへいこうとしているのか。

「岸屋さん」

お絹が言った。

「ご意向はうかがいました。岸屋さんのお考えはわかります。すべてが真《まこと》であれば、考える余地はあったでしょうね。ですけれど、父天外から受け継いだ磐栄屋をどのように営んでいくか、もう決まっているのです」

お絹は畳に手をつき、岸屋へ改めて言った。

「岸屋さんと磐栄屋が手を組むお申し出は、慎《つつし》んでお断わりいたします。磐栄屋は父天外の遺志を継ぎ、これまで通り、追分の地で呉服と太物の問屋として、商いを続けていくつもりでおります。どうか、よろしくお願いいたします」

新蔵は沈黙して、お絹を見つめた。

お絹は畳に手をついて顔をあげ、新蔵の眼差しを受けた。

沈黙の後、新蔵は、ははは……と笑い声をあげた。

大黒屋が、ひひひ……と応じる。

「お絹さんがそう仰ることは、わかっておりました。今日は、お絹さんとお近付きになれるだけでいいと思っておりました。お近付きになれれば、お絹さんに新蔵という商人を知っていただき、いつかともに商いのできる日がくるものと、信じておりますので。ねえ、大黒屋さん」

「へえ、ごもっともで」

大黒屋が薄笑いを浮かべた。

「まあ、今日は商いの話はこれまでとして、美味しい物をご一緒にいただいて、今後ともお付き合いをいただく商人仲間として、お近付きのしるしに一献《いっこん》を酌み交わしましょう。大黒屋さん、お料理の手配は」

「手配はしておりやす。こちらが声をかけるだけで」

「そうですか。では、料理が運ばれてくる前にわたくしは少し用を足しに。今日は冷えますのでね」

「あっしが、ご案内いたしやす」

「うん、頼みます。少々はばかりますので」

新蔵と重五は、お絹と市兵衛に会釈を送り、座を立った。

二人が座敷を出て、格子の引き戸を開閉する音がした。

風が鳴り、木々を激しくざわめかせている。

呪文はいつしか、聞こえなくなっていた。

「市兵衛さん、岸屋さんはどういう意向なのでしょう」

お絹が訊いた。

「岸屋は言葉を弄《もてあそ》んでいます。これで終わるなら、天外さんも、おそらく多司郎さんも命を落とすことはなかった。性根は大黒屋と同じです」

市兵衛は応えた。

ええ——お絹は低く言い、唇を噛み締めた。

そのとき強い風が吹きつけ、障子が鳴って隙間から、しゅっ、と風が吹きこんだ。

市兵衛は刀をつかみ、持ち替えた。

障子に人の影が差したのである。

「あ」

お絹が小さく声をもらしたが、市兵衛は黙って影を見ていた。

「くるぞ」

障子の外で影が嗄《しわが》れた声で言った。

「弥陀ノ介か」

市兵衛が声をかけた。

「入る」

障子がすっと開き、一瞬風が吹き荒んで障子が閉じられたとき、黒い岩のような塊《かたまり》が障子の側にうずくまっていた。

ごつごつした岩に、爛々《らんらん》と光る眼窩《がんか》が二つ。黒の胴着に黒のたっつけ袴、踏皮、革の鉢巻を締めていた。

お絹がその風貌に胸を衝《つ》かれたようだった。

「人数は七人だ」

弥陀ノ介が言った。

「手を貸してくれるのか」

「おぬしに何かあると、頭が悲しむのでな」

「兄上は知っているのだな」

「あの方は知っているよ。すべてな」

「お絹さん、この男は弥陀ノ介というわが友です。身分は言えませんが、怪しい者ではありません」

弥陀ノ介がお絹に小さく頭を垂れた。

「弥陀ノ介、礼は後で言う。くるのは夏長と配下か。さっき、呪文と銅鑼の音が聞こえていた」

「そうだ。どんな得物を使い、どんな技を使うかは、やはりわからなかった。たぶん

「二手に分かれて襲ってくるだろう」

弥陀ノ介は四畳半を仕切る襖を指差し、障子の隙間から大池の様子をうかがった。

市兵衛は羽織を脱ぎ、下げ緒で襷《たすき》をかけながらお絹に言った。

「お絹さん、支度を」

はい――とお絹は、かねてからこの事態に備えていたのか、袖から白い襷を出して小袖を絞り、高雄帯の後ろ結び目に隠していた懐剣を抜き取った。

弥陀ノ介がそれを見て、にやりとした。

「備えのいいことだな」

「護身用だ。闘うためではない」

「もっともだ。おぬしは正面からくるやつに当たれ。おれは搦《から》め手を受け持つ。やつらはおれがいることを知らん。都合がいい」

「よかろう。お絹さん、わたしの後ろから離れぬように」

市兵衛は言い、襖に対して片膝をついて身構えた。

そのとき、六畳間の天井、畳の下、壁の奥、襖と障子の向こう、天地四方から呪文が不気味に響《とよも》した。

和尚、阿呆陀羅経道楽寺和尚、御免の権化……

「くるぞ」

弥陀ノ介がささやき声でまた言った。

市兵衛は鯉口を切った。

襖の向こうの気配を読んだ。

風が障子と襖を同時に震わせ、錫杖がじゃらじゃらと鳴った。

和尚、阿呆陀羅経道楽寺和尚、御免の権化……

三

その一瞬、襖が左右へ吹き飛び、奇声が炸裂《さくれつ》した。

藍木綿と黒股引に総髪をなびかせた男らが身体をかがめ、長脇差を顔の高さ、斜に構えて、一斉に畳をゆらしたのだった。

数は四人。空《うつ》ろな目でまっすぐ獲物市兵衛へ襲いかかってくる。

同じ一瞬、大池側からは三人が、障子をばりばりっと突き破り乱入する。

みなためらいもなく、市兵衛へ狙いを定めていた。

始末は侍と女の二人。まず侍を倒した後に女を、ということか。

だが、刺客らの誤算は二つあった。

ひとつは四畳半から六畳へ突進する戦闘の場は、七人が動き廻るのに狭すぎた。

弥陀ノ介が三人の横合いから、ひとりに一撃を浴びせ、悲鳴をあげる男にそのまま衝突した一瞬から、戦いの火蓋《ひぶた》が切られた。

弥陀ノ介の地を這う岩の短軀が斬った男をはじき飛ばし、後の二人ともつれて三人は外の見晴らしの台へ、一気に押し戻される形になったのだ。

狭い部屋の予期せぬ方向から攻撃と圧力を受け、三人の動きが狂った。

そのとき市兵衛は、抜刀しながら先頭の刺客が叩きこむ一撃を左頰すれすれにいなし、刺客の懐へ刀身を突きこんでいた。

市兵衛の刀身は刺客の首筋を斬り裂いて、後ろへ滑《すべ》り抜ける。

刺客は目を血走らせ、脇差を捨てて懐深く入った市兵衛の握る柄と腕を抱えた。

それで市兵衛の刀と腕は引くことができなくなった。

吹き出した血と刺客の喚き声が、部屋をゆるがす突風と入り乱れた。

だが市兵衛は刀を引くのではなく、刺客に身体を預け前へ突進したのである。

びゅびゅびゅっと、市兵衛の動きが部屋へ吹きこむ風に乗ったかに見えた。

ここでも狭い部屋が祟《たた》った。

後ろの二人は先頭の身体を盾に肉迫する市兵衛の動きに惑わされ数歩引き、ひとりが市兵衛の右脇へ出ようと計った。

そのとき、刹那《せつな》の狂いもなく市兵衛の突進が止まった。

盾にされた男は押された勢いのまま二人の方へ飛ばされ、市兵衛が身体を低く折って翻った束の間には、もう右脇へ出た男の胴を抜き去っていた。

次の瞬間、不思議なことが起こった。

残りの二人が体勢を立て直して見たのは、胴を抜かれ形相《ぎょうそう》を歪めた仲間がよろけて近付いてくる姿と、部屋の隅で懐剣をかざして固まっているお絹の二人だった。

市兵衛がいない。しまった、逃げたか。

市兵衛の意外な動きに、二人はまた惑わされた。

市兵衛を追うか、残されたお絹を先に始末するか。

斬られた仲間は邪魔なだけだ。

よろよろと近付く仲間を、吹きこむ風が包んだ。

「どけえっ」

ひとりが叫び薙《な》ぎ倒した仲間の背後に、市兵衛が膝を折り静かに身構えているのが見えた。

そして見えたそのときはすでに、男の頭蓋《ずがい》は眉間の下まで割られていた。

願人坊主夏長の二つ目の誤算は、市兵衛が風の武士だということだった。

夏長は、どこへ吹くかも知れぬ風を追い、見えぬ風を斬り、どこから吹き寄せるかも知れぬ風に曝《さら》されねばならないことだった。

風など斬れはせぬということを、知らないことだった。

市兵衛は演武のように身体を反転させ、お絹へ向かいつつ一瞬の逡巡《しゅんじゅん》が隙を生んだ夏長の片腕を打ち落とした。

夏長は獣のように奇声を発し、市兵衛を睨み、牙《きば》を剝き出した。

けれども獣は市兵衛へ向かわず、片腕のままお絹へ迫った。

夏長の錫杖が、お絹へ浴びせられた。

がしっ。

お絹の懐剣が、必死に、懸命に、そしてかろうじてその一撃を堪えた。

市兵衛が夏長を背中から貫いた一刀が遅れたのではない。

ひと太刀を防ぐ隙があれば、市兵衛は必ずくる。

そして、きたのだ。

夏長は動かず、ただ喘《あえ》いで、うなる風の声を聞いていた。

「お絹さん、どいてくれ」

市兵衛は静かに言った。

お絹は脇へ逃げた。

市兵衛の突きが夏長を六畳の壁へ、どしんと押しつけた。

夏長は呻き、片腕が壁を虚《むな》しくかいた。

刀を抜くと小刻みに震え、ざざ、ざざ……とずり落ちていった。

「弥陀ノ介、弥陀ノ介え、無事か」

市兵衛は見晴らし台へ出て弥陀ノ介を呼んだ。

一方弥陀ノ介は、見晴らし台へ押し戻した男らを追った。

誰だこいつは。

不気味な黒い塊の出現に、男らの目に混乱が顕われていた。

弥陀ノ介はひとりへ岩の身体ごとぶつかり、打ち落とした刀で男の肩を砕いた。

男は飛ばされ、見晴らし台の手摺りを圧し折り、「があぁっ」と叫びながら小波の群れる大池へ弧を描いて落下して水飛沫《しぶき》をあげた。

それを見たもうひとりは、見晴らし台を飛びおりて逃げる。

池と汀の枯れた水草が男を遮り、男は床下へ這った。

床下の乾いた土を吹き通る風が舞いあげた。

男はたちまち土埃にまみれ、藍木綿の衣服が白くなった。

床下を這い、向こうへ出れば、後は走って逃げるだけだ。

動きがもどかしい、と思った刹那、太くごつい掌が背後から男の顎を持ちあげた。

身体に重たい岩が伸《の》しかかり、男は潰れた。

「逃がさんぞ」

岩が耳元で言った。

男の喉首に冷たく鋭利な風が貫いたように覚えた。

しゅうっと音がし、男の口の中に血があふれた。

四

「おう、大丈夫だ」

弥陀ノ介は床下から這い出て、見晴らしの台へ軽々とのぼった。

「やったか」

弥陀ノ介は言った。

「どうにか。手強かった」

市兵衛は応え、血のついた刀をさげた。

「お絹さんは」

うん？

振りかえると、部屋にお絹が見えなかった。

「お絹さん」

市兵衛が呼び、部屋へ戻ったが、男らが転がっている以外、お絹の姿がない。

「いかん。お絹さんは大黒屋と岸屋を追ったのだ」

市兵衛と弥陀ノ介は外へ走り出た。

外では茶屋の仲居や男衆らが、恐る恐る離れをのぞいていて、仲居らは血だらけの市兵衛と弥陀ノ介に怯え、悲鳴をあげた。

「女はどこへいった」

ひとりの下男の首筋をつかんで市兵衛は叫んだ。

「へ、へい。大黒屋さんらを追って、神社の、ほ、方へ……」

市兵衛は下男が言い終わる前に走っていた。

茶屋の並ぶ池堤の道を抜け、樹林が風に騒ぐ坂道を駆けのぼる。

すぐに熊野《くまの》神社の石段が見えてくる。

たたたた……

息ひとつ乱さず、石段を駆けあがった。

石段をのぼった左手に清めの水場があり、二基の燈籠と本殿がそびえていた。

右の方には、神楽の社殿、鳥居が本殿正面に立ち、林間の道へつながっている。

境内に人の姿はなく、旋風が砂を舞いあげていた。

「お絹さん」

市兵衛はまた叫び、林間の道へ走った。

そのとき、
ひゅうん……

市兵衛が危うく身をそらした傍らを、黒い蛇が飛んだ。

蛇は土を嚙み、ぼっと土煙をあげた。

即座に、じゃらっと音を立てて引き戻される。

本殿を背に、鎖と鎌を持った男が立っていた。

ずんぐりとしたごつい体軀に、日焼けした顔と太く骨張った顎。紺縞の山着に山袴、脛巾《はばき》で裾を絞り、素足に草鞋。

秩父の山間で渡り合った山賤《やまがつ》のこの姿を忘れはしない。

するとあの女は？

市兵衛が鳥居へ振り向くと、同じ粗末な山着に山袴と黒い脚半の痩せた背の高い女が、妖しげに佇《たたず》み市兵衛へ笑いかけた。

腰に帯びた一刀が、唐の女ではなく、山の女になっていた。

にもかかわらず、女は妖しく艶めいている。

黒髪が風に波打ち、真赤な唇が燃えていた。

市兵衛は猪吉へ見かえった。

猪吉は分銅のついた鎖を右左と廻し始めた。

風のうなりではなく、鎖が獲物を見つけて吠えているのだ。

市兵衛は青眼に構え、それから八双にかえした。

背後の女には微塵も考慮を払わない。

「大市、以来だで」

猪吉が言いながら、じり、じり、と間を詰めてくる。

あっとおおっ――

遅れて石段を駆けあがってきた弥陀ノ介が、雄叫びを境内の空高く響かせ、短軀の頭上に大刀をかざし、鳥居の女へ打ちかかっていったのだ。

女はひらりと弥陀ノ介の一刀をかわした。

「女房が、おめえを殺せと言うだで、女よりまずおめえだ」

猪吉が言った。

「ここには、獣が身を隠す山はないぞ。山へ帰れ」

市兵衛は応じた。

「おめえなんぞに、負けねえ。女房におめえの肝を食わしてやるだで」

びゅんびゅん……

吠える鎖が市兵衛へ、まさにつかみかかろうとしている。

市兵衛の痩躯に絡みつき、山賤の鎌でひと薙ぎすれば終わる。

あるいは、分銅と鎖が鉄棒となって、市兵衛の頭蓋を砕き、それから鎌でゆっくり料理するのも簡単だ。

びゅんびゅん……

風が境内に旋風を巻いた。

「一発で仕止めるだで」

市兵衛は膝をやわらかく折った。

刹那、最初の回転が、市兵衛の顔面をうなりをあげて襲った。
だが市兵衛はわずかに動いただけだった。
鎖の旋回は一寸の間を残して、市兵衛に届かなかった。
うん？
猪吉は、ざざっと一歩踏みこんだ。
次の旋回が、今度こそ市兵衛の頭蓋を砕く。
「それえっ」
市兵衛の上体がゆるやかにそよいだ。
分銅は、市兵衛の頭上一寸の高さを、ぶうんと空転した。
また猪吉の目算が狂った。
くそっ、なぜだ。
猪吉に、市兵衛の風の剣の動きが読めなかった。
怒った猪吉が鎖を廻して戻す一瞬、市兵衛の身体が旋風となって宙に翻った。
あいやあ――
猪吉は応変する。
旋回する鎖は宙へ翻った市兵衛へ、狙いを違《たが》わず伸びた。

かざした刀身に分銅が、からり、と巻きついた。

と分銅を巻きつかせたまま、宙の市兵衛は猪吉の頭上から一撃を浴びせかかる。

そのとき猪吉は、鎌で相打ちを狙うべきだった。

己の生を捨てて、浮かぶ瀬にすがるべきだった。

だが猪吉は、そうはしなかった。

鎖を両手でつかみ、市兵衛の打ちこみを防ぐべく、両手を一文字に張って天にかざしたのだ。

秩父の山では、それで防げた。

一撃を跳ねかえし、鎌で首を削ぐ。

防げるはずだと、猪吉の気位が思わせた。

その一撃の音を、風のうなりがかき消した。

市兵衛は天を仰ぐ猪吉の半間手前におり立った。

身体をかがめ、刀を下段に止めた。

山の獣が吠えた。

二つに切れた鎖が、天へかざして身動きしない猪吉の両手から力なく垂れていた。

「ここに山はない」

市兵衛が見あげて言った。
山の獣が泣いた。
瞬間、猪吉の脳天から吹いた血飛沫《しぶき》が、風を朱色に染めた。
女は猪吉の吠える声を聞き、本殿の前で崩れるさまを見た。
弥陀ノ介が執拗に斬りかかる。
女は宙を舞い、回転し、攻撃を巧みにかわしつつ、打ちかえしてきた。
けれども、二人の姉を討った仇《あだ》を報いる怨念が急速に萎《な》えていく。
弥陀ノ介は、女が萎えた隙を見逃さず、嵩《かさ》にかかって攻め立てる。
とおおっ。
弥陀ノ介の袈裟に打ちこんだ一刀がかわされ、鳥居の柱へ食いこんだ。
しかし女は弥陀ノ介に打ちかえさなかった。
後ろへ二度三度回転し、大きくさがった。
「おまえなどに、二度も討たれはせぬわ」
女は弥陀ノ介に吐き捨てた。
市兵衛へ一瞥《いちべつ》を投げると、周囲の森へ妖艶に高らかに笑い声をまいた。

そしてくるりと踵《きびす》をかえし、樹林の彼方へ姿を消していった。

間違いない。

市兵衛の言った通り、東明寺橋で戦《たたこ》うた、唐の女だ。あの女、生きておった。

なんということだ。

弥陀ノ介は、わけのわからぬ思いがたぎるのを、覚えていた。

五

熊野神社からの樹林を東へ抜け、畑と武家屋敷の土塀が並ぶ野の道を、岸屋新蔵と大黒屋の重五が息を切らし、ふらふらと駆けていた。

ともかくも、この方角へ走れば、新宿へいきつくはずだった。

風が茗荷《みようが》畑の土を巻き、二人に容赦なく吹きつけ風景もよくわからない。

「えらいことになった。もうおしまいだ」

新蔵が泣き言を言うのに、重五は何もかえせなかった。

とにかく今は、身をどっかへ隠さなきゃあならねえ。

唐木市兵衛、あいつあ、ば、化物だ。あんな男は、相手にしてられねえ。

脇差を差しているが、あんな化物にはなんの役にも立たねえ。

重五は袖で、砂塵を防いだ。

道は林の中へ入り、砂塵からはまぬがれた。

「わたしは、鳴瀬さまの、下屋敷へ、いきます。あそこなら、安全だ」

新蔵が喘《あえ》ぎ喘ぎ言った。

「へえ、そうしやしょう。あっしもお供を」

「おまえは、新宿の、己の家へ帰れば、いいじゃないか。て、手下も大勢いるだろう」

「そんな、今さらそりゃあ、あんまりだ。旦那さま」

「知らないよ。おまえのような、やくざは、武家屋敷には、は、入れないんだよ」

「旦那さまあ、どうかあっしを、見捨てねえで、くだせえ」

重五は泣き声になった。

だが重五は、追いかける新蔵の背中にぶつかった。

新蔵が立ち止まったからである。

「重五、じゅうご……」

新蔵が不意に重五の後ろへ隠れようとする。

見ると、道の先に渋井鬼三次が顔をしかめ、荒い息をついていた。

後ろに手先の助弥が、これも息を荒げて従っていた。

「大黒屋、岸屋、てめえら、捜し廻ったぜ」

定服の黒羽織も、白衣の着流しも、走り疲れて、前襟の胸元が乱れている。

冷たい風の中にもかかわらず、二人とも汗をかいていた。

渋井の後方に鳴瀬家新宿下屋敷の練塀があり、潜り戸が見えている。

「二人とも、ふん縛ってやる。逆らったら打《ぶ》った斬るぞ」

朱房の十手は助弥が持っている。

渋井は刀を抜いて垂らした。

「神妙にしやがれ」

「重五、な、なんとかしてくれ。鳴瀬さまへ逃げこめば、こっちのもんだ」

「じゃあ、あっしも、匿《かくま》ってもらえやすね」

「ああ、やるから、なんとか、なんとかしてくれ」

重五は脇差を抜き、息をはずませながら、右上にかざした。

「腐れ役人、じゃ、邪魔だ。どど、どきやがれ」

「糞ったれ、歯向かう気だな。打った斬ってやる」

わああ、と斬りかかってきた重五の刀を渋井は、ちゃりん、と払い、

「こん畜生っ」

と袈裟懸けに重五へ浴びせた。

「あたっ」

重五は肩を押さえてよろけた。

その隙を狙って新蔵が渋井の脇をすり抜けた。

「どぶねずみが、てめえだけ逃げようたって、そうはいくか」

渋井は新蔵の後を追いかけ、背中へひと太刀に落とす。

新蔵は悲鳴をあげ、よたよたと鳴瀬家の潜り戸へ泳いで逃げる。

「止《とど》めだ」

いきかけた後ろで、助弥が叫んだ。

「旦那あ、だんなあ……」

見ると、十手で応戦する助弥に、血まみれの重五が必死に斬りかかっていた。

助弥は尻餅をつき、重五の打ちこみを払うのが精一杯だった。

「おおっとっと」

渋井は身を翻した。

だだだっと駆け戻り、

「食らえっ」

と重五の脇腹を薙《な》いだ。

重五は顔を歪め、腹を押さえて林の道へ戻り始めた。

引きずった刀を、がしゃりと落とし、ゆらぎながら、それでも逃げようとする。

その重五の前に、お絹が懐剣を突き付け、立っていた。

「卑怯者」

お絹は、やっと追いついた重五に言い放った。

しかしお絹の息も乱れていた。

重五は、手を差し出し、苦悶に顔を歪めて言った。

「たすけて……たすけて、くれ」

重五はお絹の方へよろめいた。

渋井が重五の後ろから、お絹に叫んだ。

「親の仇《かたき》討《う》ちだ。見逃すぜ。止めを刺しな」

重五は血だらけだった。

よろめき、膝を折り、それでもお絹に手を差し出していた。

「お絹……さん、た、たすけて、頼む」

お絹は懐剣の柄を両手に握り、言った。

「お父っつあんと兄さんの仇」

重五の前へ進んだ。

お絹はそこで止まり、重五を睨みながら、大きく肩で息をした。

そのとき道の前方の武家屋敷に、岸屋新蔵が潜り戸から助け入れられているのが見えた。

道の後方からは、砂塵の中を市兵衛と弥陀ノ介が駆けてくる姿が小さく見える。

お絹は重五へ眼差しを戻した。

凶悪な男だが、血まみれになり、死に瀕《ひん》してもなお命を乞うこの獣に、お絹は一片の憐れみを覚えた。

お絹は重五を刺せなかった。

もう、すんだのね――お絹は思った。

朱をおびた頬に、ひと筋の涙を伝わらせ、

「お、お父っつあんと、多司郎兄さんの、仇……」

とだけ言った。

終章　風立ちぬ

一

麴町二丁目、江戸屈指の呉服問屋岸屋の、書院造りふうの普請に構えた奥の座敷に、着物の襟元からのぞく包帯も痛々しい岸屋新蔵が、片腕を晒《さら》しで吊り、片腕だけ畳に手をついて頭を垂れていた。

書画の掛軸をかけ、紅侘助《わびすけ》の花を活けた花瓶をあしらった床の間を背に、鳴瀬家江戸家老が内々の訪問なのか無紋の羽織で、新蔵と向き合っていた。

初老の江戸家老は、扇子で膝を小刻みに叩いていた。

縁廊下の腰障子に、十一月末の昼さがりの明るさが透き通っていた。

江戸家老が沈黙を置いて言った。

「……とまあ、岸屋、そういうことだ。広田式部はお役ご免になって昨日犬山へ戻った。殿のご立腹なのめならず。広田家改易、式部は腹を切らされるかもしれんのだ。新宿追分地面お召し上げなど、吹き飛んでしもうたわ」

新蔵は、さらに平身した。

「滅多にないことだが、隼人正さまはご老中の評議の場へ呼ばれてな。このたびの一件につき、きつい咎《とが》めのお言葉を受けられたそうだ。御三家尾張さまのお取りなしがなければ、鳴瀬家もどうなったかわからん」

頭を垂れた新蔵の鼻先から、冬にもかかわらず、汗の雫《しずく》が滴《したた》った。

「とにかく、粗暴極まりない。愚劣なるやくざなどを手先に、昼日中から襲撃をかけるなど、いつの時代の話かと、みな呆《あき》れておるわ」

江戸家老は、苛々と扇子を震わせた。

「岸屋、岸屋も闕所《けつしよ》になる話が出ていたのだぞ。幸い、大黒屋重五なる不逞《ふてい》の輩《やから》が死んだことで、一連の謀《はかりごと》がすべてかの者の仕業となって、そこまではという意見が一部幕閣から出たそうだ」

「何とぞ……」

新蔵は泣くようなか細い声をもらした。

江戸家老は、ふう、と溜息をついた。威しがすぎたと思ったのか、口調を少しやわらげた。

「殿には、岸屋の藩邸お出入り停止《ちょうじ》を命ぜられたが、とは言え、岸屋と鳴瀬家とのこれまでの長いご縁がございますのでそこまではと、われら藩の重役ら一同、殿に申し上げ、殿も思い止まられた」

鳴瀬家は岸屋から、先々代より莫大な借財を負っている。

藩の台所事情は火の車であり、内心は岸屋を怒らせるのは恐い。

「そこでわれら重役一同相談してな、老婆心ながら忠告するのだが、岸屋、店を長男に譲り、隠居してはいかがか。長男はまだ幼いと聞いておるが、有能な番頭が補佐をすれば、これだけの店、差し支えはなかろう」

江戸家老は頭を垂れた新蔵の様子をうかがった。

「そうすれば、一応のけじめが、世間に示せるでござろう。すべては大黒屋重五が独断で行なった暴挙ではあるが、多少ではあってても大黒屋ごときとかかわった責任のけじめをつけるという意味で身を引く。さすれば、みな納得するのではないか」

新蔵は言葉をかえせない。

ただうな垂れ、畏まっていた。

けれど――と新蔵は内心思った。

みんなわたしが悪いのか。みんな知っていたのではないのか。殿もご重役方も。見て見ぬ振りをしていただけではないのか。みんな、岸屋からの追分地面払い下げの謝礼金や冥加金を当てにしていたのではないか。

己らは手を汚さず、わたしと広田式部が裏で仕切るのを、表から安閑《あんかん》と眺めていたのではなかったか。殿もご重役方も……

けれど、新蔵は冷汗を垂らしつつ、黙って聞いているしかなかった。

同じ日の同じ昼さがり――

上野池之端は新土手のはずれに近い出合茶屋の並び、粋な黒板塀と見越しの松、竹林、桂の木々に囲われた瀟洒《しょうしゃ》な二階家の天城では、江戸呉服問屋仲間の大旦那衆の密かな寄合が開かれていた。

十一月末の不忍池が眺めのよい二階の十二畳の座敷に、江戸屈指の大店、江戸の呉服問屋仲間（組合）を差配する越山屋、白鷺屋、大菱屋、松浪屋の四人の主が顔を揃えていた。

寄合は、文化文政へと続く好景気に沸く世の、商いも順調な大店の主が顔を揃え話し合う特別な事案もなく、月に一、二度のこの影の寄合の後の、宴席と金に糸目をつけない旦那賭博のお楽しみへと移っていた。

不忍池と上野のお山の眺めも明媚《めいび》に、都鳥が遊び、響き渡ってくる寛永寺の鐘の音も長閑《のどか》な十二畳の座敷で、山海の珍味と芳醇な下り酒を味わいつつ、管弦や女たちを一切交えず、さいころ賭博に数十両もの金を平然と賭ける。

勝っても負けても人品風格を投げ捨てて夢中になり、忘我妄執の旦那賭博に興じるひとときを、主たちは忙しい仕事の合間の息抜き、お楽しみにしていた。

但し、賭博はご法度、お上に知れると咎めを受ける。

ましてや江戸のお上も一目置く有力町人が賭博など、とんでもない。

だから上野池之端の、隠れ家ふうの寄合茶屋でなければならない。

「で、本日の胴取は松浪屋さんですな」

「さようです。みなさん、ご用意はよろしいですか」

四人の主たちは、盆茣蓙の周りへ小ぢんまりした車座を作った。

それぞれの財布の中には小判がうなっている。

「今日は初手から威勢のよかった岸屋の新蔵がおりませんから、まずは穏やかに、小手調べからまいりましょうかな」

「さようですな。勢いばかりで勝負に弱い男でしたから、いいお客さんになってくれて、ちょっと残念ですが」

みなが、ちゃりんちゃりんと、白い莫蓙の己の前に小判を重ねていく。

「けれど、どうもあの男の粗雑さには、閉口させられました。なんと申しますか、育ちが悪いと申しますか、金さえ儲ければいい、という思惑が見え見えで」

「あの年で、隠居の噂が出ておりますね」

「やむを得んでしょう。新宿みたいな田舎に別店を構えるなどと、何を考えておったのでしょうな。見る目がないと申しますか、商いがわかっていないと申しますか」

「そうそう、本人は己を有能と、思っておりましたがな」

「己が仕かけて己ひとりで転んでおる。要するに、頭が悪いのですよ」

四人が声を揃えて笑った。

ところへ、天城の肉付きのいい女将が、「ごめんください」と襖を開けた。

女将はこそこそと入ってきて、四人に小声でささやいた。

「ただ今、御殿お女中がお休みをなされたいと、あちらの小座敷においでになりました。ひと休みなされましたら、すぐお発《た》ちでございましょうから、少しの間、お静かにお遊び願います」

主たちは、「ほう、御殿女中が……」と顔を見合わせ、頷き合った。

女将の話では、鋲打ちの乗物が、黒木綿の帯を締めた端下二人と草履取り、挟み箱持ち、二本をりゃんと差した供侍までを従え、つい今しがた店の前にきた。

供侍が厳めしく店に入ってきて、

「御女性が暫時お休みなされたい仰せであるから、座敷を借りたい」

と言うので、女将は、

「あいにく今日は旦那さま方の寄合がございまして、貸し切りになっており、座敷がございません」

と断わった。

ところが、断わっている間に乗物から若く美しいお女中が現れ、鷹揚に店へあがってきたため、女将も「しょうがない」となった。

お女中と供の侍を二階の小座敷へ通し、茶と煙草盆を運び、それから四人の主たちの部屋へ、これこれと告げにきたのである。

四人は、ちょっとの間は静かにと、岸屋新蔵の噂もこれまでにして、ひそひそ笑いに小判を積む音も立てず、丁半勝負が始まった。

すると間もなく、座敷の襖が声もかからず開いたから、見あげた主たちは驚いた。

濃い白粉《おしろい》に厚い紅の、前髪が締まって髱《たぼ》の長く出た片外しが格別な、年齢と言い艶やかさと言い、威厳《いげん》もあり品も備わった、極彩色の錦絵に描いたようなお女中が、すっと立っていた。

廊下には供侍が控えている。

お女中は、主らの側へしゃなりしゃなりと寄り、にっこり見廻し、

「みなさま方には、よきお慰みじゃな。こちらもご奉公以前はしばしばたしなんでおったゆえ、よろしき折り、お仲間入りいたしたきところながら、今日はお参内の途中、お暇取るのもいかがかと次のご定日には必ず、お相手をお願いいたしましょう」

と脂粉をまきちらした。

そして、四人の持つ小判のうなる財布を重々しく取り上げつつ、

「これはたいそうなお慰み。みなさま、さすがに旦那衆。今日のお近付きのしるしにこれはお預かり申し、この次のご参会に持参いたす。よいな」

と凄艶に微笑んだから、四人は見惚れ呆れているばかり。

ようやくひとりが気付き、

「それは子細ある金子《きんす》で、困ります」

と言うのを、お女中はたじろぎもせず、

「そう仰るのは越山屋さん、こなたは松浪屋さん、大菱屋さん、白鷺屋さん、みなさま知らぬ者とてなき江戸屈指の大店の主、お預かり申すがご不承ならばそれまで。その代わりご難儀がまいろうなあ」

お女中は着物の裾を翻した。

「これをお預かり申せば、こちらもお仲間。誰あって、あれこれ申しましょう。ご不承か。ならばおかえし申すが」

「いえ、決して不承知ではございません。どうぞお持ちくださいませ。その代わり、この場の儀はこれ切りにて、何とぞお願い申します」

胴取役の松浪屋の主が言った。

お女中は悠々と聞きすまし、財布を抱えて廊下を戻る後ろで、供侍が襖を閉ざした。

四人の主たちは、呆然としているばかりだった。

ほどなく奥女中の一行は、女将に茶代五両、店の者への心付け百疋を置き、

「ご丁寧に、ありがとうございます」

と女将らに見送られ、湯島の方へぞろぞろと去っていった。

半刻（約一時間）後、湯島の茶屋のひと部屋。

かの奥女中が、濡れ烏《がらす》のような艶のある黒髪を、小弁慶の袷に繻子《しゅす》と博多の腹合わせ帯を締め、片膝立てたあられもない格好で、木櫛で撫で付けている。

その側で、供侍がお女中の脱ぎ捨てた鬘やら襠裲《かいどり》やら己の大小やらを風呂敷へ包んでいる。

供侍は鋲打ち乗物の損料に酒手を添えて人足らに渡し、帰したところである。

そこへ襖を開けて、着流しの渋井鬼三次が、鬼しぶのちぐはぐな目に眉尻のさがった顔を、にゅうっとのぞかせた。

「おや、旦那、お疲れさんで」

お女中の姉御が、にっと笑った。

「うまくいったようだな」

「へい。連中、ぽかんとしておりやした。何が何やら、さっぱりわからぬ風情で……」

と供侍が言った。

お女中の姉御と供侍の男は、木更津《きさらづ》のおさいと水すましの沼二《ぬまじ》という騙《かた》りを主な稼ぎにする夫婦者である。

特におさいの御殿女中物は、裏街道では知る人ぞ知る得意の狂言騙りだった。渋井は二年前、おさい、沼二が蔵前《くらまえ》の札差《ふださし》をやはり御殿女中になりすまして騙った尻尾をつかみ、一度はお縄にした。

だがその妙に痛快で大金持ちばかりを狙う手口が気に入り、渋井は二人が影の手先になることを約束させ、こっそり解き放ってやった。

で渋井はその日、おさい、沼二に得意の御殿女中物の狂言をちょいと持ちかけたのだった。

おさいが新しい布切れの包みを渋井の前へ置き、

「これが旦那の取り分ざんす」

と言った。

「よせよ。盗っ人からぴんはねはしねえよ。おれはあの連中からたっぷり付け届けをいただくのさ。これはおめえらで分けな」

渋井はにやにやしている。

「とにかくおめえら、その金で三年は江戸を離れてるんだぞ。おめえらが疑われねえように、後はおれが細工しといてやるからよ。ふん、あの糞連中も、ちっとは慌てたろう。ざまあみやがれってんだ。大きにおやかましゅう」

そう言い残して、渋井はぷいと背中を見せた。

二

月が明けて師走になった。

上旬のある日の午後、神田三河町の請け人宿宰領屋の、腰高障子を両開きにした店土間へ磐栄屋の小僧丸平が、十歳にしては小柄な胸を反らして入ってきた。

店は午前のかき入れどきがすぎ、昼飯もすんで、壁のちらしを見て廻っている客はまばらで、八畳ほどの店の間で順番待ちをしている客の姿もない。

帳場格子の白髪頭の番頭さんやらお仕着せの若い衆や小僧らが、算盤をはじいたり、ちらしに奉公先の諸々の要件らを書き付けたりしている。

丸平は落ち縁に膝であがり、店の間のあがり框に手をつき首を伸ばした。

店の間の奥続きに、主人矢藤太が客の応接用をかねて使っている部屋の障子が二尺ほど開いている。

その部屋から、大人の男らの話し声や笑い声が聞こえていた。

帳面などを山積みにした棚の端が見えている。

丸平は、障子の陰へくりくりした目を泳がせた。

「申し、矢藤太さん、新宿の磐栄屋の使いの者です。申し、申し、ご主人」

帳場の使用人らが、ませた物言いをする丸平を見て笑った。

見覚えのある年かさの妙に大人びた小僧が、丸平にむっつりとした顔を寄越している。

と、障子の陰から、総髪に一文字髷を載せた男が顔だけを出した。

「あ……」

丸平は男と目が合い、ぽそりと声を出した。

唐木市兵衛が丸平に、に、と微笑んだ。

「よう、丸平さん、元気そうだね」

「市兵衛さん、ここで何をしているんだい」

「何をしているって、請け人宿に新しい奉公先を頼みにきたのさ。宗秀先生も見えてるぞ。丸平さん、ちょいとあがっておいで。かりん糖があるから」

市兵衛が丸平を手招いた。

丸平はむろん、甘い物は大好きである。

菓子など、しょっちゅうは食べられない。かりん糖と聞いて嬉しくなった。

「なら、少しお邪魔しましょうかね」

丸平はませた口調に戻り、あがり端にかけて足袋の汚れを手で払った。

「やあ、磐栄屋の小僧さん。先だっては世話になった」

医者のくせに剃髪にせず、白髪交じりの薄くなりかけた総髪に髷を結った宗秀先生が、湯呑を手にして笑顔を丸平へ向けた。

宗秀先生は、主人天外の傷が悪化した折り、市兵衛に頼まれて、激しい雨の中を柳町の家まで丸平が迎えにいったのだ。

帳面を積んだ書棚の他に柳行李が隅に積んである六畳部屋に、主人の矢藤太が奥のまいら戸を背に座り、左右に宗秀先生と市兵衛が着座し、三人の真ん中には、大皿に盛った黒砂糖色のかりん糖と見たこともない黄色い菓子らしき物が置いてある。

皿の側には一升徳利が二本と、三人の湯呑があった。

市兵衛は顔色は変わらないが、矢藤太と宗秀先生はほんのり目の縁を赤らめている。

「主人天外が生前はひと方ならぬお世話になり、まことにありがとうございました。それからご主人、今日はお絹さまから、奉公人の斡旋の件を訊ねてくるようにと、託《ことづか》ってまいったのです」

丸平は部屋へ入ると、宗秀と矢藤太へ手をついて述べた。

「わかってるわかってる。まあいいから、菓子でも食いなよ」

矢藤太は、にやにやと機嫌よく言い、湯呑を気持ちよさそうに呷《あお》った。

「丸平さん、そこに座って。かりん糖は知ってるな。これはな、かすていらという南蛮の菓子だ。宗秀先生が京橋の菓子屋が造り始めたというので、買ってきてくださったのだ。甘いぞ。食べてごらん」

と市兵衛が勧める。

かすていら、の名前は聞いたことがある。だが食べたことはない。

丸平はそっと手に取った。

やわらかくてさらさらしている。

「丸平さんは酒はまだだめだから、茶がいいな」

市兵衛が火鉢に架かる鉄瓶の湯を急須に入れ、それを湯呑にそそいで、丸平の膝の前に置いた。

丸平はかすていらをひと口かじった。

宗秀先生が、どうだ、という顔で見ている。

ぼそぼそとした不思議な甘さが口の中に広がった。

なんだろう、これは。最中《もなか》や饅頭《まんじゆう》の餡子《あんこ》の甘さと違うし、行商から買い食いしたあやめ団子やお駒飴《こまあめ》ともまるで違う。

「旨いだろう?」

市兵衛が言い、丸平は食べながら目をぱちくりさせ、頷いた。

宗秀先生が笑った。

三人はかりん糖とかすていらを肴に、徳利酒を旨そうに呑んでいる。

「みなさんは、お酒とかりん糖を一緒に召しあがるんですか」

「これもな、宗秀先生に教えていただいたのだ。酒に甘い菓子は合う」

と市兵衛が言った。

「殊に冷酒とかりん糖はよく合う。小僧さんも酒を呑むようになればわかるだろう」

宗秀先生がそう言って、かりん糖を小気味のいい音を立ててかじった。

「まったく、意外にいける。ちょっと癖になりそうだ」

と、矢藤太もかりん糖をかじる。それから、

「小僧さん、磐栄屋さんは繁盛して、忙しそうだね」

と丸平に言い、湯呑を呷った。

「はい。うちは今、猫の手も借りたいくらいです。今月明けてから、秩父の贄川村の

草次郎さんから白絹が入荷して、毎日大騒ぎです」

「贅川村の草次郎さんから入荷があったのか。そうか、あのときの草次郎さんか」

丸平は、かすていらを頬張りながら頷いた。

「それから、今月中旬からまた古着下取りと大幅値引きの年の瀬の催しを、今度は大晦日まで日数を延ばして打ちます。長介さんと安吉さんが中心になって、次はああしようこうもしようと、いろいろ案を練っているところです」

「なるほど。ではもっと忙しくなるな」

「けど岸屋へ勤め替えしていた手代の兄さんが二人、先だって磐栄屋へ戻ってきて、だいぶ助かっています」

それはよかったと、市兵衛は頷いた。

「それでもまだ人手は足りないんだろう。市兵衛さんが勝手に辞めちまって迷惑をかけたな」

矢藤太がにやけて丸平に言った。

「勝手になど辞めるか。商家には侍のおれがいても、やることが少ないのだ。お絹さんの用心棒が必要な間はわたしを雇うことに意味はあった。だが、用心棒の役目に用がなくなったら、わたしが磐栄屋にいても、ただ飯を食ったうえに給金までもらうことになる。だから辞めたんだ。お絹さんも承知だ。さっきも言ったではないか」

　市兵衛は矢藤太へ言いかえした。

「小僧さん、言ってたよな。お絹さんはしょ気《げ》てたって」

矢藤太は、本気なのか市兵衛をからかっているのか、昼間から酒に赤らんだ顔がだらしなくゆるんでいる。

「それはな、慈《いつく》しんでくれた身内の兄と父を片時《へんじ》のうちに失い、辛く悲しい思いを沢山したからだ。たとえ露の間でも、ともに親しくすごした知人が去るのは誰しも心細く寂しい」

市兵衛は丸平へ見かえり、

「それにお絹さんは芯の強い女《ひと》だ。磐栄屋の暖簾を守り、守《も》り立てていく己の役目を父親天外から託された女名前（代表者）の女将さんなのだ。いつまでも小娘のように心細がってなどいられるものか。なあ丸平さん、そうだよな」

と同意を求めた。

さようです——と丸平はかすていらの二つ目を取り応えた。

「ただな、女名前は後見人を立てて三年までだ。三年のうちに、養子婿を迎えて男名前に変えなきゃならねえ。お絹さんには、誰か意中の人がいるのかい」

「そんなこと、矢藤太が心配することではない」

「って言うか、お絹さまには言い交わした人が、いるみたいですよ」

丸平が言い、市兵衛はちょっと驚いた。

「噂ですけれど、近ごろ、お店はその話で持ち切りです」

「噂の相手は、どんな人なんだい。やはり、同じ商家の人かい」

矢藤太がにやにやして訊いた。

「同じ商人ですけれど、それが、市兵衛さん、若衆の安吉さんなんですよ」

安吉と聞いて、市兵衛はちょっとではなく、啞然とするほど驚いた。

「ああ、安吉とは、もしかしたら、そばかすだらけの、色の白い、気の優しいと言うか、気の弱そうな兄さんか」

と宗秀が面白そうに口を挟んだ。

「そうですそうです。へまばかりして、長介さんによく叱られている兄さんです。お絹さまもたびたび小言を言ってたのにね、市兵衛さん」

「そう言えば、天外さんの治療にいった折り、お絹さんを手伝って甲斐甲斐しく看病をしていたな」

「だからですよ。長介さんは安吉さんに、お店の仕事があるんだからって、苦情を言ってました」

「だがあの兄さんなら、難しくなさそうで、いいかもしれんな」

宗秀が、ははは……と笑った。

市兵衛は、お絹より二つ下のそばかすだらけの顔を赤らめ、恥ずかしげに目をそらす安吉を思い出した。

古着下取りと大幅値引きの腹案に、思いもよらず、安吉は賛同を表した。

市兵衛が手代や小僧らと初めて夜食を摂ったとき、安吉だけが大坂と江戸の問屋仲間の数に関心を持っていた。

表には出さないけれど、あれで安吉は商いへの思いを胸に仕舞っているのだ。

今少し、己を表に上手く踏み出せるようになれば、いい商人に育つだろう。

いやいやそれはそれとして……

と市兵衛は、微笑ましく思った。

お絹は案外、安吉の己を上手く表に出せない朴訥《ぼくとつ》な、気立ての優しそうなところを、小言を言いながらも憎からず思い、前から心を寄せていたのかもしれない。

お絹には、そういう気質がある気がした。

天外の強い遺志を受け継ぎつつも、あの風の日、お絹は新宿の野で瀕死の傷を負って倒れた大黒屋の重五にすら、憐れみを覚え涙を流していた。

お絹は、憎しみの心よりも慈しむ心の方が、ずっと豊かなのだ。

「安吉さんは、お絹さまのお尻に敷かれますよ。安吉さんじゃあ、あのしっかり者のお絹さまには、とてもかないません。みんな言ってますから。うふふ……」

と、丸平は十歳のくせにませたことを言って笑い声を立てた。

市兵衛は湯呑の冷たい酒を口へ運びつつ、そんなことはないさ、丸平さん、と心の中で呟《つぶや》いた。

二人はきっと、互いをいたわり合い、仲睦《むつ》まじく暮らすだろう。

お絹は可愛い子を産んで慈しみ育て、安吉は亭主らしく、愛《いと》しい女房と子のために、一生懸命商いに励み、立派に磐栄屋を営んでいくだろう。

そうして、あの新宿追分の宿場町で、誰もがそよ風のように微笑みたくなる小さな家《うち》を、末永く築いていくだろう……

二人はあれで似合いの夫婦なのだよ、丸平さん。

市兵衛はひとり頷いた。

解説――己《おの》れの生き方を貫いた男

（文芸評論家）縄田一男《なわたかずお》

本書『雷神　風の市兵衛』は、今年平成二十二年三月に書下し刊行された『風の市兵衛』のシリーズ第二弾。この刊行ペースのはやさからも作者がこのシリーズにかける意気込みが了解されよう。

私が『風の市兵衛』について、日経夕刊の書評コラムで書かせてもらったのは、主人公の魅力やストーリーテリングの妙もさることながら、何よりもこの作品に、あたたかい人のぬくもりを感じたからである。汚名の中で一家の主《あるじ》を失った旗本の未亡人とその息子――特に八歳の息子・頼之《よりゆき》に対する市兵衛の慈愛《じあい》に満ちた眼差《まなざ》しが静かな感動を呼んだのである。

そして本書『雷神』を読みはじめるや、請け人宿〈宰領屋《さいりようや》〉でおろおろしつつも、自分が命じられた役目を果たそうとしている磐栄屋《いわさかや》の小僧・丸平《がんぺい》が登場。今度は市兵衛とこの少年の物語が軸として用意されているのかと、楽しみにページを繰《く》りはじめた。

　が、この第二弾、とてもそれだけで終わるような作品ではなかった。そして本書を読了した時、私は掛け値なしにこう思った――本書は、一作目の二倍は面白い、と。さらにその面白さが作中人物の人間性を掘り下げることによって生じている点に、この作者の並々ならぬ力量を感じずにはいられなかった。

　その説明に入る前に、はじめて本シリーズを読む方のために、主人公である唐木市兵衛の横貌《よこがお》を作中から拾っていくと、「血の気の薄い色白に、鼻筋が通り、目尻の尖《とが》った奥二重《ぶたえ》の目付きのきつい表情を、さがり気味の濃い眉が和《やわ》らげ、ひょろりと痩《や》せた風貌は、侍らしい腕っ節の強さや厳《いか》めしさをまったく感じさせなかった」とある。本人いわく「語るべき身分はなく、渡りの用人勤めにより口に糊《のり》しています」という、滅法《めっぽう》、算盤《そろばん》に強い変わった侍なのである。

　そして市兵衛がつかうのは、「吹き荒れる嵐、頬を撫でるそよ風」が生んだという〈風の剣〉――時に哀しく、時に激しく、またある時には凄《すさ》まじい怒りとともにふるわれるその太刀筋からか、人々はいう。「あの男が現われると、風が吹くのだな……」と。

　今回、市兵衛がつとめるのは武家ではなく、内藤《ないとう》新宿にある呉服・太物《ふともの》問屋〈磐栄屋〉。主《あるじ》である天外《てんがい》は何者かに襲われて重傷を負い、跡つぎの多司郎《たしろう》も秩父《ちちぶ》に絹の買いつけに行く途中で落命。もはや、店はお絹《きぬ》が一人で切り盛りしていかねばならず、折しも、土地召し上げの話もあり、奉公人も、一人また一人と櫛《くし》の歯が抜けるようにやめていってしまう。そんな中、市兵衛は、お絹が多司郎の二の舞いにならぬよう、秩父大宮《おおみや》で開かれる絹市に同行することになる。それは、〈義〉を売り〈徳〉を得る商いを続け、〈磐栄屋〉を一代で築きあげた天外に、市兵衛が魅《み》せられていたからに他ならない。

さて、ここからは作品の内容に立ち入っていくので、解説を先に読まれている方は、ぜひとも本文に移っていただきたいのだが、この作品の成功の鍵は、武士にも劣らぬ面魂《つらだましい》を持った天外の存在にあるといっていい。己れの商道を貫《つらぬ》き、かつ、新宿の人々に慕《した》われる天外——その天外の男の肚《はら》が見事に示されるのは、大黒《だいこく》屋が無法な地面召し上げを強行しようとした折のことである。

本来ならば、外出さえままならぬ天外が、「よさないか」と、無法人どもを一喝《いっかつ》する。作者は、それを「天の神の声が轟《とどろ》いたかのような一喝」であり、皆、「天の声に射すくめられた」と記している。そして、片袖脱いだ天外の雷神の刺青の怒りの目と目があい、「これより先は修羅《しゅら》の一本道。おれを踏み越えていきたい奴は誰からでも、束《たば》になってでもかかってこい。天外のこの命、欲しいやつにくれてやる」と両手を広げて迫ってくるではないか。

このくだりを読んだ時、私は自分の胸があやしく騒ぐのを抑えることができなかった。それは感動か、といえば、そうなのだが、単純に感動というより、そこに迫力が加わったもっと大きなものとしかいいようがない。

そしてさらに作者は、「するとそれまで、日が差していた空が急にかき曇り、ふうっと冷たい風が吹いた」（傍点引用者）。そして「どどん、どどん、と雷鳴が轟いたから、みなが天を仰いだ」と記している。

天外の天は天にも通じるのか。

実際にはこんなことはあり得ない。だが、私たちが読む紙の上のリアリティーにおいて、それは見事なまでに成立しているではないか。この気合いの入れようは一体何なのだ。

私は作者が筆に込めた思いに圧倒されるばかりである。

そして天外は――もう解説を先に読んでいる人はいませんね――この無理が祟《たた》って死んでしまうが、その前に、六歳の時に秩父の山奥から売られてきて、一代で〈磐栄屋〉を築いた己れの人生を市兵衛に語ることになる。

その章の題名が「生涯」。本書を読了された方は、この二文字が過不足なく天外の修羅の人生を表現するものであることを思い知らされたに違いない。彼は何故、天外という名なのか。どのような苦難に耐えて、商いを続けてきたのか、何故、雷神の彫物を入れたのか。

そして天外が死ぬ時、またもや、「ひゅるる、と冷たい木枯らしが吹」く。紛《まぎ》れもない――私たちは、作者の手を通して、己《おの》れの生き方を貫いた一人の男の生きざま、死にざまを、各々の胸にしっかりと受けとめることになる。実際、それほどまでに天外の人物造型は素晴らしいのだ。

そしてここからが重要なところなのだが、作者は、天外同様、主人公である市兵衛の、兄との確執や愛憎半《なか》ばする思いや、さらにはその生い立ちをも詳細に語りはじめるのである。その時、私たちははじめて理解するのだ――己れのいるべき場所や生きるべき道を〈颪〉に問うてきた市兵衛と、前述の引用部にあるように怒りの〈颪〉を吹かせ、〈颪〉に送られて死んでいった天外が、実は立場は違えど同じように修羅を抱えた〈颪〉の申し子であったことを。

さらにこの物語は、第一作から引き続いて、三途の川の亡者にも嫌われた、鬼しぶこと、北の定町廻り、渋井鬼三次《しぶいきさじ》や、憎い奴、小人目付《こびとめつけ》の返弥陀ノ介《かえりみだのすけ》、そして、死んだと思われていた、あの強敵すら登場して作品を盛り上げていくのだから、たまらない。

　作中でも説明されているが、新宿という町は、もともと内藤丹後守の屋敷中にあったこの地を、宿駅を開設するために幕命による一部召し上げによって生まれた。そして宿駅としてたいそうなにぎわいを見せるも、後に旗本と町人の争い、すなわち、旗本・内藤大八郎《だいはちろう》が町人たちから私刑を受け、事件を知った兄・新左衛門《しんざえもん》が大八郎を切腹させ、喧嘩両成敗《けんかりょうせいばい》の鉄則から宿駅取り潰《つぶ》しに持ち込んだ空白期が生じることになる。ところが、旅をするとき宿駅がないと不便極まることから再興され、目ざましい発展を遂げることになる。そして現在も、都庁移転後、新たな変貌を続ける新宿という町の魅力は、長い歴史の錬磨を閲しても完結することのない未完成のそれではないのか。

　そして良くも悪くも、日々を生き抜く人々のバイタリティの象徴でもあろう。私たちは、その新宿に確固たる信念を貫いた商人の一生を、そして、武士と町人という身分の差を超《こ》えて結ばれた男と男の交誼《こうぎ》を確かに見た。

　私はそのことが嬉しくてたまらないのである。

一〇〇字書評

切・り・取・り・線

購買動機（新聞、雑誌名を記入するか、あるいは○をつけてください）	
□（　　　　　　　　　　　）の広告を見て	
□（　　　　　　　　　　　）の書評を見て	
□ 知人のすすめで	□ タイトルに惹かれて
□ カバーが良かったから	□ 内容が面白そうだから
□ 好きな作家だから	□ 好きな分野の本だから

・最近、最も感銘を受けた作品名をお書き下さい

・あなたのお好きな作家名をお書き下さい

・その他、ご要望がありましたらお書き下さい

住所	〒				
氏名		職業		年齢	
Eメール	※携帯には配信できません	新刊情報等のメール配信を 希望する・しない			

この本の感想を、編集部までお寄せいただけたらありがたく存じます。今後の企画の参考にさせていただきます。Eメールでも結構です。

いただいた「一〇〇字書評」は、新聞・雑誌等に紹介させていただくことがあります。その場合はお礼として特製図書カードを差し上げます。

前ページの原稿用紙に書評をお書きの上、切り取り、左記までお送り下さい。宛先の住所は不要です。

なお、ご記入いただいたお名前、ご住所等は、書評紹介の事前了解、謝礼のお届けのためだけに利用し、そのほかの目的のために利用することはありません。

〒一〇一－八七〇一
祥伝社文庫編集長　坂口芳和
電話　〇三（三二六五）二〇八〇

祥伝社ホームページの「ブックレビュー」からも、書き込めます。

http://www.shodensha.co.jp/bookreview/

祥伝社文庫

雷神《らいじん》 風《かぜ》の市兵衛《いちべえ》

平成22年7月25日　初版第1刷発行
平成30年4月30日　第19刷発行

著　者　辻堂魁《つじどうかい》

発行者　辻　浩明

発行所　祥伝社《しょうでんしゃ》

東京都千代田区神田神保町3-3
〒101-8701
電話　03（3265）2081（販売部）
電話　03（3265）2080（編集部）
電話　03（3265）3622（業務部）
http://www.shodensha.co.jp/

印刷所　萩原印刷
製本所　ナショナル製本
カバーフォーマットデザイン　中原達治

Printed in Japan ©2010, Kai Tsujidou ISBN978-4-396-33601-1 C0193

祥伝社文庫の好評既刊

辻堂 魁　風の市兵衛

さすらいの渡り用人、唐木市兵衛《からきいちべえ》。心中事件に隠されていた奸計《かんけい》とは？ 〝風の剣〟を振るう市兵衛に瞠目！

辻堂 魁　雷神　風の市兵衛②

豪商と名門大名の陰謀で、窮地に陥った内藤新宿の老舗。そこに〝算盤《そろばん》侍〟の唐木市兵衛が現われた。

辻堂 魁　帰り船　風の市兵衛③

舞台は日本橋小網《こあみ》町の醬油問屋「広国《ひろくに》屋」。市兵衛は、店の番頭の背後にいる、古河《こが》藩の存在を摑むが――。

辻堂 魁　月夜行《つきよこう》　風の市兵衛④

狙われた姫君を護《まも》れ！ 潜伏先の等々《とど》力《ろき》・満願寺《まんがんじ》に殺到する刺客たち。市兵衛は、風の剣を振るい敵を蹴散らす！

辻堂 魁　天空の鷹《たか》　風の市兵衛⑤

息子の死に疑念を抱く老侍。彼の遺品からある悪行が明らかになる。老父とともに、市兵衛が戦いを挑んだのは⁉

辻堂 魁　風立ちぬ㊤　風の市兵衛⑥

〝家庭教師〟になった市兵衛に迫る二つの影とは？ 〈風の剣〉を目指した過去も明かされる、興奮の上下巻！

祥伝社文庫の好評既刊

辻堂 魁
風立ちぬ (下) 風の市兵衛⑦
市兵衛誅殺《ちゅうさつ》を狙う托鉢僧《たくはつそう》の影が迫る中、市兵衛は、江戸を阿鼻叫喚の地獄に変えた一味を追う！

辻堂 魁
五分《ごぶ》の魂 風の市兵衛⑧
人を討たず、罪を断つ。その剣の名は――〝風〟。金が人を狂わせる時代を、〈算盤侍〉市兵衛が奔《はし》る！

辻堂 魁
風塵《ふうじん》 上 風の市兵衛⑨
唐木市兵衛が、大名家の用心棒に⁉ 事件の背後に、八王子千人同心の悲劇が浮上する。

辻堂 魁
風塵 下 風の市兵衛⑩
わが一分《いちぶん》を果たすのみ。市兵衛、火中に立つ！ えぞ地で絡《から》み合った運命の糸は解けるのか？

辻堂 魁
春雷抄《しゅんらいしょう》 風の市兵衛⑪
失踪した代官所手代を捜す市兵衛。夫を、父を想う母娘のため、密造酒の闇に包まれた代官地を奔る！

辻堂 魁
乱雲《らんうん》の城 風の市兵衛⑫
あの男さえいなければ――義の男に迫る城中の敵。目付筆頭の兄・信正《のぶまさ》を救うため、市兵衛、江戸を奔る！

祥伝社文庫の好評既刊

辻堂 魁

遠雷 風の市兵衛⑬

市兵衛への依頼は攫《さら》われた元京都町奉行の倅《せがれ》の奪還。その母親こそ初恋の相手、お吹《すい》だったことから……。

辻堂 魁

科野秘帖《しなのひちょう》 風の市兵衛⑭

「父の仇を討つ助っ人を」との依頼。だが当の宗秀は仁《じん》の町医者。何と信濃《しなの》を揺るがした大事件が絡んでいた！

辻堂 魁

夕影《ゆうかげ》 風の市兵衛⑮

貸元の父を殺され、利権抗争に巻き込まれた三姉妹。彼女らが命を懸けてまで貫こうとしたものとは⁉

辻堂 魁

秋しぐれ 風の市兵衛⑯

元力士がひっそりと江戸に戻ってきた。一方、市兵衛は、御徒組旗本のお勝手建て直しを依頼されたが……。

辻堂 魁

うつけ者の値打ち 風の市兵衛⑰

藩を追われ、用心棒に成り下がった下級武士。愚直ゆえに過去の罪を一人で背負い込む姿を見て市兵衛は……。

辻堂 魁

待つ春や 風の市兵衛⑱

公儀御鳥見《こうぎおとりみ》役を斬殺したのは一体？ 藩に捕らえられた依頼主の友を、市兵衛は救えるのか？ 圧巻の剣戟!!

祥伝社文庫の好評既刊

辻堂　魁
はぐれ烏《がらす》　日暮し同心始末帖①
旗本生まれの町方同心・日暮龍平《ひぐれりゅうへい》。実は小野派一刀流の遣《つか》い手。北町奉行から凶悪強盗団の探索を命じられ……。

辻堂　魁
花ふぶき　日暮し同心始末帖②
柳原堤《やなぎわらづつみ》で物乞いと浪人が次々と斬殺された。探索を命じられた龍平は背後に見え隠れする旗本の影を追う！

辻堂　魁
冬の風鈴　日暮し同心始末帖③
佃島《つくだじま》の海に男の骸《むくろ》が。無宿人《むしゅくにん》と見られたが、成り変わりと判明。その仏には奇妙な押し込み事件との関連が……。

辻堂　魁
天地の螢　日暮し同心始末帖④
連続人斬りと夜鷹の関係を悟った龍平。悲しみと憎しみに包まれたその真相に愕然とし――剛剣《ごうけん》唸る痛快時代！

辻堂　魁
逃れ道　日暮し同心始末帖⑤
評判の絵師とその妻を突然襲った悪夢とは――シリーズ最高の迫力で、日暮龍平が地獄の使いをなぎ倒す！

岡本さとる
取次屋栄三《えいざ》
武家と町人のいざこざを知恵と腕力で丸く収める秋月栄三郎《あきづきえいざぶろう》。縄田一男《なわたかずお》氏激賞の「笑える、泣ける！」傑作。

祥伝社文庫の好評既刊

祥伝社文庫の好評既刊

岡本さとる　**海より深し**　取次屋栄三⑧

「キミなら三回は泣くよと薦められ、それ以上、うるうるしてしまいました」女子アナ中野佳也子《なかのかやこ》さん、栄三に惚れる！

岡本さとる　**大山まいり**　取次屋栄三⑨

大山詣りに出た栄三。道中知り合ったおきんは五十両もの大金を持っていて……。栄三が魅せる〝取次〟の極意！

岡本さとる　**一番手柄**　取次屋栄三⑩

どうせなら、楽しみ見つけて生きなはれ。じんと来て、泣ける！〈取次屋〉誕生秘話を描く、初の長編作品！

岡本さとる　**情けの糸**　取次屋栄三⑪

自分を捨てた母親と再会した捨吉《すてきち》は……。断絶した母子の闇を、栄三の〝取次〟が明るく照らす！

岡本さとる　**手習い師匠**　取次屋栄三⑫

栄三が教えりゃ子供が笑う、まっすぐ育つ！　剣客にして取次屋、表の顔は手習い師匠の心温まる人生指南とは？

岡本さとる　**深川慕情**　取次屋栄三⑬

破落戸《ならずもの》と行き違った栄三郎。その男、居酒屋〝そめじ〟の女将・お染《そめ》と話していた相手だったことから……。

祥伝社文庫の好評既刊

岡本さとる　合縁奇縁《あいえんきえん》　取次屋栄三⑭

凄腕《すごうで》女剣士の一途《いちず》な気持ちに、どう応える？　剣に生きるか、恋慕をとるか。ここは栄三、思案のしどころ！

岡本さとる　三十石船　取次屋栄三⑮

大坂の野鍛冶の家に生まれ武士に憧れた栄三郎少年。いかにして気楽流剣客となったか。笑いと涙の浪花人情旅。

岡本さとる　喧嘩屋　取次屋栄三⑯

大事に想う人だから、言っちゃあいけないこともある。かつての親友と再会。その変貌ぶりに驚いた栄三は……。

岡本さとる　夢の女　取次屋栄三⑰

旧知の女の忘れ形見、十《とお》になる娘おえいを預かり愛しむ栄三。しかしおえいの語った真実に栄三は動揺する……。

坂岡　真　のうらく侍

やる気のない与力が正義に目覚めた！　無気力無能の「のうらく者」葛籠《つづら》桃之進が、剣客として再び立ち上がる。

坂岡　真　百石手鼻《ひゃっこくてばな》　のうらく侍御用箱②

愚直に生きる百石侍。桃之進が惚れ込んだその男に破落戸《ごろつき》殺しの嫌疑が⁉　桃之進、正義の剣で悪を討つ‼